목월과의 만남

- 박목월 대표시 평설 -

이숭원(李崇源)

1955년 서울에서 태어나 서울대학교 국어교육과, 대학원 국어국문학과를 졸업하고 문학박사학위를 받았다. 충남대, 한림대 교수를 거쳐 현재 서울여자대학교 교수로 재직 중이다. 문학평론가로 활동하여 시와시학상, 김달진문학상, 편운문학상, 김환태평론문학상, 현대불교문학상, 유심작품상을 받았다. 저서로는 『정지용 시의 심층적 탐구』, 『노천명』, 『백석 시의 심층적 탐구』, 『김기림』, 『백석을 만나다』, 『영랑을 만나다』, 『갈매나무의 시인, 백석』, 『미당과의 만남』, 『김종삼의 시를 찾아서』 등이 있다.

목월과의 만남

- 박목월 대표시 평설 -

초판 1쇄 인쇄 2018년 1월 10일
초판 1쇄 발행 2018년 1월 22일

지 은 이 이숭원
펴 낸 이 이대현

책임편집 이태곤
디 자 인 안혜진 홍성권
편   집 권분옥 홍혜정 박윤정 문선희
마 케 팅 박태훈 안현진 이승혜

펴 낸 곳 도서출판 역락
주   소 서울시 서초구 동광로 46길 6-6
(반포4동 577-25) 문창빌딩 2층(06589)
전   화 02-3409-2060 ㅣ **팩   스** 02-3409-2059
전자메일 youkrack@hanmail.net
홈페이지 www.youkrackbooks.com
등록번호 1999년 4월 19일 제303-2002-000014호

정가는 뒤표지에 있습니다.
ISBN 979-11-6244-116-9 93810

이 저서는 2017학년도 서울여자대학교
교내학술연구비의 지원을 받았음.

* 이 도서의 국립중앙도서관 출판예정도서목록(CIP)은 서지정보유통지원시스템 홈페이지(http://seoji. nl. go. kr)와 국가자료공동목록시스템(http://www. nl. go. kr/kolisnet)에서 이용하실 수 있습니다. (CIP제어번호: CIP2017035232)

목월과의 만남

박목월 대표시 평설

이숭원

나그네

　·

강나루 건너서
밀밭 길을

구름에 달 가듯이
가는 나그네

길은 외줄기
남도 삼백리

술 익는 마을마다
타는 저녁 놀

구름에 달 가듯이
가는 나그네

역락

이 책을 읽는 분들에게

　박목월은 많은 독자를 갖고 있는 한국의 대표적인 시인이다. 그의 작품은 일찍부터 교과서에 실려 전 국민에게 읽혔고 대중매체를 통해서도 많은 작품이 낭송되었다. 그런데 대중에게 알려진 그의 작품은 주로 초기 시들이었다. 내가 보기에 그의 후기 시들은 초기작보다 훨씬 훌륭한데 그는 늘 「나그네」나 「청노루」의 시인으로 인식되었다. 박목월은 63세로 세상을 떠날 때까지 자신의 세계를 바꾸어 가려는 노력을 계속했다. 박목월만큼 지속적으로 자기 세계를 갱신해 가고 새로운 시도를 끊임없이 보여 준 시인은 그의 세대에 드물다. 그의 시작 태도를 알려주는 일화가 후배 시인들의 입을 통해 지금도 전해지고 있다. 제자 벌 시인이 선생님의 작품 중 대표작이 무엇이냐고 물으면 그는 오늘 가서 쓸 작품이 내 대표작이 될 것이라고 대답했다는 것이다. 이 말은 단순한 수사적 답변이 아니라 사실 그대로였을 것이다. 그는 어제보다 더 좋은 시를 쓰려고 끊임없이 노력했고 그 노력은 작품으로 실현되었다. 나의 주관적 판단으로는 박목월의 시는 초기 시도 좋지만 중기 이후의 시가 더 좋다. 그가 60대 초에 갑자기 세상을 떠난 것은 안타까운 일이지만, 시적 긴장이 유지된 상태에서 문학적 생애를 완결했다는 점은 문학사적으로 의미가 있다. 이러한 사실은 그와 대조적인 자리에 있는 서정주와 대비된다. 내가 보기에 서정주는 중기 이전의 시가 후기의 시보다 더 뛰어나고 박목월은 초기의 시보다 중기 이후의 시가 더 읽을 만하다.

4년 전 서정주의 시 80편을 골라 평설한 책을 냈다. 그 책을 내면서 거의 운명적으로 한국 시사의 맞수 관계에 놓인 박목월 시에 대한 평설도 써야 하리라고 생각했는데 그것을 이제 실현하게 되었다. 박목월 시는 75편을 골라 평설했는데, 서정주보다 수가 적은 것은 두 시인이 남긴 작품 양의 차이에도 원인이 있고, 내 근력의 감소에도 원인이 있다. 앞서의 작업에서는 발표 출처의 원문을 일일이 찾아 대조하는 작업을 했는데, 이번에는 그것을 철저히 이행하지 못하고 이남호 교수가 편찬한 『박목월 시 전집』(민음사, 2003)에 많이 의존한 점이 못내 아쉽다. 시력의 약화 때문에 어쩔 수 없었다. 그 대신에 작품의 문학적 가치와 전후의 맥락에 대해서 더 충실히 언급하려고 노력했다. 이 책에 제시된 75편의 작품을 박목월의 공식적인 대표작이라고 할 수는 없지만, 나의 마음에 서정의 파문을 일으켜 무언가 이야기하고 싶은 충동을 일으킨 작품이라고는 말할 수 있을 것이다. 시인이 남긴 작품은 그의 내면을 가장 잘 보여주는 거울이다. 시가 열어주는 감성의 문을 통해 시인의 마음에 다가가려 한 나의 태도는 전과 다름없이 유지되었다.

　　이 책에 작품을 제시할 때 『박목월 시 전집』에 수록된 형태를 기준 판본으로 삼아 옮겨오되, 명백한 오기는 수정하여 표기하고, 현재의 독자들에게 익숙지 않은 단어는 음성적 가치를 훼손하지 않는 범위 내에서 현행 한글 맞춤법에 따라 교정하여 표기했다. 박목월이 시어의 음감에 대단한 애착을 보인 시인임을 감안하여 음성적 특질이 뚜렷한 시어나 시인의 조어에 해당하는 말은 원본대로 적었다. 박목월이 하나의 단어로 의식하고 띄어 쓰지 않고 붙여 쓴 시어들도 원본대로 표기했다. 박목월은 한자도 의미 전달을 고려해서 사용했기 때문에 시인의 창작 의도를 고려하면 한자도 모두 노출해야 옳을 터이지만, 현재의 독자를 위해 시의 문맥 파악에 필요한 한자만 병기하여 제시했다. 이러한 작업에 편찬자인 나의 주관이 개입할 수밖에 없었는데, 그러한 전후 사정에 대해 작품의 각주나 해설에서 모두 설명하려고 노력했다. 작품 배열의 순서는 시집 수록 순서대로 배열한 『박목월 시 전집』의 형태를 따랐다.

박목월 시인의 출생 연도에 대해 기존의 도서에는 모두 1916년 생으로 되어 있었으나 2015년 탄생 100주년 기념행사에 즈음하여 유족과 제자들이 호적 원문과 근거 자료를 제시하여 1915년생으로 확정했다. 이 책에서도 시인의 나이를 언급할 때 1915년 출생을 기준으로 삼아 언론 매체에서 사용하는 방식에 따라 산정했다. 그것은 출생 일자는 생각하지 않고 해당 연도와 출생 연도만 고려하는 계산법이다. 책 뒤에 붙인 시인 연보에도 그런 방식으로 나이를 제시했다. 연보는 여러 가지 자료를 참고하여 사실로 확인될 만한 사항만 제시했다. 특히 서지 사항은 원전을 참조하여 최대한 정확히 작성하려고 했다.

지금까지 작품론에 해당하는 책을 여러 권 냈다. 순서대로 말하면 정지용, 백석, 김영랑, 서정주, 김종삼의 시를 검토했다. 이제 박목월까지 했으니 한국시사의 중요 시인의 작품은 어느 정도 독파한 셈이다. 한 시인의 작품을 집중적으로 다루는 일은 이번 책으로 끝내려 한다. 앞으로는 문학연구라는 의무감에서 벗어나 내가 쓰고 싶은 주제를 마음대로 정해서 자유로운 형식의 글을 쓰려 한다. 그런 점에서 이 책은 작품론의 마무리를 짓는다는 개인사적 의의가 있다. 이번 책은 도서출판 역락亦樂의 도움으로 나왔다. 이대현 대표와 편집부 여러분들께 감사할 따름이다.

2017년 12월 18일 이숭원(李崇源)

목차

작품해설

부록

박목월 시 정본 확정의 원칙

　박목월은 작품을 발표한 후 여러 차례 개작을 했다. 그와 동시대의 시인 중 그만큼 많은 개작 과정을 보여준 시인은 거의 없을 것이다. 개작의 양상은 음절 하나의 교체에서부터 행갈이의 변화, 시 형태의 변화에 이르기까지 다양하게 나타난다. 그의 자작시 해설에서 스스로 "'말'에 대한 애착이 때로는 나 자신조차 의아할 정도로 강했었다."[1]라고 고백할 정도였다. 그는 주로 말의 어감과 그것이 환기하는 음악적 효과를 고려하여 시어를 수정하고 교체했다.

　박목월이 생전에 간행한 시집은, 동시집과 시선집을 제외하면, 공동시집 『청록집』(을유문화사, 1946), 『산도화』(영웅출판사, 1955), 『난·기타』(신구문화사, 1959), 『청담』(일조각, 1964), 『어머니』(삼중당, 1967), 『경상도의 가랑잎』(민중서관, 1968), 『무순』(삼중당, 1976) 등 7권이 있고, 자신의 시 대부분을 수록한 『박목월 자선집』(삼중당, 1973)이 있다. 이 시집의 작품들은 대부분 시인이 처음 지면에 발표한 상태에서 일정한 개작 과정을 거쳐 시집에 정착되었다. 『박목월 자선집』에 수록된 대부분의 작품도 처음 시집의 형태에서 크건 작건 어느 정도 수정을 거쳐 수록되었다. 말하자면 이 선집은 시인에 의해 수정된 최종 본에 해당한다.

　박목월은 시선집 서문에서 수정을 했다는 말은 하지 않고, 여섯 권 시집의 작품을 수록했다고만 밝히고 "추려 버리고 싶은 것이 몇 편 있었으나, 그것마저 뽑아 버릴 수 없었다."라고 고백했다. 이 말의 행간에서 처

---

1) 박목월, 『보라빛 소묘』, 신흥출판사, 1958, 49쪽.

음에 발표한 작품의 미흡한 부분을 수정했다는 뜻을 읽을 수 있다. '여섯 권 시집'이라고 한 것은 『어머니』를 제외하고 『경상도의 가랑잎』 이후 발표작을 『사력질』로 칭하여 여섯 권으로 산정한 것이다. 『어머니』는 자신의 어머니를 대상으로 한 특별한 주제의 연작이므로 후세에 남길 작품으로서의 선집에서는 제외한 것으로 보인다. 「사력질」은 『현대시학』에 1970년 5월부터 1971년 4월까지 연재한 연작 15편의 제목인데 박목월은 이 표제 아래 60편의 시를 시선집에 수록했다. 『경상도의 가랑잎』 이후 낼 시집의 제목을 잠정적으로 『사력질』로 정한 것 같다.

박목월의 시가 최초 발표 본에서 시집에 정착되고 그것이 다시 시선집에 수록되는 각각의 개별적 사항에 대해서는 서지 사항에 바탕을 둔 세심한 검토가 필요하다. 여기서는 몇 가지 사례를 통해 시인의 개작 과정을 살펴보고 정본 확정에 필요한 기준이 무엇인가를 점검해 보겠다. 그러한 원칙에 의해 필자가 이 책에서 평설하게 될 정본의 형태를 예시하려 한다.

1939년 9월 『문장』 지에 처음 추천된 작품에 「그것은 연륜이다」가 있다. 박목월은 이 작품을 「연륜」이라는 작품으로 전면 개작하여 『문장』에 다시 투고하여 정지용에 의해 두 번째 추천을 받았다. 박목월이 자작시 해설에서 이 두 작품을 예시하며 "개작한 것이 첫 작품보다 산만한 것 같다"[2]고 했지만 첫 작품인 「그것은 연륜이다」는 이후 어느 시집에도 수록되지 못하고 『문장』 발표 본만으로 생애가 종결되었다.[3] 그러나 「연륜」은 『문장』 발표 본이 약간의 수정을 거쳐 『청록집』에 수록되고 그것이 다시 부분적인 수정을 거쳐 『산도화』에 수록되고 최종적으로 『박목월 자선

---

2) 박목월, 『보라빛 소묘』, 신흥출판사, 1958, 51쪽.
3) 이 두 작품의 관계 및 이후의 개작 및 시집 수록 양상에 대해서는 이상호, 「박목월 시의 이본과 결정판의 확정에 관한 연구」(『돈암어문학』 23, 2010. 12)에 상세히 분석되어 있다.

집』에 수록되는 과정을 밝았다. 그 네 차례의 발표 본을 비교해 보면『청록집』에서『산도화』로 이동할 때 수정이 많았고『박목월 자선집』본은 오히려『청록집』본을 되살린 것 같은 인상을 준다.[4]『산도화』는『청록집』의 15편 중 9편을 재수록했는데, 기존의 작품을 다시 수록한다는 강박감 때문인지 무리하게 수정한 부분이 있었다. 이러한 사례는 다른 작품에서도 찾아볼 수 있다.

　　『산도화』에 수록된「산도화 1」의 최초 발표 지면은『예술부락』2집 (1946. 3)이고 발표 지면의 제목은「산山은 구강산九江山」으로 되어 있다.[5]『예술부락』발표 본을 원본대로 인용하면 다음과 같다.

　　山은
　　九江山
　　桃源가는 길가에

　　길은
　　초로길
　　九曲八折 絶壁에

　　물은
　　玉流洞
　　봄눈녹어 흐르는대

---

4) 위의 글, 198쪽에서『산도화』에서 수정했다가『청록집』으로 환원한 예를 네 편 들고 있다.
5) 이 작품의 개작 양상에 대해서는 유성호,「박목월 문학과 문학장」(『한국근대문학연구』32, 2015. 10)에 자세히 분석되어 있다.

사슴은

암사슴

발을 씻고 있었다
「山은 九江山」 전문⁶⁾

이 시를 『산도화』의 「산도화 1」과 비교해 읽으면 환골탈태라는 말이
무색할 정도로 많은 부분이 정돈되어 시집에 수록되었음을 실감하게 된
다. 『산도화』에는 「구강산」이라는 제목의 작품도 두 편이 있지만 그 작품
들은 위의 작품과 아무 관련이 없다. 위의 시는 분명 「산도화 1」의 처음
형태에 해당한다. 『산도화』에 수록된 「산도화 1」은 다음과 같다.

山은

九江山

보랏빛 石山

山桃花

두어 송이

송이 버는데

봄눈 녹아 흐르는

옥 같은

물에

---

6) 『예술부락』 2집, 1946. 3. 위의 글 20쪽에서 재인용.

사슴이

내려와

발을 씻는다.

「산도화 1」 전문

　초고에 있었던 "桃源가는 길가에"나 "九曲八折 絶壁에" 같은 상투적인 구절은 사라졌고 정지용의 체취가 풍기는 "옥류동"이라는 시어도 정리되었다. '산은 구강산', '봄눈 녹아 흐르는', '사슴은 발을 씻는다'의 의미 구조가 남아 전이되면서 '산도화 송이 버는데'가 새로 개입해서 한 편의 시로 완성된 것이다. 이 중간 단계의 양상을 알지 못하는 우리로서는 두 편의 시에 놓인 10년 가까운 기간 동안 시인이 벌인 의미와 음감에 대한 치열한 탐구의 공력을 충분히 감지할 수 있다. 그는 평범한 작품을 최고의 완성품으로 만들기 위해 전심의 노력을 기울인 것이다. 그런데 그는 이 완성품을 『박목월 자선집』에 수록하면서 다시 처음 발표 본의 '사슴은 암사슴'의 의미와 심상을 다시 가져와 "사슴은/암사슴/발을 씻는다."로 정착시켰다. 그의 초고 원작이 남아 있었는지 『예술부락』이 있었는지 알수 없으나 시인은 30년 세월 가까운 저편에 썼던 구절을 다시 가져와 완성본의 마지막 방점을 찍은 것이다. 그 결과를 보면 누구든 시인의 선택이 옳았다고 공감하게 된다. 따라서 우리는 『박목월 자선집』 수록 작품이 시인이 정성을 들여 교열한 최종 본임을 인정하지 않을 수 없는 것이다.

　이남호 교수가 편찬한 『박목월 시 전집』(민음사, 2003)이 『박목월 자선집』을 기본 판본으로 삼아 작품을 수록하고, 『박목월 자선집』에 수록된 것이어도 그 후에 나온 『무순』에 수록된 작품은 『무순』의 표기를 따른다고 원칙을 정한 것은 정당한 일이다. 이상호 교수는 이 전집에 연작시집

『어머니』와 연작시 「사력질」이 제외되었다고 지적했으나[7] 여기에 대해 서는 보충 설명이 필요하다.

이상호 교수도 언급했다시피 『어머니』는 박목월 시인 자신이 자선시 집에 넣지 않았다. 그래서 『박목월 시 전집』에도 수록하지 않았을 터인 데, 책의 표제로 전집을 내세우고 있는 만큼 독자들을 위해 이 부분에 대 한 설명이 있어야 했을 텐데 아무런 언급을 하지 않은 점은 잘못이다.

그러나 「사력질」 연작은 『박목월 시 전집』에 모두 수록되어 있다. 시 집 『무순』은 박목월이 직접 기획하여 간행한 시집으로 『박목월 자선집』 '사력질' 부에 있던 작품들을 전부 해체 재구성하여 시집에 수록했다. 이 구성과 배치는 시인 자신이 한 것이고 그렇게 한 시인의 의도가 있었을 것이다. 이 과정에서 박목월은 자선집 '사력질' 부에 있던 13편의 작품을 『무순』에 수록하지 않았다. 시인이 세상을 떠났으므로 그 이유는 알 수가 없다. 『박목월 시 전집』은 이 13편까지 『무순』 파트에 수록했다. 여기에 대해 언급을 하긴 했지만 이 13편은 시집 『무순』의 작품은 아니다. 따라 서 연작시 「사력질」이 제외되었다는 것은 온당한 지적이 아니며, 굳이 원 칙을 따지자면 『박목월 자선집』의 13편을 왜 『무순』에 배치했느냐고 지 적할 수는 있다. 여하튼 『박목월 자선집』에 수록된 것은 그것을 정본으로 보고 전집에 수록하고 거기 없는 작품은 시집 수록 본을 정본으로 삼는다 는 기본 원칙을 충실히 지키려고 했고 그것은 매우 정당한 태도임을 확인 하게 된다.

다시 제기되는 문제는 『박목월 시 전집』의 일러두기에서 제시한 정본 선별의 기준에 대한 것이다. 앞에 제시한 원칙을 기준으로 삼되 시적 완 성도를 기준으로 그것이 바뀔 수 있음을 일러두기에서 언급했다. '시적

---

7) 이상호, 「기존 발표 작품의 재수록에 관한 시론」, 『한국시학연구』 29, 2010. 12, 212쪽.

완성도'라는 개념은 편찬자의 판단에 의한 것이므로 다른 사람은 다른 각도에서 의견을 낼 수 있는 것이어서 표준적인 것이 아니다. 그러나 이러한 사정을 각주에서 밝혀 논의의 장으로 이끈 것은 의미 있는 일이다. 따라서 『박목월 시 전집』에서 『박목월 자선집』의 수록본이 아닌 형태로 제시되고 각주에 설명이 나와 있는 작품에 대해서는 정본 확정과 관련하여 별도의 논의가 진행될 필요가 있다.

예를 들어 이상호 교수도 지적한 「노상路上」과 「산에서」의 경우[8] 정본 확정에 이의를 제기할 수 있다. 「노상」은 『박목월 자선집』에 "저편으로 그는 가고/이편으로 나는 가고"로 되어 있던 것이 『무순』에는 뒤의 '가고'가 빠지고 "저편으로 그는 가고/이편으로 나는"으로 되어 마치 조판 과정에서 '가고'가 빠진 것처럼 표기되었다. 그래서 『박목월 시 전집』은 각주에서 사정을 밝히고 『박목월 자선집』의 형태로 수록했다. 그런데 다음 시행과의 관계를 가만히 살펴보면 "이편으로 나는"으로 되어도 다음에 나오는 "동서로 하늘 끝이 아득한데"와 의미가 연결되기 때문에 시상 파악에 지장이 없음을 알게 된다. 또 「산에서」의 경우 "번쩍, 섬광이 눈을 쏜다."가 『무순』에서 쉼표가 빠지고 "번쩍 섬광이 눈을 쏜다."로 표기되었는데, 『박목월 시 전집』은 이것도 앞의 형태가 더 낫다고 판단하여 쉼표가 있는 상태로 표기했다. 이 시에서 이 시행에만 쉼표가 삽입되었다는 점을 고려하면, 쉼표를 뺀 『무순』의 형태가 자연스러운데, 왜 앞의 형태가 낫다고 판단했는지 납득이 되지 않는다. 이 두 작품의 경우도 다른 사례처럼 『무순』의 형태로 수록하고 각주에서 『박목월 자선집』과의 차이를 밝히면서 편찬자의 의견을 제시하는 것이 더 좋았을 것이다.

「회귀심回歸心」의 정본 확정도 예외적인 경우다. 이 작품은 『청담』에 수

---

8) 이상호, 「박목월 시의 이본과 결정판의 확정에 관한 연구」, 『돈암어문학』 23, 2010. 12, 203~207쪽.

록되고 『박목월 자선집』에 수록되었는데, 이 시의 앞부분이 『청담』의 형
태가 더 자연스럽다고 하면서[9] 앞의 형태로 제시했으니 원칙을 어긴 경
우다. 『청담』과 『박목월 자선집』의 형태를 원본 그대로 제시하면 다음과
같다.

어딜 가나,
나는 元曉路行 버스를 타고
돌아온다.
어디서나 나는
元曉路行 버스를 기다린다.   (『청담』)

어딜 가나,
나는 元曉路行 버스를 기다린다.
어디서나 나는
元曉路行 버스를 타고
돌아온다.   (『박목월 자선집』)

『박목월 시 전집』의 편찬자는, 화자가 원효로 행 버스를 타고 돌아온
다는 일반적인 사실을 이야기하고, 그러기 위해서 원효로 행 버스를 기다
리는 과정이 있음을 이야기했다고 본 것이다. 이렇게 '기다린다'라는 말
이 나와야 그 다음에 나오는 "하루 종일 거리를 서성거렸고"와 뒷부분에
반복되는 "元曉路行 버스를 기다린다"와 자연스럽게 연결된다고 판단한
것 같다. 그러나 이러한 판단은 전집 편찬자가 할 일이 아니라 시인이 하

---

9) 이남호 편, 『박목월 시 전집』, 민음사, 2003, 265쪽.

는 일이다. 박목월은 자신의 자선집을 내면서 『청담』의 그 구절을 위와 같이 고쳤고 그렇게 고쳐도 뒤에 나오는 시행들과 의미가 연결되는 데 아무 지장이 없다고 판단한 것이다. 버스를 기다린 후에 버스를 타고 돌아오는 것이 시간 순서에 맞기 때문에 시인은 위와 같이 고쳤을 것이다. 이 것을 편찬자의 자의적 판단에 의해 원래의 것으로 환원하는 것은 옳지 않은 일이다. 더군다나 이 작품에 관한 한, 『박목월 자선집』의 수정 표기된 부분을 무시하고 『청담』 표기대로 수록하여 "나는 늘 마음이 가라앉았다"를 "나는 늘 마음이 갈앉았다"로, "끝없는 부드러운 그 손을"도 "끝없이 부드러운/그 손을"로 표기한 것도 잘못이다. 이 작품을 『청담』 판본 형태로 굳이 수록한 데에는 편찬자가 지닌 개인적인 감상 체험이 작용했을 것으로 보인다. 원칙은 원칙대로 지키면서 자신의 의견은 각주에서 밝히는 것이 옳았을 것이다.

내가 이 책에서 다룰 75편의 작품은 『박목월 시 전집』에 수록된 형태를 기준 판본으로 삼아 인용하려 한다. 다만 이 책의 명백한 오기는 수정하여 인용하고, 앞에서 언급했던, 원칙에 벗어난 표기나 착오가 분명한 표기는 각주를 달고 수정하여 표기할 것이다. 『청담』에 수록된 「전신轉身」의 경우 『박목월 자선집』에 수록되면서 문장 부호가 바뀌어 표기되었는데, 이것은 시의 구조가 독특해서 표기의 혼란이 일어난 것이다. 『박목월 시 전집』은 이 작품에 대해 아무 설명이 없이 『박목월 자선집』 표기대로 수록했는데, 이것은 문제가 있다고 보고, 문맥을 고려하여 일관성 있게 표기하고 각주에서 사정을 밝혔다.

박목월이 시어의 음감에 대단한 애착을 보인 시인인 것은 알지만, 현재의 독자들에게 익숙지 않은 단어는 음성적 가치를 훼손하지 않는 범위 내에서 현대어 표기에 맞게 수정하여 인용한다. 박목월은 한자 사용도 상당히 신경을 써서 배치했기 때문에 시인의 창작 의도를 고려하면 한자도 모두 노출해야 옳을 터이지만, 현재의 독자를 위해 시의 문맥 이해에 필요한 한자만 병기하여 제시한다. 띄어쓰기의 경우 박목월이 의도적으로 하나의 단어로 의식하고 붙여 쓴 시어들이 있다. 그런 시어들은 원문대로 표기하려 한다. 이러한 사항들에 대해서는 모두 작품에 붙인 각주나 해설 본문에서 설명할 것이다.

청노루

머언 산 청운사
낡은 기와집

산은 자하산
봄눈 녹으면

느릅나무
속잎 피어가는 열두 굽이를

청노루
맑은 눈에

도는
구름

작품 해설

윤사월

송화松花가루* 날리는
외딴 봉우리

윤사월 해 길다
꾀꼬리 울면

산지기 외딴 집
눈 먼 처녀사

문설주에 귀 대이고
엿듣고 있다.

『청록집』

---

* 사전에는 '송홧가루'가 등재되어 있는데, 이렇게 되면 발음이 "송화까루/송환까루"라고 경음으로
나기 때문에 '송화가루'로 적는다. 시인이 생각한 음감은 그런 된소리가 아닐 것으로 생각되기 때문
이다. 앞으로 이런 식의 단어가 나올 경우에도 사이시옷을 쓰지 않고 원본의 표기를 따르려 한다.

이 시가 발표된 것은 『상아탑』 6호(1946. 5)로 「봄비」와 함께 발표되었다. 이 잡지는 좌파 평론가 김동석이 간행했는데, 뜻밖에도 박목월의 「청노루」(2호, 1946. 1), 「나그네」와 「삼월」(5호, 1946. 4), 조지훈의 「낙화」와 「완화삼」(5호), 박두진의 「해」(6호) 등 서정시가 많이 발표되었다.[1] 『청록집』이 을유문화사에서 간행된 것이 1946년 6월 6일이니 시집이 준비되는 시기에 이 작품들이 발표된 것이다.

이 시에서 사물을 지시하는 말을 찾아보면, 송홧가루, 봉우리, 해, 꾀꼬리(울음소리), 산지기, 외딴 집, 눈먼 처녀, 문설주, 귀 등이다. 이 중 실제로 눈에 보이는 장면은 송홧가루[2] 날리는 외딴 봉우리, 산 속의 외딴 집, 문설주에 귀 대고 엿듣는 눈먼 처녀 등이다. 이러한 장면만으로는 한 편의 시가 구성되기 어려운 형편이어서 시인은 시를 구성하기 위한 몇 가지 요소를 설정하고 배치했다. 그렇게 설정된 시적 장치를 중심으로 상상력이 작동하고 머리에 환기되는 이미지의 지평 속에서 이 시의 정경을 감상할 수 있다.

첫 연은 공간적 배경을 나타낸다. 송홧가루가 바람에 날리는 장면의 색감은 은은한 미색의 파스텔 색조다. 송홧가루는 미세하여 바닥에 쌓이면 노란 빛을 띠지만 공중에 날아다닐 때는 안개 같은 보얀 느낌을 줄 뿐이다. 은은한 향이 미미하게 코에 남을 때도 있다. 외딴 봉우리라고 했으

---

1) 오세영, 『한국 현대시 분석적 읽기』, 고려대학교출판부, 1998, 424쪽 참고.
2) 시 원문은 '송화가루'로 적지만, 해설은 표준어 원칙을 따르므로 표준어로 표기한다. 이하의 서술도 이런 방식을 따른다.

니 사람이 거의 보이지 않는 산의 꽤 높은 지점을 배경으로 삼았음을 알수 있다.

둘째 연은 시간적 배경을 나타낸다. 음력 윤사월은 양력으로 5월 하순에서 6월 중순 사이, 초여름에 해당하는 시기다. 하지가 보통 6월 21일이니 날이 점점 길어지는 무렵이라 오후의 나른한 기류가 지루하게 느껴질 때다. '초여름'이라는 단어를 쓰지 않고 '윤사월'이라 한 것은 토속적인 정취를 나타내려는 배치일 것이다. 박목월은 그의 자작시 해설에서 윤달은 거듭되는 달이기 때문에 "덤으로 얻은 것처럼 너그러운 느낌이" 들고, 한편으로는 "계절적인 착오감을 느끼게 되는" "설움 같은 것이 어리는 달"이라고 풀이한 바 있다. [3] 윤사월이 환기하는 정서적 분위기를 애써 설명한 것인데, 명확히 설명할 수는 없지만 아련히 느껴지는 서러움의 느낌을 담아내기 위해 의도적으로 선택한 시어임을 알 수 있다. 송홧가루만 날리는 아무도 없는 산중에 우는 꾀꼬리는 이 초여름의 서러운 적막감을 고조하는 역할을 한다. 꾀꼬리도 초여름 오후의 지루한 시간을 이기지 못해 울음을 우는 것처럼 표현한 것이다.

이러한 공간적 시간적 배경에서 종합적으로 감득되는 느낌은 한마디로 고적함이다. 쓸쓸하고 고요한 분위기가 산중을 압도하고 있다. 꾀꼬리 울음이 들리지만 그것은 산의 고요함을 오히려 북돋는 역할을 한다. 3연에 등장하는 눈먼 처녀 역시 앞을 못 본다는 점에서 고적한 인물이다. 그 처녀가 거주하는 공간은 산지기의 외딴 집이다. 처녀라 했으니 산지기의 딸일 텐데 어떤 사연으로 눈이 멀어 산 속 외딴 집에 살게 되었는지는 알

---

3) 박목월, 『보라빛 소묘』, 신흥출판사, 1958, 76쪽. 이어지는 77쪽에서 박목월은 장만영이 이 시를 두고 동심의 세계를 언급한 것을 비판하면서 "흐느낌의 바탕" 위에서 이루어진 것을 간과했다고 지적했다.

수 없다. 1연과 2연에 전개된 고적의 정취에 어울리는 인물로 눈 먼 처녀를 설정했을 것이다. 그 처녀에게는 공중에 날리는 송홧가루도 보이지 않고 초여름의 나른한 풍경도 보이지 않을 것이다. 송홧가루의 미세한 향과 꾀꼬리의 경쾌한 음색을 접할 수 있을 따름이다.

3연의 고적함은 4연에서 약간의 신비로움으로 이어진다. 이 처녀는 공간적으로 감각적으로 현실의 생동하는 현장과 단절되어 있다는 점에서 고립의 표상이다. 그런 점에서 그는 순결성을 간직하고 있는 내성적 존재라고 할 수 있다. 눈 먼 "처녀"의 설정은 바로 그 순결한 내향성을 드러내기 위한 포석이다. 꾀꼬리 소리는 아름다운 소리인데 그 소리를 듣는 사람은 눈 먼 처녀뿐이다. 그는 방문을 열어젖히고 듣는 것이 아니라 소극적으로 문설주에 귀를 대고 엿듣는다. 문설주에 귀 대고 엿듣는 장면을 강조하기 위해 시인은 '대고'를 굳이 '대이고'라고 표기했다. 문설주에 손을 짚고 무언가를 세심히 듣는 모습을 표현하려 한 것이다.

여기서 이 처녀는 어떠한 역할을 하는가? 이 눈 먼 처녀에 대해 "속세와 절연한 채 살고 있는 인물"이라는 점은 동일하게 보면서도, 이 처녀가 관심을 가진 것은 "성스럽고 절대적인 자연의 무한한 해조음"이며 그런 의미에서 "속세와 절연된 이 성스러움의 세계 속에서 자연의 질서가 섭리하는 소리"를 듣는 것으로 해석한 사례가 있다.[4] 여기서의 눈 먼 처녀를 육신의 눈이 먼 대신 본질을 포착하는 능력을 획득한 존재로 해석한 것이다. 눈 먼 처녀가 나오는 이 대목은 현실과 단절된 순결한 존재가 보여주는 신비로운 행동처럼 보이기는 한다. 그러나 전후의 문맥을 자세히 읽어보면 이 처녀가 엿듣는 것은 고적한 가운데 들리는 꾀꼬리 소리일 따름이지 그 이상도 이하도 아니다. 그녀는 초여름 오후의 적막 속에 울려오는

---

4) 오세영, 앞의 책, 435~436쪽.

소리를 혼자서 엿들을 뿐이다. 엿듣는다고 한 것은 그 처녀의 유약성과 내향성을 드러내는 수사적 기표다. 그 말은 앞에 나온 '외딴 봉우리', '외딴 집', '눈 먼 처녀'와 호응한다. 고적하고 무료하고 호젓한 분위기에 호응하는 몸짓은 '엿듣는' 것이다. 고적을 깨뜨리는(그러나 사실은 고적을 강화하는) 꾀꼬리 소리를 마치 엿듣듯 조심스럽게 받아들이는 처녀의 정결성에 시인의 시선이 집중되어 있다.

이렇게 나른하면서도 아름답고 아름다우면서도 어쩐지 서글픈 초여름의 자연과 인간의 정경을 기묘한 절제의 화법으로 배치한 것이 이 작품의 특징이다. 절제의 화법에 서글픈 아름다움이 착색되는 데 중요한 역할을 한 것은 음운의 음악적 배치다. 앞에서도 언급한 것처럼 박목월은 음절 하나의 울림까지 세심하게 고려하고 시어를 배치했다. 그런 의미에서 이 시의 음악적 구성을 면밀하게 살펴볼 필요가 있다.

각 연의 첫 음절은 '송', '윤', '산', '문'으로 되어 있다. 1연과 3연이 유사한 음 '송'과 '산'으로 시작하고, 2연과 4연이 역시 유사한 음 '윤'과 '문'으로 시작한다. '송'과 '산'은 'ㅅ'으로 시작하여 양성모음과 유성자음으로 이어져서 밝고 경쾌한 음상을 나타내고, '윤'과 '문'은 음성모음과 유성자음이 결합되어 무겁고 낮은 음상을 나타낸다. 이것은 시를 낭독할 때 1연과 3연은 높게 시작하고 2연과 4연은 낮게 시작하도록 자연스럽게 이끈다. 시의 구조가 음악의 구조처럼 작용하는 것이다. 전체적으로 자음은 'ㄴ'과 'ㄹ'음이 많이 사용되었는데, 이 유성자음은 다른 자음보다 공명도(sonority)가 커서 부드럽게 울리는 특징을 지닌다. 이러한 음운의 배치는 영국 시의 라임에 해당하는 음성적 효과를 자아내서 낭송의 아름다움을 환기한다. 언어의 형식과 내용이 긴밀하게 호응하여 음악적 울림이 듬뿍 담긴 한 편의 아름다운 수채화가 완성된 것이다.

자연을 배경으로 삼은 단형 서정시의 압축적 구성은 정지용의 『백록

담』시편에서 여러 차례 시도된 바 있다. 그러나 나른하고 아름답고 서러운 감정의 착색은 그의 시에 보이지 않는다. 박목월이 정지용을 계승하면서도 자신의 개성을 입힌 것은 바로 이 서러운 아름다움의 색조다. 이것이 그의 초기 시의 독특한 색조를 이룬다는 사실을 뚜렷이 인식해야 할 것이다.

청노루

머언 산 청운사^{靑雲寺}
낡은 기와집

산은 자하산^{紫霞山}
봄눈 녹으면

느릅나무
속잎 피어가는 열두 굽이를

청^靑노루
맑은 눈에

도는
구름

『청록집』

　이 시의 음악적 구성이 환기하는 느낌은 앞의 시 「윤사월」보다 더 아름답다. 박목월 시 전체에서 가장 아름다운 음악적 구성을 지닌 작품이라고 해도 과언이 아니다. 간결한 명사 시행들이 자아내는 압축적 울림과 절제된 형식미, "도는/구름"의 유연하면서도 돌올한 종결의 여운은 단연 독보적이다. [1]

　각 연이 하나의 대상을 나타내면서 연의 연결을 통해 담백한 수채화 같은 전체의 영상을 조성했다. 1연은 낡은 기와의 청운사, 2연은 봄눈 녹는 자하산, 3연은 느릅나무 속잎 피는 봉우리, 4연은 청노루 맑은 눈, 5연은 도는 구름이 각각 제시되었는데 어느 하나에 초점이 놓인 것이 아니라 각각의 대상이 어울려 조성하는 전체의 아름다움이 중요한 의미를 지닌다. 이러한 방법은 정지용의 후기 시가 보여준 여백미의 특징과 연결되는데, [2] 박목월의 이 시는 정지용의 영향권 내에 있으면서도 박목월만의 독자적인 방법으로 그 영향을 넘어서는 성취를 보였다. "청운사靑雲寺"와 "자하산紫霞山"이라는 독특한 명칭을 설정한 점, 원경遠景과 근경近景을 교차하여 신비로운 오버랩의 영상을 창조한 점은 박목월의 개성적인 고안이다.

　시행의 음악적 구성은 「윤사월」과 유사하다. 1연의 첫 행 "머언 산 청운사"는 음성모음으로 이어지고, 2연의 첫 행 "산은 자하산"은 양성모음

---

1) 권혁웅, 「박목월 초기시에 나타난 여백의 의미와 기능」, 『어문논집』 78, 2016. 12, 202쪽에서 소리와 뜻이 결합된 핵심어를 리듬의 기본 단위로 볼 것을 제안했는데, 그런 식으로 분석하면 이 시의 음악적 구성을 더 효과적으로 설명할 수 있다.

2) 권정우, 「박목월 초기시의 창작방법」, 『한국근대문학연구』 32, 2015. 10, 40~41쪽에서 이 시가 정지용 시의 표현방법과 유사한 점이 있음을 지적했다.

으로 이어져, 낮게 시작하여 높게 펼쳐지는 음상의 변화를 조성한다. 'ㄴ' 음이 반복적으로 사용되어 부드럽게 이어지는 느낌을 주는 것도 「윤사월」과 유사하다.

첫 연에 멀리 떨어진 청운사의 낡은 기와집이 제시되었는데 이것은 일상의 논리를 넘어선 시적인 진술이다. 일상의 시각에서는 멀리 떨어져 있는 절의 기와가 낡은 것을 알 수 없기 때문이다. 먼 산의 청운사를 언급한 다음 시선이 갑자기 청운사의 근접한 지점으로 이동하여 낡은 기와집을 언급했다. 원경에서 근경으로의 순간적 이동은 신비로운 느낌을 자아낸다. 유사한 방식으로 구성된 둘째 연도 같은 느낌을 전달한다.

"낡은 기와집"은 오래된 절의 예스러우면서도 고적한 분위기를 연상시키는데, 그것은 한편으로 "청운사"가 환기하는 밝고 싱싱한 느낌과 대조를 이룬다. "청운사"와 "자하산"은 '푸른 구름이 어린 절', '붉은 노을이 어린 산'이라는 한자어의 뜻도 의미가 있지만, 단어 자체의 음감音感 때문에 선택되었을 가능성이 크다. '청운사'라는 말은 작고 단아한 느낌을 주고, '자하산'이라는 말은 넓게 퍼지는 느낌을 준다. 1연과 2연에 연속해서 발성되는 모음과 결합된 'ㄴ'음은 부드럽게 유동하며 시상을 이어주는 고리 역할을 한다. 이러한 소리와 뜻의 연쇄는 공간의 신비감을 조성하며, 이 시가 보여주는 세계가 현실의 삶에서 멀리 떨어진 격절의 공간임을 암시한다.

"봄눈 녹으면"이란 구절도 매우 미묘하다. '봄눈'의 원래 뜻은 봄에 내리는 눈이다. 그러나 여기서는 봄이 올 때까지 산에 남아 있던 눈을 가리킨다. 봄이 와서 산에 있던 눈이 녹는 것을 시인은 "봄눈 녹으면"이라고 표현한 것이다. 평범해 보이는 이 구절은 눈이 녹고 봄기운이 퍼져 가는 시간의 점진적 진행을 환기한다. 시간의 진행에 의해 전개되는 공간의 점진적 변화를 간결한 하나의 어구로 압축적으로 제시하여 1연의 순간적 공간 이동과 같은 신비감을 조성한다. 이 압축적 시행은 온 산의 수목에 속 잎이 피어나는 3연의 파노라마적 장면을 예비하는 역할을 한다.

3연도 근경과 원경이 순간적으로 교차된다. 느릅나무에 속잎 피는 것 은 가까이 가야 볼 수 있는 장면이고 열두 굽이 봉우리의 경관은 멀리 보 아야 포착되는 것이다. 시인은 근경과 원경을 하나의 문장으로 결합하여 신비로운 자연 정경의 아름다운 절정을 표현했다. 연둣빛 속잎이 느릅나 무마다 돋아나고 그 느릅나무가 골짜기와 봉우리마다 가득하여 열두 굽 이를 이루는 입체적 화폭이 하나의 문장으로 창조된 것이다.

열두 굽이 봉우리 위에는 하늘이 있고 하늘에는 구름이 떠 있을 것이 다. 시의 화자는 하늘에 구름이 돈다고 하지 않고 청노루 맑은 눈에 구름 이 돈다고 했다. 이 파격의 종결 시행은 이 짧은 작품의 압권이고 화룡점 정畵龍點睛이다. 여기 등장하는 청노루는 현실에 존재하지 않는 순결의 표상 이다.[3] 박목월은 '청靑노루'의 '靑'이 '청운사靑雲寺'의 '靑'처럼 "시각적으로 청색감을 강조하려는 뜻에서" 쓴 것이라고 했다.[4] 청색의 착색을 통해 환상 세계로의 진입을 도모한 것이다. 상상으로 그린 신비로운 공간이니 청노루가 존재할 수 있고 환상의 공간에 거주하는 청노루니 그 눈은 지극 히 맑을 것이다. 너무나 맑아서 열두 굽이 봉우리 위에 도는 구름이 눈동 자에 그대로 비칠 정도다. 시의 구조로 보면 열두 굽이 봉우리를 도는 구 름이 청노루 맑은 눈에 비쳐서 돈다는 식으로 배치되었다.

이 시상의 전환 또한 원경과 근경의 급격한 이동으로 이루어졌다. 열 두 굽이 봉우리에 도는 구름은 원경이요, 청노루 눈동자에 도는 구름은

---

3) 박현수, 「초기시의 기묘한 풍경과 이미지의 존재론」, 『박목월』, 새미, 2002, 239~240쪽에서 초기 박 목월 시의 이미지들이 리얼리티를 지니지 않은 "일종의 상상의 가공물"이라고 설명했다.

4) 박목월, 『보라빛 소묘』, 신흥출판사, 1958, 84쪽.

근경인데, 그것은 근경 중에서도 최근경, 상상에서야 가능한 근접 장면이다. 1연부터 조성된 신비의 경관은 신비로운 환상의 정점으로 종결된다. "도는 구름"의 마지막 종결음 '름'은 이 모든 환상의 미학적 구성이 종결되었음을 알리는 표지다. 여기서 시상의 전개가 완결되고 시도 끝난다. 이 완벽한 구도의 미학은 참으로 경이롭다. 정갈하고 아름다운 이 수채화 한 폭은 박목월 초기 시가 보여준 최상의 명품이다. 그의 초기 시에 보이는 신비로운 환상의 화폭들, 예를 들어 「산도화 1」에 나오는 보랏빛 석산의 산도화나 옥 같은 물의 암사슴, 「윤사월」에 나오는 외딴 봉우리에 울리는 꾀꼬리 소리와 그것을 엿듣는 눈 먼 처녀도 이와 유사한 의미를 지닌다. 그러나 그 어떤 것을 갖다 놓아도 「청노루」가 압권이요 백미^{白眉}라는 점은 변함이 없을 것이다.

삼월

방초봉^{芳草峰} 한나절
고운 암노루

아래ㅅ마을 골작에
홀로 와서

흐르는 내ㅅ물에
목을 축이고

흐르는 구름에
눈을 씻고

열두 고개 넘어 가는
타는 아지랑이

『청록집』

이 시에는 청노루가 아니라 암노루가 나온다. 봄이 물드는 "방초봉芳草峰"의 분위기에 어울리는 것은 뿔 달린 수노루가 아니라 "고운 암노루"다. "방초봉"은 아름다운 풀이 돋는 봉우리라는 뜻이지만 한자의 뜻보다 말의 음감 때문에 선택되었을 것이다. '방초봉'을 발음해 보면 '방'과 '봉'이 유사한 음감을 일으키고 세 음절이 양성모음으로 밝게 이어지면서 '방'과 '봉' 사이에 격음이 들어간 '초'가 배치되어 유연한 음감의 연쇄를 분절시키는 역할을 한다. 그래서 무작정 부드럽지만은 않은 변화의 음상을 전달한다. 이어지는 "한나절"과 "고운 암노루"의 양성모음들은 '초'로 분절된 부드러운 음의 연쇄를 다시 부드럽게 어루만져 더욱 유연한 흐름을 만들어 준다. 그리고 "고운"의 '오우'는 "노루"의 '오우'와 호응하여 또 하나의 아름다운 울림을 선사한다. 이러한 음의 배치와 연결이 지적인 조작에 의한 것이 아니라 시인의 선험적 음감에 의해 창조된 것임을 이해할 필요가 있다. 시인의 천부적 재능에 의해 신비로운 선율이 창조된 것이다.

봄 햇살이 깃드는 3월 한나절 고운 암노루가 하는 일은 무엇인가? 우선 아랫마을 골짜기에 홀로 와서 흐르는 냇물에 목을 축인다. 이때 '홀로'라는 사실이 중요하다. 시인의 고독 지향의 심정을 드러냄과 동시에 세상 잡사와 섞일 수 없는 순수 지향을 드러낸다. 목을 축인 노루가 고개를 들어 하늘을 올려다본다. 그것을 시인은 "흐르는 구름에/눈을 씻고"라고 표현했다. 이 시행은 "흐르는 냇ㅅ물에/목을 축이고"와 호응한다. 흐르는 냇물과 구름은 성질이 다른 물질이지만 시인의 상상력 속에서는 유사한 '물'의 이미지로 통용된다. 흐르는 물에 목을 축이듯 흐르는 구름에 눈을 씻는다. 세상사에 오염되지 않은 노루이기에 물로 눈을 씻는 것이 아니라 구름으로 눈을 씻는다.

　다음에 나올 만한 장면은 노루가 골짜기에서 벗어나 고개를 넘는 모습일 것이다. 정지용의 「구성동」에는 "산 그림자 설핏하면/사슴이 일어나 등을 넘어간다."라는 대목이 나온다. 그러나 이 시에 "열두 고개"는 나오지만 노루는 고개를 넘지 않고 그곳을 바라볼 뿐이다. 열두 고개 저편에 아지랑이가 타오르고 "타는 아지랑이"가 고개를 넘어가는 것으로 되어 있다. 아지랑이는 불의 이미지인데 그 연한 불길이 열두 고개를 넘어 유동하고 있다. 열두 고개를 넘어 퍼져가는 아지랑이 역시 세상의 혼탁함에서 벗어나 있다. 세상의 잡물이 스며든다면 그렇게 순수한 봄의 정경이 보존될 수 없을 것이다. 그러므로 방초봉의 주인은 노루이고, 냇물과 구름과 아지랑이는 보조자다. 하나는 지상의 계곡에서, 또 하나는 천상의 하늘에서, 또 하나는 그 중간 지대인 고개에서 세속과 차단된 순수의 존재 영역을 보존하고 있다. 시인은 그러한 환상의 순수 지대를 창조해 보여 주었다.

나그네

술 익은 강마을의 저녁노을이여—지훈

강나루 건너서
밀밭 길을

구름에 달 가듯이
가는 나그네

길은 외줄기
남도 삼백리

술 익는 마을마다
타는 저녁 놀

구름에 달 가듯이
가는 나그네

『청록집』

이 시는 일제 말에 조지훈의 「완화삼玩花衫」에 대한 화답시로 쓴 것이다. 「완화삼」과 「나그네」의 선후 관계가 엇갈리는 서술이 많은데, 정확한 사정은 박목월의 첫 개인시집 『산도화』(1955)에 쓴 조지훈의 발문을 보면 알 수 있다. 1942년 이른 봄 박목월이 만나고 싶어 한다는 누군가의 말을 듣고 조지훈은 박목월에게 편지를 보내고 경주를 방문하여 보름 가까이 머물렀다. 그 후 「완화삼」을 목월에게 편지로 보냈고 목월이 그것에 화답하여 「나그네」를 보내주었다고 적었다. 1) 『청록집』(1946)에 「완화삼」에는 "목월에게"라는 부제가 붙어 있고, 「나그네」에는 "술 익은 강마을의 저녁 노을이여—지훈"이라는 부제가 붙어 있는 것도 그러한 사정을 알려준다.

「완화삼」의 "구름 흘러가는/물길은 칠백리"가 「나그네」에서는 "길은 외줄기/남도 삼백리"로 변형되었고, "술 익는 강마을의 저녁 노을이여"가 "술 익는 마을마다/타는 저녁 놀"로 변형되었다. 조지훈의 「완화삼」에 "산새가 구슬피 울음 운다"라든가 "다정하고 한 많음도 병인 양하여" 등 감정 표출의 어구가 나오는 데 비해 박목월의 「나그네」에는 감정이 절제되어 있고 조지훈의 유장한 어조 대신에 담백하고 간결한 명사형 종결 어구가 사용되었다. 내용과 정서를 공유하면서도 두 시인의 개성이 달리 나타나고 있음을 확인할 수 있다.

이 시가 일제 말기에 창작된 작품이라는 사실 때문에 암울한 상황을 염두에 두고 비판적 논평이 제기되기도 했다. 전시체제로 접어든 엄혹한

---

1) 박목월의 회고는 글에 따라 시기와 기간이 조금 다르게 서술되는데 전후 사정을 고려하면 조지훈 의 회고가 정확해 보인다.

상황이라 곡식은 군수 물자로 차출당하고 대부분의 농촌이 초근목피로 연명하는 상황일 텐데 "술 익는 마을마다/타는 저녁놀"이라고 낭만적으로 미화한 것은 당시 현실을 왜곡한 표현이라고 비판을 가한 것이다. 끼니를 때울 식량이 없는데, 술 익는 마을의 풍요로움이 어디 있겠냐는 것이 비판의 골자다. 이것에 대한 반론으로 「나그네」는 실제로 존재하는 현실을 모방한 것이 아니라 시인의 머리에 떠오른 이상적 현실의 모습을 담아놓은 것이라는 주장이 제기되기도 했다. 그러나 이것 역시 부당한 비판에 대한 해명으로는 설득력이 약하다. 「나그네」의 전체 시행도 그렇고 마지막 구절도 그렇고 그것을 이상적 현실의 모습으로 보기에는 무리가 있다. 외줄기 길을 표표히 유랑하는 나그네의 모습, 그 나그네가 걸어가는 저녁 무렵의 노을과 무르익은 술 등이 낭만적 정취를 풍기기는 하지만 그것이 마땅히 그렇게 되어야 할 이상적 세계의 모습이라고는 생각되지 않는다.

이 시의 정경은 암울한 시대를 살아간 시인 자신이 한 순간 떠올렸던 낭만적인 상상으로 해석하는 것이 좋을 것이다. 아무리 참담한 상황에서도 사람은 낭만적 몽상에 젖어들 수 있다. 목숨이 경각에 놓인 전쟁터에서도 눈앞에 피어 있는 들꽃의 아름다움에 눈을 돌리는 것이 인간이다. 견디기 힘든 가혹한 상황 때문에 들꽃의 아름다움이 오히려 더 절실하게 느껴질 수도 있다. 그리고 그러한 낭만적 상상이 현실의 고통을 조금 덜어주기도 한다. 시인은 빈 필름만 돌아가는 시대의 공백기, 그 질식할 것 같은 시대에, 유유하고 은은하게 유랑하는 나그네의 모습을 상상한 것이다.

이 시는 앞의 두 편의 시처럼 의미보다 음악성에 더 비중을 둔 작품이다. 박목월은 자신의 초기 시작 과정을 설명하면서 하나의 선명한 이미지나 한 줄의 시상을 설정해 놓고 운율미와 음악적 효과를 고려하여 전체 시를 구상했음을 밝히고 있다. 이 시를 지배하는 것도 바로 시어와 그것의 음악적 효과에 대한 관심이다. 앞의 두 편의 시처럼 이 시에 나오는 시어들도 대부분 유성음으로 되어 있다. '익는'처럼 자음이 나오는 경우에도 발음할 때는 유성음으로 동화되고 앞에 '술'이 연결되면 '수링는'으로 발성되어 음악적 울림이 강화된다. 격음은 '타는'에 딱 한 번 나오는데 이 말은 저녁놀이 붉게 물드는 정경을 강하게 나타내야 했기에 선택되었을 것이다. 이처럼 이 시는 의미구조보다 음성구조가 상위에 놓인 작품이다.

요컨대 이 시는 유성음의 연속에 의해 유유한 흐름을 보이는 음악적 선율과 나그네의 유유한 유랑의 모습이 정연한 일치를 보이도록 구성한 심미적 구조에 중점이 놓인다. 시어 하나하나는 음악적 울림을 충분히 함유하면서 그것을 적절히 분출하고 있다. 그래서 이 시의 단어 하나라도 다른 것으로 바꾸면 시의 가치는 반감되고 만다. 예를 들어 '강나루'를 '강 언덕'으로 바꾸거나 '밀밭'을 '뽕밭'으로 바꾸어 보라. 시가 아주 이상해지는 것을 느낄 수 있을 것이다. 그만큼 이 시는 시어와 운율의 음악적 효과가 시 전체를 이끌어가는 작품이다.

우리는 이 시의 느긋한 운율감에 동승하여 "구름에 달 가듯이 가는 나그네"처럼 유연하게 흔들리면서 '외줄기 삼백 리 길'을 걸어 저녁놀이 붉게 타오르는 술 익는 강마을로 접어드는 상상을 즐길 권리가 있다. "구름에 달 가듯이 가는 나그네"는 밝고 환한 이미지다. 물처럼 흐르는 유동의 이미지다. 박목월은 스스로 이 구절을 다음과 같이 풀이했다.

새까만 구름장 사이로 달은 씻은 듯 말갛게 건너간다. 바람이라도 불어, 구름이 빨리 흐르면 흐를수록 날개가 돋친 듯 날아가는 달의 그 황홀한 정경. 그 달의 모습에서 나는 세상을 버린 자의 애달프게 맑은 정신을 느낀 것이다.[2]

---

2) 박목월, 『보라빛 소묘』, 신흥출판사, 1958, 87쪽.

세상을 능동적으로 버리고 맑고 환한 모습으로 산천을 유랑하는 나그네의 모습을 그는 동경의 심정으로 나타낸 것이다. 그런데 그 다음에 이어진 "길은 외줄기/남도 삼백리"에는 다시 그의 외롭고 서러운 정조가 투영되어 있다. 그는 이 '삼백 리'를 "내 서러운 정서가 감정으로써 받아들일 수 있는 거리"[3]라고 했다. 모든 것을 버렸기 때문에 외로운, 오히려 그 때문에 더 아름다운 낭만적 유랑의식을 그는 표현하려 한 것이다. 우리는 이 시의 의미와 운율의 해조에 마음을 맡기고 이 독특한 낭만적 유랑의식에 은은히 젖어들 필요가 있다.

---

3) 위의 책, 92쪽.

가을 어스름

사늘한 그늘 한나절
저물을 무렵에
머언 산 오리목 산길로
살살살 날리는 늦가을 어스름

숱한 콩밭머리마다
가을 바람은 타고
청석靑石 돌담 가으로
구구구 저녁 비둘기

김장을 뽑는 날은
저녁 밥이 늦었다
가느른 가느른 들길에
머언 흰 치마자락*
사라질듯 질듯 다시 뵈이고
구구구 구구구 저녁 비둘기

『청록집』

---

* 앞의 '송화가루'처럼 표준어 '치맛자락'으로 표기하지 않고 원본대로 적는다.

　박목월의 초기 시가 자연에서 출발했다는 것은 모르는 사람이 거의 없다. 그러나 그 자연이 어떠한 성격의 자연이고 왜 그러한 자연 정경에 관심을 가졌는가 하는 점은 충분히 해명되지 않았다. 박목월 시의 자연은 객체로 실재하는 대상이 아니라 시인의 주관에 의해 변형되거나 재구성된 자연이다. 그것은 시인의 심정과 긴밀하게 연결되어 있다. 그의 초기 시에 빈번하게 등장하는 가늘게 사라지는 길의 영상은 그의 심정 양태를 그대로 반영한다. "길은 외줄기/남도 삼백 리"(「나그네」)라든가, "뵈일 듯 말 듯한 산길"(「길처럼」), "아지랑이 어른대는/머언 길"(「춘일春日」), "황토 먼 산길"(「산그늘」) 등 그의 초기 시 어느 곳에서나 가늘게 사라지는 길의 영상을 쉽게 찾아볼 수 있다. 위의 시에 나오는 "가느른 가느른 들길에/머언 흰 치마자락"(「가을 어스름」)도 시인의 심정을 그대로 반영하는 시구다.

　가늘게 사라지는 모습, 멀리 홀로 떨어져 있는 정경을 자주 드러낸다는 것은 그의 내면이 그렇게 유약하고 고적한 상태에 있다는 것을 암시한다. 그는 자신의 내면을 대변할 수 있는 정경을 선별하고 그것을 재조정하여 그의 시에 배치했다. 그의 심정이 이렇게 외롭게 사라지는 모습으로 위축된 것은 시인이 처한 상황의 중압감 때문이다. 현실의 광포한 힘에 대처할 길 없는 자아는 그의 내면을 가늘게 사라지는 길의 영상으로 대치한 것이다.

　소멸과 고적의 자연 심상들은 풍요롭고 충만한 소망의 상태에서 멀리 떨어진 것이기 때문에 정신의 갈증을 일으킨다. 박목월이 자신의 시 창조의 동력으로 갈증을 여러 차례 언급한 것은 그러한 심리를 고백한 것이다. 정신의 갈증이 심화되면 그것은 공허감을 메우기 위한 환상의 창조로 전환된다. 앞의 시에서 본 자연의 신비로운 화폭들은 마음의 빈 터를 메우기 위해 시인이 그려낸 상상의 구성물이다. 삶의 무게가 그를 억압할 때마다 그는 상상의 힘을 통해 가시적 사물을 넘어선 환상의 세계에서 위안을 얻으려 했다. 이것은 그의 후기 시의 검토에서 밝혀질 것이다.

이 시는 늦가을 저녁 무렵을 배경으로 하고 있다. '늦가을 어스름'이라는 시간이 벌써 시인의 고적한 소멸의식을 드러낸다. 첫 행에 "사늘한 그늘 한나절"이라고 했는데 아무리 늦가을이라 해도 어떻게 한나절이 그늘로 계속되겠는가? 그만큼 그는 '그늘'에 친숙감을 느끼는 것이다. 늦가을의 오후가 저물어 어스름이 깔리는 시간이 배경이다. "살살살 날리는 늦가을 어스름"이라 했는데 어스름이 깔리는 모습을 나타냄과 동시에 마지막 남은 나뭇잎이 날리는 모습도 함께 나타내려 했다. '오리나무'를 '오리목'이라 한 것은 시인의 예민한 언어감각의 선택이다. '오리나무'라는 4음절보다 '오리목'이라는 3음절의 어감이 더 어울린다고 생각했을 것이다.

산길 비탈마다 콩밭이 많고 콩을 거두어들인 콩밭은 어수선하여 가을 바람 부는 모습은 더욱 황량하다. 검푸른 빛의 돌담 가에서 비둘기 울음소리가 구슬피 들린다. "구구구"라는 의성어는 "살살살"과 호응을 이루면서 다음 연의 외로운 소멸의 정경에 이어진다. 김장에 쓸 배추를 뽑는 날은 동네 사람들이 함께 일하기 때문에 저녁 식사가 늦어졌다고 했다. 이것은 여성들의 울력이 필요한 일이다. 늦도록 밭에서 일하고 저녁밥을 차려야 하는 여인의 힘겨움을 암시하고자 했는지 모른다. 다음 행에 나오는 "머언 흰 치마자락"은 그런 여인의 가냘픈 모습을 나타낸 것으로 읽힌다. 사라질 듯하다가 다시 희미하게 보이는 흰 치맛자락이 그의 유약하고 고적한 심정에 자연스럽게 동화되었을 것이다. 쓸쓸한 소멸의 정황에 화답하는 듯 구구구 우는 비둘기 소리가 들린다. 그 울음소리는 하루가 저무는 늦가을 어스름의 쓸쓸한 심사에 우수의 색조를 드리운다.

산도화山桃花 1

산은
구강산九江山
보라빛 석산石山

산도화
두어 송이
송이 버는데

봄눈 녹아 흐르는
옥 같은
물에

사슴은
암사슴
발을 씻는다.

『산도화』

　"산은/구강산九江山/보라빛 석산石山"의 구조는 「청노루」에 나온 "산은 자하산紫霞山/봄눈 녹으면"과 "머언 산 청운사靑雲寺/낡은 기와집"을 합해 놓은 것 같다. '산은-구강산-석산'으로 이어지는 유사 음운의 연쇄에 '보라빛'이라는 거친 음절이 개입하여 변주를 일으키는 과정이 이채롭다. 첫 개인시집 『산도화』에 『청록집』 수록 시편을 그대로 재수록한 점에서도 알 수 있듯이 그의 초기 시의 성격은 자연미와 운율미의 조화라는 일관된 흐름을 보이고 있다. 그는 자연의 정결한 아름다움에 호응하는 곱고 부드러운 정감의 시어를 골라 배치하는 데 전력을 기울였다. 「가을 어스름」에 "청석靑石 돌담"이라는 시어가 사용된 것처럼 여기에는 "보라빛 석산石山"이 제시되었다. 검푸른 빛깔의 암벽을 지닌 산을 가리킨다. "구강산九江山"은 아홉 줄기의 강이 흐른다는 뜻보다 '구강산'의 우아한 울림소리 때문에 선택되었을 것이다. '산은 구강산 보라빛 석산'이라는 부드러우면서도 산뜻한 소리의 울림이 어느 호젓한 자연 공간으로 우리를 안내한다.

　그곳에 봄이 깃들어 산도화가 두어 송이 봉우리를 벌리고 있다. "두어 송이/송이 버는데"라는 구절도 '송이'라는 말을 두 번 사용하여 음성적 효과를 살리면서 의미는 구분되게 배치했다. 산중이라 야생의 산도화가 핀다고 했다. 요염한 도화가 피는 것보다 수수한 산도화가 피는 것이 시인이 추구하는 정결한 미학에 더 어울린다. 그것도 "두어 송이" 핀다고 했으니 정갈한 순결의 심정에 어울리는 배치다.

　3연의 "봄눈"도 「청노루」의 "봄눈"처럼 봄이 올 때까지 산정에 남아 있던 눈을 뜻한다. 겨울 내내 봉우리에 쌓여 있다 봄기운에 녹아 흐르는 맑은 물이기에 "옥 같은 물"이라 했다. 이 순수한 물로 무엇을 할 것인가?

「삼월」의 '암노루'는 맑은 물로 목을 축이고 흐르는 구름에 눈을 씻었다. 여기서의 '암사슴'은 발을 씻는다. "사슴은/암사슴/발을 씻는다."라는 시행은 이 정결한 공간에서 발을 씻을 대상은 수사슴이 아니라 마땅히 '암사슴'이라고 말하는 듯하다. 곱고 깨끗한 공간에 어울리는 존재로 그렇게 부드럽고 고운 여성 생명체를 배치한 것이다.

이 장면은 노자 『도덕경』 6장에 나오는 '현빈玄牝'이라는 말을 떠오르게 한다. 이 구절의 원문은 "谷神不死 是謂玄牝 玄牝之門 是謂天地根 綿綿若存 用之不勤"으로 되어 있다. 풀이하면 "골짜기의 신은 죽지 않으니 이를 그윽한 암컷이라 한다. 그윽한 암컷의 문을 천지의 뿌리라 하는데, 가늘게 이어져 있는 것 같지만 아무리 사용해도 힘이 들지 않는다."라는 뜻이다. 요컨대 '현빈'은 우주 생명의 근원인 여성 성기를 상징한다. 생명은 모두 여성에게서 나온다. 생명을 산출하는 여성성은 본질적으로 솜처럼 부드럽고 유연해서 생명의 물기가 마르는 법이 없다. 그러니 "봄눈 녹아 흐르는 옥 같은 물"이 고이는 그윽한 계곡에 발을 담글 존재는 여성일 수밖에 없는 것이다. 이것은 박목월이 『도덕경』의 이 구절을 참조해서 이렇게 썼다는 말이 아니다. 시인의 선험적 직관으로 부드럽고 유연한 생명의 근원을 '암사슴'으로 파악했다는 뜻이다.

끝으로 이 시의 구조적 안정감에 대해서도 언급하고 싶다. 각 연 3행, 전체 4연으로 된 이 시는 1연, 2연, 4연의 형식이 유사하다. 그리고 3연은 나머지 연의 형식을 반대로 배치해 놓은 구조다. 음절의 수로 형태를 표시하면 '2-3-5/3-4-5/7-3-2/3-3-5'의 구조다. 요컨대 1연에서 2연을 거쳐 3연에서 절정에 이른 다음 하강하여 4연에서 마무리를 짓는 구조다. 이것은 가장 단순한 형태의 론도형식에 해당한다. 이러한 형식은 음악적 안정감을 지니기 때문에 가곡으로 작곡하기 쉬운 특징이 있다. 박목월은 음악의 구조를 염두에 두고 이러한 형식을 고안했을 것이다. 이 시를 비롯하여 그의 시가 여러 편 가곡으로 작곡된 연유가 여기에 있다.

산도화 3

청석^{靑石}에 어리는
찬물소리

반은 눈이 녹은
산마을의 새소리

청전^{靑田}* 산수도에
삼월 한나절

산도화
두어 송이

늠름한
품^品을

산이 환하게
티어 뵈는데

한머리 아롱진
운시^{韻詩} 한 구.

『산도화』

---

* '청전'은 동양화가 이상범 선생의 호. (원주)

이 시에도 '청석'이 나오는 것으로 볼 때 검푸른 돌에 대한 관심이 많았던 것 같다. 그것은 정결성의 추구와 관련이 있다. 윤선도의 「오우가」나 유치환의 「바위」에서도 알 수 있듯이 돌은 초속적인 불변의 아이콘인데, 푸른빛의 돌이라고 하면 더욱 상서로운 기상을 지니게 된다. 그래서 예로부터 청석은 귀한 돌을 의미하는 것으로 통용되어 왔다. 깨끗한 청석에 맑은 물이 흐르고 거기서 청량한 소리가 나는 것을 "청석靑石에 어리는/찬물소리"라고 표현했다. 산중의 맑고 서늘한 정취를 표현한 것이다.

여기서 하나의 단어처럼 붙여서 표기한 "찬물소리"는 '차가운 물소리'라는 뜻보다는 '찬물 흐르는 소리'에 가까운 것 같다. 왜냐하면 2연에 "반은 눈이 녹은"이라는 말이 나오기 때문이다. 문장 구조로 보면 이 구절은 그다음에 나오는 "산마을의 새소리"를 꾸며주는 형식으로 되어 있다. 눈이 반쯤 녹았다는 것은 봄기운이 막 스며들기 시작했다는 뜻이다. 배경이 3월인데 눈이 반만 녹았다는 것은 그만큼 깊은 산이라는 뜻도 된다. 그러니까 2연은 봄기운이 퍼져가는 산마을에 추운 겨울보다 밝은 음색의 새소리가 들리는 장면을 나타낸 것이다. 그러면서도 "반은 눈이 녹은"이라는 시구는 앞의 "찬물소리"와 연결되어 청석을 스치는 맑은 물이 눈이 녹은 물이라 차가울 것이라는 사실도 연상시킨다. 요컨대 "반은 눈이 녹은"이라는 시행은 1연의 "찬물소리"와 2연의 "새소리"에 함께 연결되는 이중적 기능을 갖는다. 이러한 청각의 정결성은 3연 이후 시각의 담백함으로 전환된다.

많은 것이 생략된 3연은 청전 이상범의 산수도를 연상시키는 3월의 자연 경관에 젖어들어 그 아름다움을 한나절 감상한다는 뜻으로 풀이된다. 수묵으로 그린 산수도처럼 세부적인 사항은 생략하고 봄날의 특징만 살려 시를 쓴다는 자신의 생각을 암시한 구절이기도 하다. 시인은 이 정갈한 산의 가장 봄다운 특징이 산도화 몇 송이가 피어나는 장면이라고 생각했다. 그 모습을 시인은 "늠름한 품品"이라고 표현했다. 여기서 '품'은 '기품', '품격' 등의 의미일 것이다. 화려한 꽃이 활짝 피는 것이 아니라 담백한 산도화가 두어 송이 피는 것이 오히려 늠름한 기품을 풍긴다고 말한 것이다. 사실 산도화의 실제 모습이 늠름하게 느껴지지는 않지만 봄의 첫마당을 여는 꽃이기에 '늠름한 품'이라고 했을 것이다. 산도화에서 풍겨오는 봄기운을 음미하니 마음이 환하게 트이는 것 같고 산 전체가 한눈에 들어오는 것 같은 느낌을 표현한 것이다. 여기서 산도화는 봄의 정경으로 우리를 안내하는 의젓한 관문 역할을 한다.

산도화는 봄으로 우리를 안내하는 관문이자 산의 담백한 아름다움을 압축하는 상징이다. 그것은 산수화의 표제로 쓰인 운시韻詩와도 같다. '운시'란 '제운시題韻詩'의 준말로 다른 사람이 내 놓은 운자에 맞추어 쓴 시를 뜻한다. 삼월의 산이라는 운자에 맞추어 쓴 시 한 구절이 산도화 두어 송이라는 것이다. 아담하게 피어 있는 산도화의 모습을 나타내기 위해 "한머리 아롱진"이라는 수식어를 놓치지 않고 배치한 시인의 섬세한 감각도 엿볼 수 있다. '한머리'란 무리 진 한 덩이를 가리키는 말이다. 시인은 담백하고 정결한 산의 정경을 드러내는 특징 몇 가지를 선택하여 청전의 산수도 같은 언어의 산수화를 그려냈다. 그 산수화의 정점에 산도화의 아롱진 아름다움이 배치되었다. 산도화로 상징되는 초기 자연미의 완상玩賞은 이 시에서 정점을 찍는다.

불국사

흰달빛*
자하문

달안개
물소리

대웅전
큰보살

바람소리
솔소리

범영루泛影樓
뜬그림자

흐는히
젖는데

* 이 시의 시어는 음절 수를 일정하기 배치하기 위해 의도적으로 띄어쓰기를 하지 않은 것으로 보고
  원본대로 적는다.

흰달빛
자하문

바람소리
물소리.

『산도화』

이 시는 산수화가 갖고 있는 여백의 미를 시의 형태로 실험한 작품이다. 그 실험에 불국사라는 국보급 유형문화재의 압도적 중량감이 크게 작용했다. 거대한 공간감과 역사적 무게를 지닌 불국사가 극히 절제된 몇 마디의 시어로 압축적으로 표현된 데 이 시의 묘미가 있다.

우선 이 시의 음성 구조를 살펴볼 필요가 있다. 1연은 '흰'으로 시작하여 '문'으로 끝난다. 2연은 각 행이 '달'과 '물'로 시작하여 '개'와 '리'로 끝나는데, '달'과 '물'이 호응을 이루고 '애'와 '이'가 호응을 이룬다. 3연은 '대웅'의 큰 느낌이 "큰보살"의 '큰'으로 이어진다. 대웅전에는 부처의 상이 놓여 있는데, 어감을 고려하여 '큰부처'를 '큰보살'로 대치했을 것이다. 격음이 있는 '부처'보다 '보살'이 부드러운 느낌을 주기 때문이다. 4연은 각 행 끝의 '소리'가 호응을 이루고, "바람"의 '람'과 '솔'이 호응을 이룬다. 박목월은 '소리'로 끝나는 구에서 "음향적 여운"을 남게 하고 다음 구에서 둔중하고 빠른 가락이 시작되는 효과를 거두려 했다고 설명했는데,[1] 3연의 "대웅전"과 5연의 "범영루"는 둔중하게 시작되고 빠르게 이어지는 음성적 효과를 나타내고 있다.

5연의 "뜬 그림자"는 "범영루泛影樓"의 뜻을 한글로 바꾸어 놓은 것인데, 여기서도 '범'과 '뜬'이 음성적으로 호응하고 '루'와 '자'의 모음이 호응한다. 6연은 "흐는히"와 "젖는데"의 '는'이 호응한다. 7연과 8연은 앞에 나온 구절을 반복·변형 배치한 것으로 유사한 효과를 나타낸다. 전체적으로 부드러운 음감의 단어들이 많이 사용되었다. 자하문, 대웅전, 범영

---

1) 박목월, 『보라빛 소묘』, 신흥출판사, 1958, 123쪽.

루라는 명칭도 음감 때문에 선택되었을 것이다. 이런 과정을 보면 시인이 음절 하나하나의 음운적 자질을 면밀히 검토하여 시어를 배치했음을 알 수 있다.

불국사의 자하문은 대웅전으로 들어가는 중문中門이다. 불국사 경내에 들어서서 청운교와 백운교를 거쳐 자하문으로 들어가면 중정中庭 양쪽에 석가탑과 다보탑이 있고 정면 안쪽에 대웅전이 있다. 그러니까 자하문은 불국사의 중심부로 들어가는 중앙 관문이다. 때는 밤이라 흰 달빛이 자하문에 비치고 있다. 그것과 관련지어 2연에 "달안개"가 제시된 것은 자연스러운 일이다. 역사적 고증에 의하면 청운교와 백운교 아래쪽에 구룡연지라는 연못이 있었고 다리 아래에도 물이 흘렀던 것으로 추정하고 있다. 박목월이 불국사를 대했던 당시에 연못이나 물은 존재하지 않았지만 청운교와 백운교가 다리라는 점에 착안하여 시인은 "물소리"를 배치했을 것이다. 그러니까 이 물소리는 실제의 소리라기보다는 상상의 소리일 것이다.

대웅전 안에 큰 불상이 있고 경내에 바람 소리와 솔잎 스치는 소리가 들린다. 대웅전에서 나오면 자하문 오른쪽에 범영루가 있는데 청운교 아래에서 올려다보면 우뚝 솟은 모습이 눈에 뜨인다. 이름이 범영루라고 했으니 그림자가 물에 뜨는 누각이라는 뜻이다. 그 물은 위에서 말한 구룡연지일 것이다. 시인은 이 누각의 뜻을 살려 범영루의 뜬 그림자가 '흐는히' 젖는다고 했다. "흐는히/젖는데"라는 서술어가 나온 이 대목이 시 전체의 클라이맥스에 해당한다. 다른 연은 명사로 되어 있는데 이 연만 서술어로 되어 있기 때문이다. 요컨대 흰 달빛, 달안개, 물소리, 바람소리, 솔소리가 섞이고 엇갈리면서 범영루의 뜬 그림자에 흐는히 젖어드는 이 장면이 절정이고 다시 명사 시행으로 바뀌면서 완만한 하강을 이루며 끝나는 구조로 되어 있다.

그러면 "흐는히"의 뜻은 무엇인가? 이 말은 박목월이 이 시에서만 쓴 독특한 시어다. 그런 점에서 시 「불국사」를 위해 만든 조어라 할 수 있다. 이 시가 알려지자 여러 시인들이 이 단어를 자신의 시에 사용했다. 정확한 뜻은 모르고 막연한 느낌으로 차용했을 것이다. 흔히 이 말을 사전에 나오는 '흔흔히'의 뜻으로 풀이하고 있는데, 이 단어는 한자 기쁠 흔(欣)과 관련된 말로 "매우 기쁘고 만족스럽게"라는 뜻이다. 이 시의 문맥으로 볼 때 범영루 뜬 그림자에 달빛과 안개와 자연의 여러 형상이 젖어드는 장면을 매우 기쁘고 만족스러운 모습으로 받아들이기는 곤란하다. 이와는 달리 '흔들린다'에 가까운 뜻으로 풀이한 사례도 있는데,[2] 여기서는 흔들린다는 외적인 형상보다는 주관적 느낌을 나타낸 말로 보인다. 나는 이 말을 '흐뭇하다'와 '은은하다'가 결합된 뜻으로 받아들인다. '흐뭇하다'도 만족스럽다는 뜻이지만 '흔흔하다'보다는 기쁨의 강도가 약하다. 그렇게 되면 "흐는히/젖는데"는 "흐뭇하고 은은하게 젖어든다"라는 뜻으로 해석될 수 있다. 이 시를 쓸 때 박목월이 '흔흔히'라는 단어를 떠올렸는지는 알 수 없으나 이 시의 정취를 살리기 위해 '흐는히'라는 시어를 새롭게 만들어 사용한 것을 보면 시어 하나의 선택에도 세심한 배려를 했음을 충분히 이해할 수 있다.

---

2) 안명철, 「등가구조와 은유적 해석 - '불국사'」, 『우리말글』 44, 2008. 12, 26쪽에서는 흔들린다는 뜻의 '흐늘하다'의 파생부사 '흐늘히'와 관련이 있을 것으로 추정하면서 더 연구가 필요하다고 언급했다.

모란 여정餘情

모란꽃 이우는 하얀 해으름

강을 건너는 청모시 옷고름

선도산仙桃山
수정水晶그늘
어려 보라빛

모란꽃 해으름 청모시 옷고름

『산도화』

이 시도 음성적 요소가 주도적 역할을 하여 의미를 이끌어 가는 구조를 취하고 있다. 형태적으로 구분된 네 연 중 세 연이 '름'으로 끝난다. 이것은 음악적으로 동일한 어감의 말이 통사적으로 연결된 것이다. 각 시행의 내부에서는 '이우는'과 '하얀'이 음성적으로 호응하고, 다시 '하얀'과 '해으름'이, '강을'과 '건너는'이, '청모시'와 '옷고름'이 호응한다. 그리고 행과 행 사이에서 '이우는'과 '건너는'이 호응하고, '선도산'과 '수정'이 호응하며, '그늘', '어려', '보라'가 호응한다. 이러한 음성의 호응과 연쇄는 의미의 차원과 긴밀히 결합한다.

모란꽃은 붉고 크다. "해으름"은 '해거름'의 방언으로 해가 질 무렵을 가리킨다. '해거름'보다 훨씬 그윽한 음감을 지닌 말이다. 해가 질 무렵의 색상을 '하얀'이라고 지칭했다. 어떻게 '하얀 해으름'이 가능한가? 여기에 박목월의 독특한 색채 인식이 있다. 해가 질 때 노을이 물들면 하늘이 붉은 빛이지만, 약간 흐린 상태로 해가 질 때는 연한 잿빛이다. 해가 서쪽으로 기울어 잔광만 남을 때에도 흰빛에 가깝다. 잔광만 남은 해거름을 배경으로 붉고 큰 모란꽃이 이울고 있다면 그것과 대비되어 잔광의 색감은 더욱 희게 보일 것이다. 시인은 예민한 감각으로 이 장면의 대비적 색감을 표현한 것이다. 모란꽃이 진다거나 시든다고 하지 않고 이운다고 표현한 언어 감각도 뛰어나다. '지는'이나 '시드는'에 비해 '이우는'의 어감이 훨씬 고상하다. 붉은 모란꽃 이우는 저편에 하얀 해으름 펼쳐져 있는 소멸 직전의 풍경은 아름다우면서도 애잔하다.

"청모시 옷고름"은 청모시 옷고름을 띤 한국 여인을 가리킨다. 한국 여인과 그의 옷은 인접 관계에 있고, 한복 의상과 옷고름 역시 인접 관계에 있다. 비유로 말하면 '한국 여인'을 '청모시 옷고름'으로 대치한 것은 환유에 해당한다. 중요한 것은 "강을 건너는 한복 입은 여인"이라고 하지 않고 "강을 건너는 청모시 옷고름"이라고 표현한 시인의 발상과 의도다. '청모시'라고 하면 정갈하고 고상한 느낌을 준다. 이육사의 「청포도」에 내가 바라는 손님이 '청포'를 입고 찾아온다고 한 것도 같은 맥락이다. 여름옷으로 베보다 모시가 곱고, 흰모시보다 청모시가 더 산뜻한 느낌을 준다. 모란꽃 이우는 잔광의 저물녘에 푸른 모시옷을 입은 여인이 옷고름을 늘이고 강을 건너는 장면 역시 아름다우면서도 애잔한 느낌을 준다. 시간이 흐르면 곧 사라질 소멸 직전의 아름다움을 순간의 영상으로 투사한 것이다. 모란의 붉은빛과 잔광의 흰빛, 저무는 강의 검푸른 빛과 청모시 옷의 연푸른 빛이 어울려 자아내는 색채의 미감이 한 폭의 수채화 같다. 언어로 여백의 미학을 창조하려는 그의 노력이 회화적 영상으로 응결된 것이다.

시인은 이 수채화에 또 하나의 신비로운 영상을 배치하여 화룡점정의 운필로 삼았다. 그것은 선도산의 수정 빛 그늘이다. '선도산'은 경주 서쪽에 있는 실제의 지명이다. 이 산도 실제의 위치나 지명의 뜻보다는 그 소리 때문에 선택되었을 것이다. '선도산'이 '수정'의 음과 호응하면서 한편으로는 수정이 지닌 은은하고 투명한 색상과 어울린다. 신령스러운 선도산이니 그림자도 수정의 형상처럼 투명하다고 본 것이다. 귀한 자수정처럼 보랏빛이 어려 있는 투명한 산그늘을 제시했다. 앞에서 나온 붉은빛과 흰빛과 푸른빛을 종합하면 보랏빛이 될 것이다. 소멸의 여백 미학을 전체적으로 감싸 안는 광폭의 배경이 보랏빛 산그늘이다. 이제 시인은 "모란꽃 해으름 청모시 옷고름"이라는 유사 음운의 반복으로 음악적 운율미를 나타내면서 색채의 어울림을 한꺼번에 제시하여 여백미의 화폭을 마무리 짓는다. 그의 마음으로 그린 또 하나의 산수도가 완성된 것이다. 그가 소망한 대로 "한국적인 정서가 어린 풍경을 묵화적인 고담한 필치로 표현하려고 애를 쓴"[1] 담채화 한 편을 언어로 그려낸 것이다.

1) 박목월, 『보라빛 소묘』, 신흥출판사, 1958, 86쪽.

봄비

조용히 젖어드는 초^草지붕 아래서
왼종일 생각나는 사람이 있었다

월곡령^{月谷嶺} 삼십리 피는 살구꽃
그대 사는 강마을의 봄비 시름을

장독 뒤에 더덕순
담 밑에 모란움

한나절 젖어드는 흙담 안에서
호박순 새 넌출이 사르르 펴난다

『산도화』

　지금까지의 산수도에는 사람이 거의 등장하지 않았는데 이 담채화에
는 그리움의 대상으로 사람이 등장한다. 온종일 생각한 그 사람은 누구일
까? 이 시는 『상아탑』(1946. 5.)과 『죽순』(1946. 5.)에 동시에 발표되었다. [1]
처음 발표 때는 "왼종일 생각하는/사람이 있었다."라고 되어 온종일 무언
가를 생각하는 사람을 나타낸 것 같았는데, 시집에 수록하면서 "생각나는
사람"으로 바뀌어 누군가를 생각하는 것으로 표현되었다. 박목월의 초기
시에 이러한 그리움의 정서가 표현된 것은 드문 일이다. 봄비가 촉촉이 내
리는 날 지난날의 누군가를 떠올리는 회상의 감정을 표현한 것이다.

　여기서 "조용히 젖어드는 초草지붕"의 정서는 요즘 독자들이 공유하기
어려운 것이어서 설명할 필요가 있다. "초草지붕"도 『죽순』에는 "초가草家
지붕"으로 되어 있던 것이 음악적 효과를 고려하여 음절을 생략하는 쪽으
로 바뀐 것이다. 건초를 엮어 지붕에 얹은 형태니 '초지붕'이 더 합리적인
말이기도 하다. 짚이나 갈대로 지붕을 만들었으니 비가 오면 물기가 스며
들어 촉촉이 젖어 들기 시작한다. 지붕에 빗방울 떨어지는 소리도 들리지
않아 그야말로 조용히 젖어 드는 정취를 고즈넉이 느낄 만하다. 더군다나
만물을 적시며 조용히 내리는 봄비라면 더욱 그러할 것이다. 그런 상황
속에서라면 과거의 추억에 젖어 들어 누군가를 온종일 떠올릴 만하다. 그
런 점에서 이 첫 연은 "초지붕"에 봄비가 젖어 드는 정취를 알아야 제대로

---

1) 『상아탑』과 『죽순』의 형태는 거의 같은데, 4연이 없이 세 연으로 끝나고, 3연은 "모란움 솟는가/슬
　픈 꿈처럼"(『상아탑』), "모란 움 솟으라/슬픈 꿈처럼"(『죽순』)으로 되어 있다. 인터넷에는 이 첫 발
　표작이 많이 유통되는데, 그 이유는 마지막 시행이 주는 친근감 때문인 것 같다.

이해할 수 있다.

2연의 "월곡령月谷嶺"이 경주 어디에 있는 지명인지는 알 수 없으나 단어의 뜻과 음이 시의 분위기에 적실하게 어울린다. 한자의 뜻으로는 달이 비치는 계곡과 고개라는 뜻이니 높낮이를 아울러 달빛이 환하게 비치는 공간감을 나타내고, 음으로는 '월공령'으로 소리 나 모두 울림소리로 동화되어 물 흐르듯 읽혀져서 우아한 느낌을 준다. 뒤에 이어지는 "삼십리"까지 함께 발음하면 '월공령 삼심리'가 되어 부드러운 음악적 음조가 확장된다. 이 울림소리의 연동을 차단하면서 시상의 변화를 보이는 시구가 "피는 살구꽃"이다. '피는'의 격음 '피'는 울림소리의 여음을 급격히 차단하면서 살구꽃이 피어나는 봄날의 변화를 보여준다. 달빛이 환하게 비치는 월곡령 삼십 리에 살구꽃이 피고 그 아름다운 공간 저편 강마을에 그대가 사는 것이다. 그리고 이 초지붕을 적시는 봄비는 그곳 강마을에도 내릴 것이다. 상상은 할 수 있으나 실제로 볼 수 없는 정황 자체가 아쉬움을 불러일으킨다. "그대 사는 강마을의 봄비 시름을"은 그런 의미를 담고 있다. 삶에 무슨 애환이 있어서 시름이 있는 것이 아니라 마음으로 떠올릴 수는 있으나 실제로 볼 수 없어서 시름이 인다고 한 것이다.

봄비가 내리니 장독 뒤에 더덕 순이 오르고 담 밑에는 모란이 움을 튼다. 감정의 노출보다 음악을 통한 정서의 암시를 우위에 둔 시인은 발표작을 개작하여 위의 형태처럼 "더덕순"과 "모란움"이 대응을 이루는 구조로 바꾼 것이다. 그대를 생각하는 슬픈 꿈처럼 더덕 순과 모란 움이 피어난다고 서술하지 않아도 2연 끝의 "봄비 시름을"이라는 미완의 암시적 구절로 인해 "더덕순"과 "모란움"이 그대에 대한 그리움의 이미지로 인식될 것이라 생각했을 것이다. 음악적 울림으로 강점의 단순성을 극복하려 한 박목월의 개성적 의식을 새롭게 발견하는 대목이다.

마지막 연은 첫 발표작에 없던 부분을 새로 만들어 넣었다. 초가지붕에 봄비가 젖어 들듯 흙담에도 봄비가 젖어 들고 흙담 안쪽에 호박순의 새 넌출이 사르르 피어나는 시각적 장면을 제시하고 시를 끝냈다. 앞의 두 시행의 정적인 장면에 비해 호박순이 도르르 말리는 동적인 상황을 제시하여 변화를 주고자 했다. 감정을 절제하고 세 개의 시각적 영상만 제시한 것이다. 이렇게 되면 서두에서 제시한 그리움의 정서가 용두사미 격으로 약화되고 만다. 그러한 약점을 무릅쓰고 시인은 이미지와 소리의 울림으로 한 편의 시를 만들고 싶었던 것 같다. [2]

『산도화』에 수록된 이 시를 박목월은 그의 시선집 『박목월자선집』(삼중당, 1973)에 수록하지 않았다. 그는 시선집 서문에서 자신의 시집에 수록된 작품이 당시 발표 작품의 5분의 일이나 10분의 일 정도밖에 되지 않는다고 밝혔다. 여섯 권의 시집에 수록된 작품을 시선집에 수록했지만 그 중에는 추려 버리고 싶은 작품이 더러 있었다고도 밝혔다. 이 작품은 어떤 기준에 의해 시선집 수록에서 제외된 작품이다. 첫 발표작을 수정하여 시집에 수록했지만 둘 중 어느 것도 마음에 차지 않아 수록하지 않았던 것 같다. 그러나 그리움이라는 소박한 정서를 이미지와 음성의 결합으로 승화해 보려는 시인의 노력이 보이는 것은 사실이다. 친숙한 자연 사물을 소재로 취하면서도 자연 소재 시가 갖는 일반적 상투성에서 벗어나 사물을 자신의 독특한 상상력으로 변용시키고 거기에 소리의 아름다움을 결합하여 새로운 차원의 정서를 환기하려는 노력을 이 시에서 뚜렷이 엿볼 수 있다.

---

2) 유종호, 『시란 무엇인가』, 민음사, 1995, 53쪽에서 몇 가지 이유를 들어 개작이 초고보다 떨어진다고 언급했다.

야반음夜半吟

소내기가 비롯하는 야반의
깊은 침묵을

홀연히 두두둑
파초잎새.

두발은 희끗이
서리가 덮이고

비로소
한밤에 잠도 깨이고.

저
자욱하게 아득한 것을

마음은
화운和韻하고.

멀고 가까운 것을
새삼스러이 헤아리노니

침상枕上에는
오롯하게 조으는 불빛.

이 밤을
밤만큼 넓은 잎새를 펼치고

파초는 차라리
외롭지 않다.

『난·기타』

두 번째 시집 『난·기타』(1959) 서두에 놓인 작품이다. "야반음"이라는 한시 풍의 제목을 내세워 한밤중에 시를 읊는 고독을 노래했다. 두 번째 시집으로 오면서 그의 시선은 대상보다 자신의 내면으로 많이 기울어졌다. '한밤'이란 말 대신 지금은 거의 사용하지 않는 '야반'이라는 단어를 선택한 것도 소리에 대한 고려의 결과일 것이다. 뒤에 나오는 "두두둑", "화운", "새삼스러이", "오롯하게 조으는" 등의 시어들도 음감을 고려하여 배치되었을 것이다. 정도의 차이는 있으나 음악적 요소에 대한 관심은 평생에 걸쳐 그의 시 창작에 관여했다.

소나기가 내리자 밤의 침묵이 더욱 깊어진다. 파초 잎을 두드리는 소리가 침묵을 깨뜨리며 크게 들리고 한밤에 작업을 계속하는 자신의 늙음이 새삼 민감하게 느껴진다. 이 시를 썼을 때 시인의 나이 마흔을 조금 넘어섰을 때이니 지금의 기준으로 보자면 흰머리를 걱정할 시기가 아닌데, 박목월은 자신의 노쇠에 일찍부터 예민하게 반응했다. 흰 머리가 느는 것을 단순히 나이 드는 것으로만 생각한 것이 아니라 삶의 고민이 쌓여 가는 것으로 인식하여 쉽게 번민에 사로잡히는 경향을 보였다. 이것은 그의 젊은 시절 유약하게 위축되어 있던 자아의 모습과 관련된다. 가늘고 멀리 사라지는 영상에 애달픔을 느끼던 자아는 생활의 무게에 힘겨워하는 자신의 나약한 마음을 그대로 토로하게 되는것이다. 그의 시가 자연에서 생활에 대한 관심으로, 또 자신의 내면이나 인간 존재에 대한 탐구로 그 대상이 변화해 갔지만, 그러한 변화 속에서도 지속된 것은 바로 스스로의 나약함과 외로움을 민감하게 의식하는 태도였다. 그러한 요소가 『난·기타』의 첫 작품 「야반음」에 그대로 드러난다.

그는 자신의 불면을 민감하게 의식하면서 눈에 보이지 않는 무언가와 화답하려는 마음을 갖는다. "마음은/화운和韻하고"가 그러한 의도를 암시하지만, "자욱하게 아득한 것"이란 시구는 또 다른 내용을 떠오르게 한다. 자욱하게 덮여 있어서 아득하다는 느낌을 갖는다는 것인데 이것은 어떤 심리상태를 나타내는가? 앞에 무언가가 가득 덮여 있어 그것을 뚫고 나가긴 해야겠는데, 그것이 어떤 것인지 정확히 알 수 없는 상태, 그래서 앞길이 온통 아득하게 느껴지는 모호하고 몽롱한 상황을 연상시킨다. 대상과 화답하고 싶지만 자신의 갈 길을 찾지 못하고 공허하게 머물러 있는 상황을 암시한다. "멀고 가까운 것을/새삼스러이 헤아리노니"도 주변 상황을 파악하여 자신의 세계와 교섭하려는 마음을 제대로 갖지 못했음을 역으로 드러낸다. "새삼스러이"라는 말은 그 전에는 그러지 않았는데, 새삼스럽게 그런 태도를 갖게 되었다는 뜻이다. 요컨대 이 시의 자아는 여전히 대상 세계와 거리를 두고 자신의 고립된 자리에 머물러 있는 셈이다.

그러한 고립의 유폐성은 다음 시행에서 더욱 선명하게 떠오른다. 자신의 고독한 위상을 반영하듯이 침상에는 불빛이 오롯이 졸고 있고 '밤만큼 넓은 잎새를 펼친' 파초가 밤의 넓이를 압도하는 형상으로 버티고 있다. "파초는 차라리/외롭지 않다"는 말은 자신의 외로움과 대비되는 파초의 독자성을 언급한 것이고 상대적으로 자신의 외로움을 강조한 표현이다. 넓은 잎을 가진 파초는 묵묵히 한밤을 견디는데 자신은 고독과 번민에 편치 않은 밤을 보낸다는 뜻이다. 자연의 서러운 아름다움을 통해 위안을 얻던 유약한 자아는 이제 자신의 힘으로 삶의 고독과 번민을 넘어서야 하는 자리에 이르렀다. 생활인으로서 삶의 번민에 어떻게 대처해 나가느냐가 이후 시작의 과제가 되리라는 예감을 갖게 한다.

심상

눈동자 안에 한줄기의 사태^{沙汰}
　　　하얀 벼랑, 은은한 달밤을.
눈동자 안에 한줄기의 붕괴
　　　은실 모래의 세류^{細流}.

포도빛 투명한 음악의 해일.
　　　눈동자 안에
눈동자 안에 adieu, adieu
　　　꺼져 가는 모음^{母音}.
　　　한 개마다의 등불.

그윽한 선율의 흔들리는 낙반^{落磐}을
　　　눈동자 안에
눈동자 안에
하나의 생명
한개의 모음.
한줄의 운율을.
은실 모래의 세류. 하얀 벼랑, 은은한 달밤을.
　　　눈동자 안에 한줄기의 사태,
　　　한 마리씩 떠나가는 새들.

『난 · 기타』

　초기 시 중 독특한 형식미를 보여주는 작품이다. '심상'이라는 제목이 암시하는 것처럼 시인의 관심이 리듬에서 이미지로 변화하고 있음을 알려준다. 이미지에 대한 관심이 시의 형태에 대한 관심과 연결되어 있음도 알 수 있다. 눈동자 안에 떠오르고 사라지는 유사한 심상들을 일정한 유형으로 묶어 나열하여 한 편의 시를 구성했다. 각각의 어구가 지닌 개념적 의미보다는 그 시어가 환기하는 심상이 시적 의미를 지닌다. 이 시를 감상하는 요체는 각각의 시어가 환기하는 심상을 얼마나 잘 포용하느냐에 달려 있다.

　'사태'란 어떤 사물이 한꺼번에 무너져 내리는 일을 의미한다. 마치 모래나 눈이 무너져 내리듯이 눈동자 안에 무엇인가가 한 줄기 선을 그으며 무너져 내린다면 그것은 상당히 절망스러운 추락의 의미로 전달될 것이다. 미끄러져 내리는 하얀 벼랑이 있고, 은은한 달밤이 배경으로 되어 있으니, 추락은 추락이되 아름다운 추락이다. 앞의 자연 소재 시에서 보던 서러운 아름다움이 새로운 이미지로 변용되었음을 알 수 있다. 그것은 다시 한 줄기의 붕괴로, 은빛 모래의 가는 흐름으로 이어진다. 마음이 무너져 내리듯 모래가 붕괴되어 하강하고 그것은 백색의 색감을 중심으로 아름답게 추락한다. 서러운 아름다움의 정조가 그대로 이어지는 것을 볼 수 있다.

　2연에는 백색과 대비되는 '포도빛'이 나온다. 이것은 앞의 시에 나오던 '보라빛'과 동질의 색상이다. "음악의 해일"이란 공감각적 표현은 신선하고 멋지다. 그것을 "포도빛 투명한"이 수식하니 신비의 아우라가 증폭된다. 포도 빛깔인데 투명하다고 했고, 음악이 일으키는 해일이 그러한 색감을 갖는다고 했으니 어찌 신비롭지 않겠는가? 그러한 음악의 해일을 배경으로 "adieu, adieu"라고 작별을 고하는 인사말이 들린다. 소리가 들리는 것이 아니라 눈동자 안에 'adieu'가 보인다고 했으니 청각을 시각으로 전환한 것이다. 프랑스어를 쓴 것은 시인이 평생 놓지 않았던 음악적 선호의 결과다. 이별을 고하는 인사말 뒤로 꺼져가는 모음과 등불이 보이는데, 그 등불을 "한 개마다의 등불"이라고 한 것이 특이하다. 음악의 해일 너머로 등불이 하나씩 꺼져가고 그것이 사라지는 소멸의 과정을 모음이 꺼져간다고 표현한 것이다.

왜 '모음'이라고 했으며, 왜 '한 개마다의'라는 수식어를 붙였을까? '모음'은 자음과 대비해 볼 때 부드러운 음가를 지니고 단독으로 소리 나는 특징을 지닌다. 서럽게 무너지는 이별의 울림, 사라지는 사연의 아쉬운 여운을 '모음'이라는 말로 표현한 것이다. 이별을 고하며 사라지는 추억 하나하나를 슬프게 호명한다면 그것은 '한 개마다의 등불'로 표현될 수밖에 없을 것이다. 여기까지의 분석을 통해 이 시의 구조를 다시 음미해 보면 어떤 음악을 들으며 떠올린 심상들을 언어로 구성해 놓은 것이 아닌가 하는 생각이 든다.

세 번째 연은 새로운 심상을 제시하면서 1연과 2연을 종합하여 마무리하는 형식으로 박목월의 시에서 자주 보았던 구조다. 도입부에 제시된 "그윽한 선율의 흔들리는 낙반落磐"이라는 시행은 이 시가 음악을 감상하며 쓴 것이라는 심증의 뚜렷한 단서가 된다. '낙반'이라는 시어는 앞에 나왔던 '사태', '붕괴'와 유사한 의미를 지닌다. '낙반'은 암석 같은 것이 떨어진다는 뜻이니 '사태'나 '붕괴'보다 위험도가 높은 현상인데 그 위해의 두려움을 '흔들리는'이라는 말이 완화해 준다. '흔들리는 낙반'이라고 하면 붕괴로 인해 암석이 떨어지는 상황까지는 가지 않은 것으로 인식되기 때문이다. 그리고 의미상 '그윽한 선율'과 '흔들리는 낙반'은 충돌한다.

앞의 구절은 편안한 선율을, 뒤의 구절은 위태로운 상태를 나타내기 때문이다. 이 구절대로라면 안식과 불안의 선율이 교차되는 악장을 표현한 것으로 읽힌다.

그러한 대목이 지나자 다시 아름답고 평화로운 가락이 펼쳐졌는지 다음 세 행은 '생명', '모음', '운율'로 되어 있어 심상의 평정 상태를 나타낸다. 1연에 나왔던 위태로우면서도 아름다운 백색의 이미지가 반복되고 "한 마리씩 떠나가는 새들"로 이미지가 종결된다. "한 마리씩 떠나가는 새들"이라는 구절은 2연에 나온 'adieu'와 '꺼져가는 한 개마다의 등불'이 결합된 형식이다. 이별로 인해 추억의 등불이 하나씩 꺼져가는 이미지가 한 마리씩 하늘로 떠나가는 새의 이미지로 변주된 것이다. 심상을 중심에 둔 이 시 역시 백색 이미지 주변에 서러운 아름다움의 정조가 배치된 형태로 종결되었다. 리듬에서 이미지로 시인의 관심이 변하였으나 유약하고 고적한 내면의 정서는 그대로 지속되고 있음을 확인할 수 있다.

사향가 ^{思鄉歌}

밤차를 타면
아침에 내린다.
아아 경주역.

이처럼
막막한 지역에서
하룻밤을 가면
그 안존하고 잔잔한
영혼의 나라에 이르는 것을.

천년을
한가락 미소로 풀어버리고
이슬 자욱한 풀밭으로
맨발로 다니는
그 나라
백성. 고향사람들.

땅위와 땅아래를 분간하지 않고
연꽃하늘 햇살 속에
그렁저렁 사는
그들의 항렬을. 성바지를.
이제라도
갈까부다.
무거운 머리를
차창에 기대이고

이승과
저승의 강을 건너듯
하룻밤
새까만 밤을 달릴까부다.

무슨 소리를.
발에는 족가足枷.
손에는 쇠고랑이
귀양 온 영혼의
무서운 형벌을.
이 자리에 앉아서
돌로 화하는
돌결마다
구릿빛 싯벌건* 그 무늬를.

『난 · 기타』

초기 시의 단형 구조에서 벗어나 호흡이 긴 장형의 시로 형태의 변화를 보인 작품이다. 그는 리듬에서 벗어나 이미지의 시를 쓰려는 노력을 보이면서 동시에 단형의 작품에서 장형의 작품으로 변화하려는 노력을 보여주었다. 그런 의미에서 박목월은 그 세대의 시인 가운데 자기 변신의 노력을 지속적으로 보여준 드문 시인의 하나다.

시인의 나이 마흔이 넘었으니 그의 마음의 고향인 경주를 푸근한 모성의 공간으로 노래할 만하다. 지금은 고속전철로 빨리 갈 수 있지만 예전에 경주는 서울에서 먼 곳, 밤차를 타면 아침에 내리는 곳이었다. 그 먼 거리감 자체가 진한 향수를 불러일으킨다. 첫 연에 나오는 "아아 경주역"이라는 감탄사는 그런 느낌을 표현한 것이다. 하룻밤이라는 시간을 들여야 자신의 고향, "그 안존하고 잔잔한 영혼의 나라"에 도달할 수 있기에 시인은 감탄사를 넣은 것이다. 그리고 자신이 살고 있는 처소를 "막막한 지역"이라고 표현했다. 십년 이상을 살아도 서울은 막막한 '지역'이고, 자신이 나고 자란 경주는 잔잔한 영혼의 '나라'다. 여기서 '지역'과 '나라'라는 말로 공간감을 구분한 것을 주목해야 할 것이다. 그는 자신의 나라를 떠나 어떤 지역에 이주해 살고 있는 것이다. 서울에서 대학교수를 하고 시인협회 회장을 해도 그는 변방의 이주민이라는 소외감을 느끼며 살 수밖에 없었다. 그러므로 그가 50대 이후 경상도 방언을 시어로 채용한 것은 하나의 필연이었다.

3연에서는 고향의 '안존하고 잔잔한' 모습을 "한가락 미소"와 "맨발"로 표현했다. 4연에서는 거기 사는 사람들의 "항렬"과 "성바지"를 들었다. "성바지"란 "항렬"이나 마찬가지로 같은 성을 쓰는 혈족이라는 뜻이다. 이러한 혈족 의식보다 더 의미 있는 부분은 "땅위와 땅아래를 분간하지 않고" 산다는 점과 "연꽃하늘 햇살 속에" 지낸다는 사실이다. 서정주가 『삼국유사』를 통해 천상과 지상이 차별 없이 교감을 이룬다는 사실을 알고 경이로워 한 것처럼 박목월도 신라의 세계관을 몸으로 이미 체득하고 있었다. 그것은 천상과 지상의 구분이 없이 연꽃 하늘의 햇살 속에 세상을 평화롭게 사는 상태다. 시인은 자신의 고향의 특성을 파악하는 데 머물지 않고 거기서 더 나아가 고대국가 신라가 가지고 있는 신화적 고유성을 체득하려 한다. 그것은 인간과 자연의 융합, 지상과 천상의 교감이다. 이것이 그의 자연 사유의 원천이고 고향의식의 근원이며 시정신의 근원이다.

"이제라도/갈까부다"라는 말에는 근원에서 벗어나 살고 있는 시인의 때늦은 후회감이 담겨 있다. '연꽃 하늘 햇살'의 삶을 잃어버렸으니 그의 머리는 무겁고, 천상과 지상이 호응하는 세계에서 벗어났으니 이승과 저승도 엄격히 분리되어 있다. 막막한 지역에서 숨을 쉬며 살고 있지만 저승에서 지내는 것이나 다름이 없다. 그래서 시인은 "이승과/저승의 강을 건너듯" 밤을 달려 고향으로 가고 싶다고 말한다. 마치 그것이 저승에서 이승으로 진정한 삶을 찾아 탈출하는 것이라도 된다는 듯 말하고 있다. 다음 연에서 시인은 서울이라는 막막한 지역의 실상을 구체적인 이미지로 제시한다.

발에는 차꼬가 채워져 있고 손에는 쇠고랑이 채워져 있다고 했다. 움직일 때마다 차꼬와 쇠고랑이 부딪치는 소리가 들린다. 이것은 진정한 삶의 본향을 버리고 이익을 좇아 막막한 지역으로 이주한 데서 받는 형벌이다. 그는 죄인인 것이다. 이렇게 속박된 죄인은 움직일 수 없으니 그 자리에 굳어져 돌이 될 수밖에 없다. 그냥 돌로 변하는 데서 그치는 것이 아니다. "돌로 화하는/돌결마다/구릿빛 싯벌건 그 무늬"가 남아 있다고 했다.

그 무늬는 표면적으로는 족가와 쇠고랑이 남긴 무늬일 테지만, 그의 마음에 남아 있는 깊은 죄의식을 의미한다. 가난하지만 안존하고 잔잔한 영혼의 나라를 떠나 소금과 장작을 찾아 막막한 지역에서 굴욕의 삶을 지낸 데 대한 형벌의 자국이다. 그의 가족 소재 시에 보이는 가장으로서의 고민과 미안한 마음과 굴욕감의 기원이 사실은 여기에 있었다. 신성한 세계와 세속적 세계의 분리, 융합의 세계에서 차별의 세계로 전락한 데서 오는 죄의식이 가족과 자신에 대한 연민의 근원이었다.

하관 下棺

관이 내렸다.
깊은 가슴 안에 밧줄로 달아내리듯.
주여.
용납하옵소서.
머리맡에 성경을 얹어주고
나는 옷자락에 흙을 받아
좌르르 하직 下直했다.

＊

그 후로
그를 꿈에서 만났다.
턱이 긴 얼굴이 나를 돌아보고
형兄님!
불렀다.
오오냐. 나는 전신全身으로 대답했다.
그래도 그는 못 들었으리라.
이제
네 음성을
나만 듣는 여기는 눈과 비가 오는 세상.

*

너는
어디로 갔느냐.
그 어질고 안쓰럽고 다정한 눈짓을 하고.
형님!
부르는 목소리는 들리는데
내 목소리는 미치지 못하는.
다만 여기는
열매가 떨어지면
툭하는 소리가 들리는 세상.

『난·기타』

이 시는 시인이 동생을 잃은 실제 체험을 표현한 것으로 알려져 있다. 박목월의 동생이 세상을 떠난 것은 1958년 12월이다. 그는 일 년의 시간이 지나서야 이 시를 완성할 수 있었다고 했다. [1] 젊은 나이의 동생을 떠나보낸 시인의 슬픔은 말할 수 없이 컸겠지만, 전체적인 시의 정조는 차분하게 가라앉아 있어서 정화된 슬픔을 맛보게 한다. 그렇게 정화된 슬픔으로 여과되는 데 일 년의 시간이 필요했을 것이다.

"관이 내렸다"라는 첫 시행은 죽음의 단절감을 짧은 어구로 간명하게 드러낸다. 장례 의식의 각 절차는 죽은 사람을 삶과 단절된 세계로 보내는 상징적 의미를 담고 있는데 그중 하관은 삶의 세계에서 죽음의 세계로 넘어가는 고비를 가장 압축적으로 보여주는 장면이다. 망자의 입관이 끝나도 상주들은 관을 볼 수 있으므로 망자와의 관계가 아주 끊어진다는 사실을 실감하지 못한다. 그러나 봉분을 만들기 위해 파낸 땅 밑으로 관을 내리게 되면 지상에서의 삶은 영원히 끝난다는 생각이 솟구치고 그때는 슬픔을 견디던 사람들도 통곡을 터뜨리게 된다. 관을 내리는 행위는 삶의 경역 이쪽에 남아 있던 망자를 이제 완전히 죽음의 세계로 영결하는 의식이다. 시인은 관을 내리는 순간의 그 아득함과 망막한 추락감을 "깊은 가슴 안에 밧줄로 달아내리듯"이라고 표현했다. 망자를 땅 속에 묻는 것이 아니라 자신의 가슴에 묻는다고 생각한 것이다.

셋째 행의 "주여"는 삶과 죽음의 경계에 선 사람이 발하는 간절한 탄식

---

1) 김종길 · 박목월, 「「난 · 기타」 - 박목월 씨와의 대화」, 박현수 편, 『박목월』, 새미, 2002, 285쪽. 원래는 『새벽』, 1960년 4월호에 실린 것이다.

이다. 삶과 죽음의 허망하면서도 비정한 경계 앞에서 사람은 절대자를 향해 기도를 올리게 된다. 기독교인으로 깊은 신앙심을 가졌던 동생을 생각하며 시인은 실제로 머리맡에 성경을 얹어 주었을 것이다. 그 다음 행에 나오는 "나는"이라는 자기 호명은 이 죽음 앞에서 내가 할 수 있는 일이라고는 이것밖에 없다는 안타까움을 나타낸다. 시인은 관을 향하여 흙을 한줌 던진 것인데, 던진다고도 할 수 없고 뿌린다고도 할 수 없기에 "하직下直"이라는 참으로 놀라운 말을 발굴해 냈다. 이 단어는 원래 웃어른께 작별을 고할 때 쓰는 말이다. 단 아래 서서 작별을 아뢴다는 뜻을 지니고 있다. 그러던 것이 전이되어서 사별을 나타내는 말로 쓰이게 된 것인데, 시인은 이것을 다시 '아래로 곧장 보내다'라는 뜻으로 바꾸어 사용하였다. 여기서 '하직'은 흙을 아래로 곧장 내려 보내 동생과 작별했다는 뜻을 나타내고 있다.

2연은 장례를 끝낸 후에도 동생에 대한 생각이 가시지 않는 형의 마음을 나타냈다. 꿈에 나타난 동생의 얼굴을 "턱이 긴 얼굴"이라고 하였다. 몽롱한 꿈속에서는 눈과 코 같은 섬세한 부분보다는 얼굴 전체의 윤곽이 어렴풋이 떠올랐을 것이다. 죽음의 공간으로 넘어가서 형을 부르는 동생인지라 그 모습이 그렇게 밝지 않았을 것이다. '턱이 긴 얼굴'이라는 말은 어렴풋한 얼굴의 윤곽, 다소 어두운 표정, 이승에 대한 미련 등을 나타내는 데 가장 적절한 표현이다. 이런 데에서도 시어 선택의 세심한 감각을 확인할 수 있다.

동생은 꿈에서 "兄님!"이라고 불렀다. 시인은 형을 한자로 표기하고 느낌표를 찍는 것을 잊지 않았다. 형을 부르는 동생의 간절한 음성을 표현하고 싶었던 것이다. 형도 역시 동생을 향해 "오오냐"라고 대답했다. 이 "오오냐"는 앞의 "兄님!"과 호응하면서 먼저 보낸 동생에 대한 형의 형언할 수 없는 아쉬움과 안타까움을 드러낸다. 시인은 동생의 부름에 "전신으로 대답했다"고 적었다. 여기에는 자신의 목소리가 전달되기를 기원하는 형의 간절한 마음이 담겨 있다. 이 대목은 참으로 깊은 비애의 감정을 불러일으킨다.

다음 시행은 다시 슬픔을 정돈하면서 삶과 죽음에 대한 새로운 인식을 전달하고 있다. 동생의 목소리에 전신으로 대답했지만 동생은 나의 소리를 듣지 못했을 것이다. 나는 소리가 들리는 세상에 살고 너는 소리가 들리지 않는 침묵의 공간에 존재하기 때문이다. 여기는 눈과 비가 오고 시간의 변화가 있는 세상이지만 그곳은 시간이 정지된 채 아무런 움직임이 없는 공간이다.

3연에서는 다시 동생의 모습을 "어질고 안쓰럽고 다정한 눈짓"으로 표현했다. 화자의 기억에 내장된 동생의 모습을 나타낸 것이다. 또 한편으로 이것은 동생을 처음 꿈에 보던 때의 당혹감이 어느 정도 완화된 것을 암시한다. 형은 동생에게 "너는 어디로 갔느냐"고 물었다. 이것은 정말로 어디로 갔는지 몰라서, 그것이 알고 싶어서 물은 것이 아니다. 네가가 있는 곳의 속성을 분명히 하고 그것을 통하여 죽음과 삶의 단절감을 분명하게 확인하기 위한 하나의 수사적 질문이다. 네가 간 곳은 살아 있는 나로서는 도저히 알 수가 없는 곳이다. 내가 알 수 있는 것은 이곳은 열매가 떨어지는 움직임이 있고 떨어지는 소리가 있지만 그곳은 시간의 변화도 소리의 울림도 없을 것이라는 사실뿐이다.

시인이 동생의 죽음을 통해 얻은 것은 죽음에 대한 어떤 심오한 깨달음은 아니다. 그렇다고 그렇게 평범한 것도 아니다. 그것은 삶과 죽음에 대한 성찰을 통해 획득할 수 있는 시인의 독특한 인식이다. 동생의 죽음이라는 충격적인 사건에 접하여 슬픔에만 잠기지 않고 죽음과 삶에 대한 명상을 깊이 있게 밀고 감으로써 죽음이 주는 비애를 극복하게 된 것은 매우 의미 있는 일이다. 이것은 죽음의 극복이라는 보편적 주제와 관련된 것이어서 많은 사람들에게 공감을 안겨준다.

당인리 근처

당인리 변두리에
터를 마련할까 보아.
나이는 들고……
한 사오백 평(돈이 얼만데)
집이야 움막인들.
그야 그렇지. 집이 뭐 대순가.
아쉬운 것은 흙
오곡五穀이 여름하는.
보리·수수·감자
때로는 몇 그루 꽃나무.
나이는 들고……
아쉬운 것은 자연.
너그러운 호흡, 가락이 긴
삶과 생활.
흙을 종일,
흙하고 친하고
(아아 그 푸군한 미소)
등어리를
햇볕에 끄실리고
말하자면
정신의 건강이 필요한.
당인리 변두리에
터를 마련할까 보아
(괜한 소리. 자식들은 어떡하고, 내가 먹여 살리는)
참, 그렇군.

한쪽 날개는 죽지 채 부러지고
가련한 꿈.
그래도 사오백 평
땅을 가지고(돈이 얼만데)
수수·보리·푸성귀
(어림없는 꿈을)
지친 삶, 피로한 인생
두발은 히끗한 눈이 덮이는데.
마음이 허전해서
너무나 허술한 채림새로
(누구나 허술하게 떠나기야 하지만)
길 떠날 차비를.
기도 한 구절을 올바르게
못 드리고
아아 땅버들 한 가지만 못하게
(괜찮아, 괜찮아)
아냐. 진정으로 까치새끼 한 마리만 못하게
어이 떠날까 보냐.
나이는 들고……
아쉬운 것은 자연.
그 품안에 쉴
한 사오백 평.
(돈이 얼만데)
바라보는 당인리 근처를
(자식들은 많고)
잔잔한 것은 아지랑인가(이 겨울에)
나이는 들고.

『난·기타』

　이 시는 괄호를 통해 자신의 속마음을 표현하는 새로운 기법을 사용하고 있어서 시인의 모색과 탐구가 지속되고 있음을 알려준다. '당인리'란 1930년에 문을 연 화력발전소가 있던 곳이다. 원래는 경기도였는데 해방 후 서울시로 편입되었고 화력발전소가 있었기 때문에 인가가 드물어 땅값이 서울에서 싼 지역이었다. 이 시에서 "당인리 변두리"라고 한 것은 서울에서 땅값이 싼 곳을 대표적으로 지칭한 것이다. 시인은 식구들이 거주할 집을 장만하려는 것이 아니라 고향에서 자연과 더불어 살 때처럼 흙과 친할 수 있는 텃밭 같은 것을 갖고 싶어 한다. 여기에는 서울에 거주하는 생활인의 의식이 투영되어 있다. 시인의 시선이 자연에서 일상생활로 이동하고 있음을 뚜렷이 보여주는 작품이다.

　박목월이 홍익대학의 전임강사를 시작한 것은 1956년 9월부터였다. 이 당시 전임강사의 월급은 강사료와 별반 차이가 없었다. 한양대학교 조교수로 부임한 1959년 4월부터 월급다운 월급을 받았을 것이다. 전쟁이 끝난 후 10년간 한국사회는 전체적으로 가난했고 박목월도 예외는 아니었다. 경제적 곤궁 속에 대학 강사료와 약간의 원고료로 서울에서 생활하면서 가장 아쉬웠던 것이 전원에서 멀어졌다는 점이다. 이것은 앞의 「사향가」에서 고향에 대한 그리움과 서울 생활에 대한 환멸감을 보여준 데서 드러났던 사실이다. 시인이 당인리 근처에 땅을 마련하고자 하는 것은 전원생활을 꾸려 보기 위해서이다. 몇 그루 나무가 꽃을 피우고, 보리, 수수, 감자가 열매를 맺는 흙 속에서 자연과 더불어 살고 싶은 것이 소망이다. 전원에서 흙과 친하게 지내는 것이 "너그러운 호흡"을 유지하는 길이고 "가락이 긴 삶과 생활"을 영위하는 것이라고 생각한다. 박목월이 '삶과 생활'을 구분해 적은 것으로 볼 때 추상적인 인생과 그것의 결과인 일상적 생활이 자연 속에서는 통합될 수 있다고 생각했던 것 같다. 자연 속에 사는 것이 "정신의 건강"을 지키는 길이라고 판단했다.

이러한 그의 소망을 가로막는 것은 일상적 현실의 압박이다. 가장으로서 자식들을 길러내야 하고 가정을 보살펴야 한다. 그러기 위해서는 돈을 벌어야 한다. 당인리에서 밭을 일구어 어떻게 가족들을 건사할 것인가? 도시에서 직장을 얻어 마음에 맞지 않는 일이라도 해야 한다. 이것은 건강한 삶을 포기하고 구차한 생활에 몸을 맡기는 일이다. 한쪽 날개가 부러진 새처럼 균형을 잃은 채 "지친 삶, 피로한 인생"을 살다가 허술한 차림으로 세상을 떠나는 것이 인생이라는 생각을 한다. 참으로 우울한 사색이다. 그러한 생활은 "기도 한 구절을 올바르게 못 드리고" 세상을 하직하는 일이기에 땅버들만도 못하고 까치새끼만도 못한 삶이라고 자조한다. 좌절에 가까운 이런 생각을 하게 된 것은 결국은 돈 때문이다. "돈이 얼만데"라는 괄호 속의 말이 가장 절실한 관심사요 진정한 삶을 가로막는 방해물이다. 모든 것이 돈으로 좌우되는 자본주의 사회에서 눈앞을 가리는 아지랑이를 보며 점차 흰머리가 늘어가는 중년의 시인은 낭패감에 어쩔 줄 몰라 하고 있다. 이 시가 발표된 것이 1959년 12월(『사상계』)이니 그의 나이 44세 때였다.

한정 閑庭

저 구름의
그윽한 붕괴를
멜로디만 꺼지는 은은한 휘나레.

앞으로
내 날은
영원한 한일閑日.

주름살이 곱게 밀리는 조용한 하루.

    *

마른 국화대궁이가 고누는 하늘로

구름이 달린다. 모발이 소멸하는
구름이 달린다. 돛을 말며

마흔과 쉰 사이의 나의 하늘 아래

가늘게 흔들리는 뜰이어.

     *

거우 개었나부다.
눌변의 깃자락에 소내기가 묻어오는 그 하늘이.

오늘은 구름이 갈라진 틈서리로
아아 낭랑한 모음^{母音}의 궁륭^{穹隆}.

긍정의 환한 눈동자 안에
구름이 달린다. 모발이 삭으며
구름이 달린다. 돛을 말며

     *

윤곽부터 풀리는 사람들에게
나는 눈짓을 보낸다.
하직의 손을 저으며
구름이 소멸한다. 이마 위에서
구름이 소멸한다. 눈동자 안에서

『난 · 기타』

'한정'이란 한적한 뜨락이라는 뜻이다. 이 제목으로 그가 노래한 것은 자신의 고독한 일상이다. 고독한 자신의 일상적 삶을 한적한 뜨락으로 설정해 표현한 것이다. 행과 행 사이에 비약이 많고 행 다음의 생략이 있어서 시상의 흐름을 따르기가 쉽지 않다. 1연에 나오는 '붕괴'는 앞의 「심상」에도 나온 시어로 이 시기 그의 심리상태를 암시하는 말이다. "구름의 그윽한 붕괴"는 어떠한 상태를 나타낸 것일까? 구름이 나타났다 조용히 사라지는 장면을 표현한 것 같다. '그윽한'을 넣어 붕괴가 갖는 불길한 파괴력을 약화시키는 했으나 구름이 사리지는 것을 사물이 무너져 부서지는 것으로 파악한 점에서 존재의 붕괴를 염두에 둔 불안감을 느끼게 한다. 시인은 그것을 다시 "멜로디만 꺼지는 은은한 휘나레"라고 표현하여 종말의 느낌을 완화했다. '피날레'는 마지막 악장이라는 뜻이니 구름의 사라짐을 뜻하고, 멜로디만 꺼진다는 것은 완전한 종식이 아니라 여음이 이어진다는 뜻이리라. 그러니까 이 장면은 구름이 사라지기는 했으나 구름의 흔적이 은은히 남아 있는 상태를 표현한 것이다. 그런 점에서 "그윽한 붕괴"와 "은은한 휘나레"는 부드럽게 호응한다.

그 이후 자신의 나날은 "영원한 한일閑日"이라고 했다. 구름이 희미하게 사라졌는데 어떻게 자신의 일상이 영원히 한가로울 수 있을까? 그것은 하루가 끝난 다음에 맞는 안식의 감정을 과장해서 표현한 것이다. 그것이 과장이라는 것은 "주름살이 곱게 밀리는 조용한 하루"라는 구절에서 확인된다. 조용한 하루가 끝나지만 '주름살'은 여전히 남아 있다. '곱게 밀리는'이라는 말로 주름살이 환기하는 고민의 의미가 약화되기는 하지만 그것이 완전히 사라지는 것은 아니다. 여기서 "곱게 밀리는"이 "그윽한 붕괴", "은은한 휘나레"와 호음함을 다시 확인하게 된다.

"마른 국화대궁이가 고누는 하늘"이라 했으니 계절은 늦가을이다. 두 번째 단락의 하늘은 구름이 곱게 소멸하는 상황이 아니라 구름이 돛을 말고 하늘로 달리는 상태다. 모발이 소멸한다는 것은 무슨 뜻일까? "마흔과 쉰 사이의 나의 하늘"이라는 구절로 볼 때 나이가 들어 모발이 줄어드는 것을 의미하는 것 같다. 자신이 나이 들어간다는 사실을 예민하게 의식하고 있다. 두 번째 단락의 '뜰'은 첫 단락과 달리 "가늘게 흔들리는" 상태다. 첫 단락의 그윽하고 은은한 종결에서 하루가 지나고 새로운 하루가 시작되고 있음을 암시한다.

세 번째 단락은 한낮의 모습을 나타낸 것으로 보인다. 소나기가 내리던 하늘이 겨우 개었다고 했다. 무언가 힘든 일이 스치고 갔음을 암시한 것이다. "눌변의 깃자락에 소내기가 묻어오는"은 무엇을 표현한 것일까? "깃자락" 앞에 "눌변의"라는 수식어가 붙은 것으로 볼 때 '깃'은 자신의 옷깃을 말하는 것으로 보인다. 현상적으로는 더듬거리며 말하는 자신의 옷자락에 소나기가 내렸다는 뜻이고, 세상에 서투른 자신이 힘든 일을 겪었다고 비유적으로 표현한 것이다. 그 소나기의 하늘이 겨우 개었다고 했으니 난처한 국면은 지나갔다. 구름이 갈라진 틈서리에 "낭랑한 모음母의 궁륭穹窿"이 보인다. '모음'은 앞의 시 「심상」에도 나왔던 시어로 자음과 대비되는 부드러운 소리를 지칭한다. 낭랑한 모음이 무지개같이 둥근 형상을 이루었으니 눌변과는 대비되는 환한 소통의 공간이 열린 것이다. 그것을 바라보는 눈동자도 긍정의 환한 눈동자고 그 환한 하늘 위로 구름이 돛을 말고 달린다. 그러나 자신의 늙음은 피할 수가 없어 앞의 "모발이 소멸하는"이 "모발이 삭으며"로 바뀌어 이어지고 있다. 이렇게 자신의 나이를 계속 인식한다는 것은 그의 건강이 그만큼 좋지 않다는 사실을 역으로 드러낸다. 긍정적이든 부정적이든 시인은 자신이 나이 들어간다는 사실을 반복해서 드러내고 있다.

마지막 단락은 다시 하루가 끝나는 소멸의 장면이다. 하루의 일이 끝나 각자 자신의 길로 들어서는 사람들을 "윤곽부터 풀리는 사람들"이라고 했다. 하루 일에 지친 사람들의 표정을 표현한 것이다. 그들에게 시인은 이별의 눈짓을 보낸다. 구름도 하직의 손을 저으며 하늘 저편으로 소멸한다. 주름진 자신의 이마와 눈동자가 그것을 지켜보고 있다. 그렇게 하루가 저물면 그의 한적한 삶의 뜨락에 어둠이 덮일 것이다.

적막한 식욕

모밀묵이 먹고 싶다.
그 싱겁고 구수하고
못나고도 소박하게 점잖은
촌 잔칫날 팔모상에 올라
새 사돈을 대접하는 것.
그것은 저문 봄날 해질 무렵에
허전한 마음이
마음을 달래는
쓸쓸한 식욕이 꿈꾸는 음식.
또한 인생의 참뜻을 짐작한 자의
너그럽고 너넉한
눈물이 갈구하는 쓸쓸한 식성.
아버지와 아들이 겸상을 하고
손과 주인이 겸상을 하고
산나물을
곁들어 놓고
어수룩한 산기슭의 허술한 물방아처럼
슬금슬금 세상 얘기를 하며
먹는 음식.
그리고 마디가 굵은 사투리로
은은하게 서로 사랑하며 어여삐 여기며
그렇게 이웃끼리
이 세상을 건느고
저승을 갈 때,
보이소 아는 양반 앙인기요

보이소 윗마을 이생원 앙인기요
서로 불러 길을 가며 쉬며 그 마지막 주막에서
걸걸한 막걸리 잔을 나눌 때
절로 젓가락이 가는
쓸쓸한 음식.

『난·기타』

'적막한 식욕'은 참으로 멋진 제목이다. 메밀묵의 식감을 적막하다고 표현한 시인이 목월 이전에 없었으니 이 독창적 표제에 시인의 특허권을 인정해야 한다. 시인은 메밀묵을 중심으로 한 촌 잔칫상의 분위기를 "싱겁고 구수하고 못나고도 소박하게 점잖은"으로 열거했다. '팔모상'이란 여덟 개의 모가 난 작은 상으로 조촐한 규모의 시골 잔칫날에 어울리는 소품이다. 잔치의 내용은 새 사돈을 대접하는 일이라고 했다. 그것은 예의를 갖추어야 하는 어렵고 귀한 자리다. 그 식탁에 메밀묵을 올려놓았다면 그것은 정말로 소박한 접대다. 소박하기는 하지만 정성이 담긴 정갈한 음식이다. 산간지역에서 생산한 메밀을 직접 갈아서 만든 음식이기 때문이다. 메밀묵의 맛은 싱겁고 구수하고 소박한데 그 맛의 질감이 시골사람들의 수수하고 점잖은 모습과 연결된다. 그들이 먹는 음식이 그들의 성품을 그대로 반영하고 있다는 뜻이다.

메밀묵은 저문 봄날 해질 무렵 속이 허전할 때 심심풀이로 잠시 요기를 하는 간이 식품이기도 하다. 그래서 시인은 "쓸쓸한 식욕이 꿈꾸는 음식"이라고 했다. 제대로 된 식사를 하기 전 시장기만 먼저 달래는 것이 메밀묵이다. 많이 먹어도 그리 배가 부르지 않고 싫증도 나지 않지만 싱거운 맛 때문에 많이 먹히지도 않는 독특한 음식이다. 메밀묵의 담백한 맛은 세상 잡사에 욕심을 내지 않는 무욕의 청정심을 일깨워 주는 것 같다. 그래서 시인은 "인생의 참뜻을 짐작한 자의" 음식이며 "눈물이 갈구하는 쓸쓸한 식성"이라고 했다. 여기 눈물이 들어간 이유는 무엇일까? 욕심을 내지 않는 너그럽고 넉넉한 마음은 눈물과 연결되는 것일까? 이것은 시인이 초기 시부터 추구하던 서러운 아름다움의 미학과 관련이 있다. 눈물은 가장 순정한 마음에서 솟아오르는 거짓 없는 분출물이기 때문이다. 거짓 웃음은 있어도 거짓 울음은 없는 법. 눈물은 자신의 가장 절실한 감정 상태에서 자연스럽게 솟아나는 순수의 결정물이다. 사람은 행복보다는 슬픔을 통해 성숙하게 되고 더욱 맑은 영혼을 갖게 된다. 인간은 눈물을 통해 재창조되고 더욱 맑은 영혼을 갖게 된다. 이런 점에서 박목월은 메밀묵을 "눈물이 갈구하는 쓸쓸한 식성"이라고 했을 것이다.

그렇다고 메밀묵이 어떤 높은 심성의 단계에 올라야 먹을 수 있는 음식이라는 것은 아니다. 다음 대목에서 시인은 메밀묵의 서민적 친근성에 대해 이야기한다. 친한 사이건 서먹한 사이건 격의 없이 친근하게 나눌 수 있는 음식이 메밀묵이다. "어수룩한 산기슭의 허술한 물방아처럼" "마디가 굵은 사투리로" 평범한 세상 이야기를 주고받으며 먹는 인정의 음식이 메밀묵이다. 그리고 더 나아가 저승으로 가는 마지막 주막에서 막걸리 잔을 나눌 때 안주로 오를 "쓸쓸한 음식"이 메밀묵이라고 했다. 저승으로 가는 길목의 주막에서 먹는 마지막 음식이라는 설정은 참으로 시적이다. 메밀묵의 식감이 그렇게 담백하면서 은은하여 마지막 음식으로서의 정결함을 함축하기 때문이다.

이렇게 되면 메밀묵은 새 사돈을 대접하는 잔칫상에서부터 저승으로 가는 마지막 밥상에 이르기까지 삶 전반을 관류하는 음식이 된다. 시인은 메밀묵이라는 음식을 통해 자신이 추구하는 정신의 지향을 전부 드러냈다. 그 덕목은 구수하고 소박하고 점잖음, 너그럽고 넉넉함, 은은하게 서로 사랑하고 어여삐 여김 등이다. 그가 추구하는 정신의 덕목에 가장 부합하는 토속적 음식이 메밀묵이라고 생각한 것이다. 『난·기타』에 수록된 작품인데 다음 단계의 시집 『경상도의 가랑잎』(1986) 시편에서 집중적으로 펼쳐진 경상도 방언이 채용된 점이 이채롭다. 메밀묵이라는 토속적 음식의 표현에 경상도 방언이 필요하여 채택했을 것이다. 방언이 시의 중심부로 들어와 중요한 시적 요소로 활동하게 됨을 예고하는 작품이다.

모일某日

〈시인〉이라는 말은
내 성명 위에 늘 붙는 관사冠詞.
이 낡은 모자를 쓰고
나는
비오는 거리로 헤매였다.
이것은 전신을 가리기에는
너무나 어줍잖은 것
또한 나만 쳐다보는
어린 것들을 덮기에도
너무나 어처구니없는 것.
허나, 인간이
평생 마른 옷만 입을까부냐.
다만 두발이 젖지 않는
그것만으로
나는 고맙고 눈물겹다.

『난 · 기타』

　박목월의 시에는 '모일'이라는 제목의 시가 여러 편 있다. 어느 날의 단상을 시로 표현했다는 뜻일 것이다. 그래서 그런지 「모일」이라는 제목의 작품들이 대부분 소박한 내용으로 되어 있는데, 이 작품은 깊이 음미해 볼 만하다. '관사'는 영어의 'a'나 'the'처럼 명사 앞에 붙어 그 명사의 수數와 성性을 나타내는 단어의 품사를 뜻하는 말이다. 명사 앞에 모자처럼 붙어 다닌다고 해서 '갓 관冠'자가 쓰였을 것이다. 시인은 이 점에 착안하여 자신의 이름 앞에 붙어 다니는 '시인'이라는 말을 '관사'라고 지칭했다. '관사'라는 말의 뜻에서 '모자'를 떠올렸고 자신은 시인이라는 모자를 쓰고 세상을 살아가는 사람이라고 생각한 것이다. 관사라는 말에서 시인이라는 모자를 떠올린 박목월의 상상력은 새롭고 독창적이다.

　화자는 자신의 모자를 낡은 것이라고 말했다. 남들은 시인이라고 하면 상당히 의젓한 풍모를 기대하기 쉬운데 시인의 생각은 그렇지 않다. 시인이라는 직업은 생활의 수익과는 거리가 멀어서 가족의 부양에 어려움이 많았다. 그러나 생활의 어려움을 구차하게 드러내지 않고 "비오는 거리로 헤매였다"라고만 적었다. 시인이라는 모자는 작고 낡은 것이어서 자신의 몸 하나를 가리기에도 부족하다. 그러니 자신의 가족까지 가리는 것은 더군다나 바랄 수 없는 것이다. 자신의 몸이 비에 젖고 자신의 가족들도 비에 젖는 생활을 했을 것이다. 그렇다면 시인이라는 모자를 벗어버리고 가족들의 몸도 가릴 수 있는 넓고 큰 모자로 바꿔 쓰면 될 일이 아닌가? 그러나 이것이 개인의 뜻대로 되는 것이 아니다. 생활이라는 복잡한 현실의 문제가 가로놓여 있는 것이다.

　그는 현실적 문제에 대해서는 거론하지 않고 자신의 정신적 자세만을 밝혔다. 그것은 시인이 지켜야 할 길과 관련된다. 첫 번째 시인의 태도는 "인간이 평생 마른 옷만 입을까부냐"이다. 아무런 난관도 겪지 않은 채 세상을 편안하게 사는 것은 시인 모자를 쓴 사람으로서는 적절하지 않다고 생각한 것이다. 시인이라는 모자를 썼으면 몸이 비에 젖는 일쯤은 얼마든지 감수할 수 있어야 한다는 생각이다.

두 번째 태도는 "두발이 젖지 않는/그것만으로/나는 고맙고 눈물겹다."라는 생각이다. 시인의 모자를 썼기에 그래도 두발은 비에 젖지 않고 마른 상태를 유지할 수 있다는 것. 이것을 시인은 긍정적으로 서술했다. 여기서 '두발'은 자신의 정신적 염결성을 의미할 것이다. 만일 시인의 모자를 쓰지 않았다면 가족을 보살피고 자신의 몸을 지켜 비에 맞는 일은 없었을지 모른다. 그러나 가족과 몸을 지키는 대신 자신의 두발은 세속의 비에 젖는 일이 생겼을지 모른다. 그것은 정신의 타락을 의미한다. 시인은 비록 가족을 건사하지 못하고 자신의 몸을 추스르지 못해도 정신의 순수성만은 지킬 수 있는 것이다. 그런 의미가 "두발이 젖지 않는/그것만으로/나는 고맙고 눈물겹다."라는 시구에 담겨 있다. 만일 단순하게 자신의 삶의 어려움을 고백하고자 했다면 시인이 이런 식의 언어를 구사했을 리가 없다. 그는 생활의 어려움을 통해 시인의 삶이 갖는 정신적 염결성을 역으로 드러냈다. 그렇게 생각하니 "고맙고 눈물겹다"는 시인의 말이 진한 감동으로 다가온다.

서가

친구들이 서가에 나란하다.
외로운 서재
등불 앞에서
나와 속삭이려고 이런 밤을 기다렸나 보다.
반쯤 비에 젖은
그들의 영혼……
나도 외롭다.
한 권을 뽑아들면
커피 점에서 만난 그분과는
사뭇 다른
다정한 눈짓.
외로울 때는 누구나 정다워지나 보다.
따뜻한 영혼의 미소.
때로 말씨가 서투른 구절도 있군.
그것이야 대수롭지 않은 겉치레
벗기고 보면
아아 놀라운 그분의 하늘
— 가만히
나는 책을 덮는다. (얘기에 싫증이 나서가 아닐세)
돌아앉아
그분의 말을 생각해 보려고 그래.
과연 인생은 이처럼 서러운가, 하고.
때로는 긴 밤을 생각에 잠겨 밝히면
새벽 찬 기운에
서가는 아아 ▓▓한 산맥.

친구는 없고……
골짜기에 만년설 눈부신 빙하.

『난 · 기타』

서가에 친구들이 낸 책이 꽂혀 있고 그것을 통해 친구들의 영혼을 어루만지는 밤이다. 이런 시를 쓴다는 것 자체가 박목월의 고운 마음을 잘 드러내는 사례다. "나와 속삭이려고 이런 밤을 기다렸나 보다"의 주체는 책일 것이다. 친구들이 쓴 책이 나와 대화를 나누려고 기다렸다가 이런 호젓한 밤에 비로소 대화를 건넨다고 생각한 것이다. 그들과 내가 소통할 수 있는 근거는 외로움이다. "나도 외롭다"라는 말은 소통의 공분모가 외로움임을 잘 알려준다.

책을 통해 만나는 영혼은 평소의 그와는 다른 느낌을 전달한다. 다소 근엄해 보였던 그분의 다정한 눈짓을 만나기도 하고 따뜻한 영혼의 미소를 대하기도 한다. 때로 서툰 구절을 보기도 하지만 그것은 대수롭지 않은 일이고 그보다 중요한 것은 평소 인지하지 못했던 그들의 놀라운 내면 세계를 만나게 된다는 점이다. 때로는 높고 때로는 낮은 그분들의 외로운 속삭임. 서러운 하소연, 진지한 고뇌. 그분들의 속삭임에 젖어 서가에서 밤을 밝히는 새벽이면 서가에서 "아아峨峨한 산맥"을 느낀다고 했다. 평소 못 보던 정신의 우뚝한 높이를 새롭게 발견한다는 것이다. 그냥 높은 산맥이라고 하지 않고 '아아한'이라는 한자 수식어를 쓴 것은 새롭게 발견하게 되는 그분들의 정신의 높이를 강조하기 위함이다. '아아하다'는 것은 큰 바위가 위엄 있게 우뚝 솟아 있는 모습을 나타낸다. 커피 점에서 만나던 친구와는 다른 내면의 높이에 경이감을 느끼는 장면을 표현한 것이다.

"아아한 산맥"은 "만년설 눈부신 빙하"로 이어진다. 산맥의 아래쪽 골짜기에는 만년설이 덮인 빙하가 있다. 산맥의 계곡 아래 서서히 이동하는 산악 빙하가 있다고 상상한 것이다. 위엄 있는 봉우리와 눈부신 빙하는 모두 시인이 범접하기 어려운 신비의 세계를 나타낸다. 처음에는 외로움을 근거로 쉽게 다가가던 벗들의 책에서 그들의 영혼을 발견하고 더욱 깊은 정독의 과정을 거치자 신비로운 정신의 빛이 환하게 드러나는 현상을 표현한 것이다. 시의 서두를 일상적인 편안한 시어로 시작했기에 이러한 상징적 표현이 등장해도 별다른 거부감이 들지 않는다. 오히려 그들의 정신의 높이에 경탄하는 시인의 진심이 그대로 느껴진다. 이것도 박목월만이 지닌 화법의 특징이라 할 것이다.

넥타이를 매면서

의관^{衣冠}을 바로 하고
이제는
방황하지 않는다.
알맞는 위치에 항상 시선을 모은다.
(처마보다 한 치 높이. 허나 하늘로 흘려보내지 않는)
바득하게* 고인 물의
팽창한 수면을.
그 낭창거리는 것의 본질을
깊숙히 생명 안에 닻을 내리고
잠자는 어린것들
머리맡에서
시를 읊고 독서를 하고
때로는 벗을 만나러
약속한 제시간에 거리로 나간다.

『난·기타』

---

* '바듯하게'의 오기로 보이지만, 시인의 어감이 담긴 말일 수도 있어서 그대로 적는다. 앞의 '알맞는'
  도 '알맞은'이 맞는 표기지만 원본대로 적는다.

넥타이는 기성세대의 상징이다. 공적인 생활을 할 때 착용하는 정장의 부속물이다. 넉넉지 못한 형편 속에서 가족들을 부양하기 위해서는 사회가 요구하는 규정을 잘 따라야 한다. 의관을 정제하고 넥타이를 매는 것도 그런 준수 의식의 하나다. "방황하지 않는다"라는 말은 도시의 답답한 삶에서 벗어나 전원생활을 도모한다든가 고향의 자연에서 영혼의 자유를 꿈꾸는 낭만적 일탈을 더 이상 하지 않겠다는 선언이다. 도시의 삶을 귀양 온 자의 무서운 형벌처럼 여기던 부정 의식에서 벗어나 머리에 사회인의 모자를 쓰고 가족을 위해 열심히 뛰겠다는 마음의 다짐이기도 하다.

그러기 위해 필요한 것은 생활인으로서의 균형 감각이다. 어느 한쪽으로 치우치지 않은 현실적이고 합리적인 위상을 유지해야 한다. "알맞는 위치에 항상 시선을 모은다."라는 시행은 그러한 의미를 담은 것이다. 알맞은 자리를 지킨다고 해서 시인의 자리를 포기해서는 안 될 것이다. 시인과 사회인으로서 적절한 균형 감각을 유지해야 한다. [1] 그러한 생각을 시인은 괄호 안에 넣어 두었다. 일상의 수준보다는 조금 높게, 그러나 낭만적 상상의 세계로 번져가지는 않게 시선을 유지하겠다는 뜻을 밝혔다. 그렇게 균형 잡힌 시선으로 바라보는 대상은 일상의 현실 조금 위에 있는 어떤 지점이다. 그 지점을 지향하며 정신의 긴장을 유지하는 상태를 물의 이미지로 표현했다. 물은 표면장력이 강해서 수면에 바듯하게 차도 쉽게

---

1) 엄경희, 「박목월의 생활시편에 담긴 '긍지'와 '소심'으로서 정념(passions) 연구」, 『국어국문학』 168, 2014. 9, 362쪽에서도 시인의 중용의 균형 감각을 지적하고 있다.

넘치지 않는다. 시인은 그렇게 아슬아슬하게 고인 물의 팽창한 수면 같은 정신의 긴장을 유지하려 하고 낭창거리는 수면의 균형을 유지하려 한다. 여기 '팽창한'과 '낭창거리는'이라는 시어 선택은 정신의 경지를 나타내는 말로 매우 적실하고 탁월하다.

시인은 정신의 긴장을 유지하겠다는 자세를 겉으로 표 나게 드러내지 않고 "깊숙이 생명 안에 닻을 내리고" 내면화하여 생명의 기반으로 삼겠다는 뜻을 밝혔다. 그는 지극히 자연스러운 상태에서 일상의 생활과 본질적 생명의 삶을 구분하여 사유하고 있다. "잠자는 어린것들 머리맡"을 지키며 그들을 보살피는 것, "벗을 만나러 약속한 제시간에 거리로" 나가는 것은 일상의 생활이요, "시를 읊고 독서를 하고" 지내는 것은 생명의 삶이다. 일상의 생활을 해 나가면서도 생명의 삶을 잃지 않고, 생명의 삶에 충실하면서도 일상의 생활에 어긋나지 않을 그러한 균형의 지점을 추구하고 있는 것이다. 그 아슬아슬한 균형을 "팽창한 수면"이라는 물의 이미지로 표현한 데 이 시의 매력이 있다. 그리고 그러한 삶의 고민을 넥타이를 매는 일상의 행위를 통해 상징적으로 표현한 것도 독창적이다. 40대 중반 원숙한 나이에 시인의 정당한 자리를 향해 더욱 진지하게 나아가는 박목월의 모습을 확인할 수 있다.

춘소 春宵

자획字劃마다
큼직하게 움이 트는
박·목·월.
— 밤에 자라나는 이름아.
가난한 뜰의
등상藤床 기둥을 감아
하룻밤 푸근히 꿈속에
쉬는 포도넝쿨.
— 오해를 말라.
박목월은
당신이 아는 그 성명이 아닐세.
하루의 직업이 끝난
그날 밤에
잠자리에 들기 전을
가만히 혼자서 꺼내 보는
꿈의 통감증通鑑證에
인쇄된 이름.
그것은 박목월 안의 박목월.
고독이 기르는 수목의 이름이다.

『난·기타』

 "춘소春宵"란 봄철의 밤이란 뜻이니 어느 봄날 밤의 명상을 시로 나타
낸 것이다. 시인은 자신의 존재, 그것을 대신하는 자신의 이름을 식물에
비유하여 표현했다. 식물 이미지를 많이 구사한 박목월에게는 낯선 일이
아니지만 자신의 존재 변화를 식물에 비유하여 표현한 데 새로움이 있다.
자신의 이름을 크게 써 보면 글자 획마다 새로운 움이 큼직하게 돋아나는
것 같다고 했다. 그 움의 출현이 시인에게는 낯설게 느껴진다. 자신의 실
상이 이상하게 변질되는 것 같기 때문이다. "밤에 자라나는 이름"이라는
구절은 자신의 의식과는 관계없이 독자적으로 성장하는 상태를 의미한
다. 밤에 잠이 든 자신을 거리를 두고 지켜보며 낯설어 보이는 자신의 존
재를 명상하는 것이다.

 포근히 잠에 든 자신의 모습을 "하룻밤 푸근히 꿈속에 쉬는 포도넝쿨"
로 비유했다. 아무 생각 없이 잠에 든 자신의 모습과 박목월이라는 이름
이 상징하는 존재성이 다르게 느껴지는 것이다. 이러한 상태에 대해 시인
은 "오해를 말라"고 친절하게 이해를 구하고, 밤에 만나게 되는 박목월은
"당신이 아는 그 성명이" 아니라고 말했다. 박목월의 존재론적 실상과 박
목월이 지시하는 일상의 모습이 구분된다는 것이다. 자아의 분열을 인식
하며 어느 것이 자신의 진정한 모습인가를 성찰하게 된다. 하루의 직업을
끝낸 일상인 박목월과 잠자리에 들기 전 고독 속에 만나게 되는 내밀한
또 하나의 박목월. 그 둘은 다를 수 있다. 내부의 자아는 직장인으로서의
사회적 명함과 달리 "꿈의 통감증에 인쇄된 이름"이다. '통감증'은 지금
세대에게는 아주 낯선 단어로 극장이나 관공서에 출입할 수 있는 증서를
말한다. 그러니까 자신만의 꿈의 세계로 들어갈 수 있는 출입증에 인쇄된

비밀스러운 이름이 박목월이라는 것이다.

그것은 사회적 자아인 박목월의 내부에 또 하나의 자아가 있음을 인정한 것이다. 한밤중 고독 속에 만나게 되는 내면적 자아의 이름이 박목월이다. 시인은 그것을 "고독이 기르는 수목의 이름"이라고 했다. 시인은 고독의 토양에서 고독을 흡수하며 성장하는 식물이다. 앞의 시 「넥타이를 매면서」에 언급되었던 균형 감각의 유지는 이 두 자아의 적절한 평형을 전제로 한 것이었다. 사회적 자아는 낮에 일상 생활을 영위할 때 주역으로 활동하고, 시인으로서의 내면적 자아는 하루의 일과가 끝난 후 잠자리에 들기 전 꿈의 세계로 넘어갈 때 정신의 표면에 떠올라 고독 속의 작업을 전개하는 것이다. 시인은 어느 봄밤을 배경으로 이 두 자아의 순조로운 분업을 시로 표현했다. 그것이 늘 순조롭게 이어진 것은 아니겠지만 적어도 이 시에서는 두 자아가 오해 없이 행복한 동거를 하는 것으로 나타났다. 이후 시인은 생활인으로서의 나와 시인으로서의 나 사이에서 많은 갈등을 일으키고 그 충돌의 단면을 숨김없이 시로 드러냈다. 그러한 갈등의 단초를 보여주는 작품이 「춘소」다.

시

〈나〉는
흔들리는 저울대.
시는
그것을 고누려는 추.
겨우 균형이 잡히는 위치에
한가락의 미소.
한줌의 위안.
한줄기의 운율.
이내 무너진다.
하늘 끝과 끝을 일렁대는 해와 달.
아득한 진폭.
생활이라는 그것.

『난 · 기타』

박목월은 '모일'이라는 제목으로 여러 편의 작품을 썼고 '무제'라는 제목으로 더 많은 작품을 발표했다. 그러나 '시'라는 제목을 붙인 것은 이 작품이 유일하다. 시와 생활의 갈등을 표현한 작품인데 앞의 「춘소」에서 유지되던 균형이 서서히 깨어지기 시작함을 암시한다. 생활의 압력이 그의 삶을 누르기 시작한 것이다. 생활의 무게 속에서도 시를 향한 마음의 정향을 바꾸지 않으려 한 그의 방황을 드러내고 있다. 그는 6·25 전쟁을 겪으면서 서정시에서 멀어져 인간의 울부짖음을 드러내려는 충동에 갈등을 일으켰다고 했다. 그는 그 시기를 "말을 잃어버린 시기"라고 표현했다. 그 시기가 지나자 마음이 진정되면서 비로소 "시를 빚으려는 욕구"가 솟아났다고 고백했다.[1] 그가 간직해 온 시의 운율적 형태로는 발산하는 감정의 번민을 다스릴 수 없었음을 고백한 것이다. 인생 체험과 시의 갈등을 고백한 것이다. 그래도 이 시는 그러한 갈등을 상당히 균형 잡힌 형식으로 절도 있게 표현했다.

이 시는 우선 자기 자신을 흔들리는 저울대로 설정한 점이 이채롭다. 시의 내용으로 보아 양쪽 저울판의 평형을 이용해 무게를 재는 천칭 저울을 소재로 했음을 알 수 있다. 나의 내면은 생활과 감정 사이에서 동요하고 있고 시가 그것을 떠받치는 추 노릇을 하고 있다. 시와 생활이 가까스로 균형이 잡히어 평형을 이룰 때에는 "한가락의 미소"가 떠오르고 그것이 "한줌의 위안"이 되기도 한다. 그것은 시인이 늘 염두에 두던 "한줄기의 운율"이 순조롭게 형성된 경우다. 그러나 그러한 평형의 위안은 오래

---

1) 박목월, 『보라빛 소묘』, 신흥출판사, 1958, 163쪽.

지속되지 않는다. 아무래도 생활의 무게가 더 나가고 그에 따른 번민이 운율의 균형을 깨뜨리게 된다.

이렇게 균형이 무너져 내릴 때 시를 추구하던 자아는 절망을 느낀다. "하늘 끝과 끝을 일렁대는 해와 달"은 삶의 두 축을 암시한다. 생활이 해가 되고 시가 달이 되는 순간이 있고 그 반대의 경우도 있으리라. 그것은 평형이 이루어지지 않는 경우다. 그 두 축이 아주 멀리 벌어진다면 "아득한 진폭"에 시인은 절망하게 된다. 해와 달의 아득한 진폭 속에서도 생활을 유지하면서 시가 놓일 자리도 함께 유지하려는 것이 시인의 소망이다. 그 평형의 자리를 찾기 위해 시인의 내면은 계속 흔들리고, 시는 평형의 자리를 찾아 진동을 거듭한다. 이러한 시와 생활 사이의 갈등과 고민을 천칭 저울의 이미지로 표현했다.

정원

중앙로에서 벗어나면
탱자나무 울타리 길이다.
공평동
○○번지에 가지가 붙는 번지 골목을
맞받이에
예배당.
얌전하고 조용한
길을 주기도문 외이듯
가면
그의 집
문에 들어서면
바로 정원.
바로 안락의자 같다.
그 어느 잔디밭에나
그 어느 디딤돌 위에 앉으면
음악에 귀를 기울이는 마음
아아 알맞는
정원은 차라리
들보다 한결 들 같다.
산보다 한결 산 같다.
진실로 인생은
시장기 같은 것,
늘 옆구리가 허전하게
외로운데
이렇게

옹색한 여유가
차라리 더 넉넉한 정원.

　　　*

그의 집
이층을 오르면
층층계 맞받이에 유리창.
밤하늘이
어머니처럼 수심 겨운 얼굴로 굽어본다.
때로는
초밤별이 다만 한 개 높이 떠서
인사를 보낸다.
나는
결코 외롭지 않았다.
종일 지동地動을 하고,
유리창이 덜덜 떠는 날에도
내 잠자리에
넘치는 안도.
실로 내게는 많은 것이 소용되지 않았다.
다만 한줄기의 우정 같은 연정,
그것으로
내 기도는 더운 눈물로 넘치고,
그리고 내가 잠드는 지붕 위에는
성좌가
4분의 3박자로 옮아갔다.

『난 · 기타』

이 시는 길이가 길다. 삶의 무게가 확대되어 수묵화적 균제의 형식미를 견지하기 힘들 때 편안한 서술체로 자신의 명상을 표현했다. 서술체를 사용하면서도 행간의 생략과 압축을 통해 복합적 의미가 연상되도록 시행을 배치했다. 시를 쓴다는 긴장감을 놓치지 않은 증거다. 짐작컨대 이 작품은 박목월이 6·25 때 대구로 피난하여 생활하던 시기에 착상된 작품인 것 같다. '중앙로'와 '공평동'이라는 지명이 그러한 추측을 가능케 한다. 정원이 있는 이층집이 배경으로 나오고 "우정 같은 연정"이라는 대목에서 한 여인과의 만남이 연상된다. 『보라빛 소묘』에 인용된 이 시의 형태는 다른데, 초고를 발표한 후 수정하여 시집에 실었기 때문이다. 앞에서도 언급했던 것처럼 그의 작품은 대부분 이러한 개작의 과정을 거치는데, 이 작품은 특히 느슨한 감정의 흐름을 절제하는 방향으로 많은 수정이 이루어졌다.

『보라빛 소묘』에서는 첫 행이 "조잡한/중앙로를 지나서"라고 되어 있다. 번잡한 중앙로를 벗어나 호젓한 골목으로 들어서서 그의 집을 찾아가는 과정을 나타내려 한 것이다. [1] 초고에는 동네 이름이 없던 것을 "공평동/○○번지에 가지가 붙는 번지 골목"이라고 구체화했다. 장소의 구체화를 통해 시의 현실감을 높이려는 시도일 것이다. 여기에 '공평동'이라는 말이 갖는 음성적 울림도 고려했을 것 같다. 시인은 중앙로를 벗어나 작은 골목으로 접어들어 "얌전하고 조용한 길"을 걸어 예배당이 바라보이는 그의 집을 찾아가는데, 참으로 기이하게도 "주기도문 외이듯 가면"

---

1) 박목월, 『보라빛 소묘』, 신흥출판사, 1958, 167쪽.

이라고 표현했다. 이 시구도 『보라빛 소묘』 수록 본에는 없던 구절이 새로 들어갔다. 매우 경건한 마음으로 그를 만나며, 그 만남이 정신적 정결성을 지닌다는 사실을 암시하기 위한 배치로 보인다.

그의 집 문으로 들어서면 바로 정원이 있는데, 정원은 안락의자 같다고 했다. 마음 놓고 편히 쉴 수 있는 안식의 공간인 것이다. 그 정원에서는 어느 잔디밭, 어느 디딤돌 위에 앉아도 마음이 편안하고, 음악이 들려오는 듯하고, 들보다도 들 같고 산보다도 산 같은 싱그럽고 아늑한 공간감을 느낀다. 주기도문 외우는 마음으로 찾아가 안락의자 같은 정원에서 그를 만난다면 이보다 감미롭고 복된 일은 없을 것이다. 아무리 열심히 살아도 인생은 허전하고 외로워서, 늘 시장기를 느끼게 하고 옆구리가 허전한 느낌을 갖고 사는 법인데, 그의 정원에서 이러한 여유를 느끼는 것은 자신의 삶이 옹색하기 때문일 것이다. 그러나 시인은 옹색함에서 얻는 여유가 오히려 더 넉넉하게 느껴진다고 조심스럽게 말한다. 당시의 삶이 전반적으로 궁핍했기에 경제적으로 넉넉한 환경에 대해 미안한 마음이 들었을 수도 있다.

그의 집 이층을 오르면 층층계 앞에 유리창이 있고 유리창 밖으로 밤하늘과 별이 보인다. 밤하늘이 "어머니처럼 수심 겨운 얼굴로 굽어본다"고 했다. 넉넉하고 편안한 여유를 죄스럽게 여기는 시인의 마음이 암시된 대목이다. 저녁에 일찍 뜬 별 하나가 인사를 보내도 "나는/결코 외롭지 않았다"라고 적었다. 이 말은 어머니처럼 수심 겨운 얼굴로 굽어보는 불안감에도 불구하고 그와의 만남이 외로움을 덜어줄 수 있음을 고백한 것이다. "종일 지동을 하고,/유리창이 덜덜 떠는" 불안과 번민의 날에도 "넘치는 안도"를 느꼈음을 고백하고 있는 것이다. 사랑이란 인생의 많은 것을 해결하는 거대 담론이 절대 아니다. "다만 한줄기의 우정 같은 연정" 그것만으로도 삶의 고통을 잊게 하고 마음에 안식을 심어주고 주기도문을

외우는 것 같은 눈물 어린 평화를 안겨 주는 것이다. 그는 이 시기를 회상
하며 "6·25 사변 때의 극렬한 죽음의 시간 위에 아로새긴 나의 사랑"이라
고 언급한 바 있다. [2] 평범한 사람들을 절망의 도가니로 밀어 넣었던 전쟁
의 위기감이 정신적 사랑에 대한 동경으로 굴절되었을지 모른다.

사랑이 주는 기쁨을 표현한 마지막 시구는 인상적이다. "종일 지동을
하고,/유리창이 덜덜 떠는" 불안과 시련의 날에도 평화롭고 행복한 밤을
보낼 수 있었다는 것을 "성좌가/4분의 3박자로 옮아갔다"고 표현했다. 4
분의 3박자는 감미롭고 경쾌한 왈츠의 리듬이다. 하늘의 별이 왈츠를 추
듯 밤하늘을 이동해 갔다고 했으니 이보다 더 좋을 수는 없는 것이다. 이
감미로운 성좌의 향연에 어머니의 근심 어린 표정은 미미한 흔적도 남기
지 못했을 것이다. "주기도문 외이듯" 이루어지는 "우정 같은 연정"의 경
건한 정결성을 방패로 삼아 순수한 사랑이 주는 행복을 조용한 독백의 어
조로 표현한 작품이다.

---

2) 박목월, 『밤에 쓴 인생론』, 삼중당, 1973, 319쪽.

뻐꾹새

잠이 오지 않는 밤이 잦다.
이른 새벽에 깨어 울곤 했다.
나이는 들수록
한은 짙고
새삼스러이 허무한 것이
또한 많다.
이런 새벽에는
차라리 기도가 서글프다.
먼 산마루의 한그루 수목처럼
잠잠히 앉았을 뿐……
눈물이 기도처럼 흐른다.
뻐꾹새는
새벽부터 운다.
효자동 종점 가까운 하숙집
창에는
창에 가득한 뻐꾹새 울음……
모든 것이 안개다.

사람과 사람 사이의 인연도
혹은 사람의 목숨도
아아 새벽 골짜기에 엷게 어린
청보라빛 아른한 실오리*
그것은 이내 하늘로 피어오른다.
그것은 이내 소멸한다.
이 안개에 어려
뻐꾹새는
운다.

『난 · 기타』

---

* 『박목월 시 전집』에서는 여기서 연이 나뉘지만, 『박목월 자선집』의 형태를 따른다.

이 시는 앞의 시보다 조금 더 시간이 지나서 쓴 작품이다. 「정원」에서 노래했던, 주기도문 외우듯 하는 우정 같은 연정은 실제의 삶에서 실현되기 힘들다. 모든 사랑은 갈망과 독점의 불길을 지니기 때문이다. 박목월은 1954년 한 여성과 사랑의 도피를 했고 이런저런 사연 끝에 얼마 지나지 않아 서울의 가족 옆으로 돌아왔다. 가족에게 죄를 지은 그는 원효로 자택으로 바로 들어가지 못하고 효자동에서 몇 달 하숙 생활을 했다. 1955년 초봄의 일이다. [1] 그때 쓴 시가 이 작품이라고 한다.

불면의 밤을 지속했다는 것은 일상의 일로 받아들일 수 있는데, "이른 새벽에 깨어 울곤 했다"든가, "눈물이 기도처럼 흐른다"는 구절을 보면 시인의 고뇌와 슬픔이 대단했다는 것을 알 수 있다. 앞의 시에서는 그의 집을 찾아가는 과정을 주기도문 외우는 것 같다고 표현했는데, 여기서는 기도가 오히려 서글프고 기도 대신 슬픔의 눈물이 비 오듯 흐른다고 했다. 이때 그의 나이 우리나이로 마흔. 불혹의 문턱을 넘고 있었다.

앞의 시와 비교해 볼 때 시인은 감정의 여과를 거의 하지 않고 자신의 심경을 그대로 토로하고 있음을 알 수 있다. "나이는 들수록/한은 짙고/새삼스러이 허무한 것이/또한 많다."라는 그의 고백은 압축적 운율미로 정제된 그의 초기 시와는 사뭇 다른 감정의 직설적 표현이다. 가슴을 때리는 번민과 회한 속에서도 그가 할 수 있는 일은 별로 없기에 자신의 막막한 일상을 "먼 산 마루의 한그루 수목처럼/잠잠히 앉았을 뿐"이라고 표현했다.

---

1) 이형기 편저, 『박목월』, 문학세계사, 개정신판, 1993, 66~71쪽.

여기서 "먼산마루"는 원본에 이렇게 표기되어 있다. 이것을 일반적 어법에 맞게 적으면 '먼 산마루'가 될 터인데, 나는 이 구절을 박목월이 '먼 산마루'가 아니라 '먼산 마루'로 읽었을 것 같은 생각이 든다. 그래야 먼 산의 꼭대기에 혼자 서 있는 나무의 외로운 모습이 더 생생히 떠오르기 때문이다. '먼 산마루'와 '먼산 마루'는 느낌이 아주 다르다. 그래서 시인은 이 말을 띄어 쓰지 않고 붙여 썼을 것이다.

새벽부터 우는 뻐꾹새는 「윤사월」의 외딴 봉우리를 울리던 꾀꼬리를 연상케 한다. 문설주에 귀를 대고 엿듣던 눈먼 처녀의 위치에 그가 놓여 있는 것이다. 새벽부터 뻐꾸기가 우는 일은 드물다. 이것은 그의 감정의 투사다. 새벽부터 우는 뻐꾹새 울음이 창에 가득 고여 있다고 했다. 울음을 눈물의 이미지로 전환한 것이다. 울음이 창을 막고 있으니 안개가 낀 것처럼 세상이 아득하여 보이지 않는다. 효자동 종점 부근 골짜기에 보이는 것은 없다. 모든 것이 끝장난 것 같은 마음에 무엇이 들어올 수 있을 것인가? 사람 사이의 인연도 허망하고 목숨의 이어짐도 의미가 없는 일 같다. "청보라빛 아른한 실오리"는 그의 시에서 아름다움의 비유로 쓰인 이미지인데, 여기서는 허무의 비유로 제시되었다. 잠시 아름다움의 기미를 펼쳐 보이지만 이내 하늘로 피어올라 소멸하고 마는 것. 인연도 목숨도 허무한 것이다. 허무의 안개 속에 뻐꾹새만 울고 있다.

이 단계에서 생각해 볼 때 허무의 안개 속에 다가오는 설움의 울음을 어떻게 다시 극복하여 감정의 절제를 회복하는가가 앞으로 시인의 과제가 될 것이다. 마음의 상처에서 빚어진 삶의 허망함, 극단적 단절감이 쉽게 정리되지는 않겠지만, 시인은 리듬과 이미지를 단련하며 허무의식에서 벗어나려는 노력을 그의 시로 펼쳐보였다. 그는 시인의 길을 굳건히 걸었다.

효자동

숨어서 한철을 효자동에서
살았다. 종점 근처의 쓸쓸한
하숙집.

이른 아침에 일어나
꾀꼬리 울음을 듣기도하고
간혹 성경을 읽기도 했다.
마태복음 5장을, 고린도전서 13장을.

인왕산은 해질 무렵이 좋았다.
보라빛 산외山巍 어둠에 갈앉고
램프에 불을 켜면
등피燈皮에 흐릿한 무리가 잡혔다.

마음이 가난한 자는 복이 있나니… 아아 그 말씀. 그 위로.
그런 밤일수록 눈물은 베개를 적시고, 한밤중에 줄기찬 비가 왔다.

이제 두 번 생각하지 않으리라.
효자동을 밤비를 그 기도를
아아 강물 같은 그 많은 눈물이 마른 하상河床에

달빛이 어리고
서글픈 평안이
끝없다.

『난·기타』

이 시에도 슬픔과 고뇌가 토로된다. 그러나 대상을 이미지로 표현하려는 마음의 작용이 드러나고, 그의 시의 중심인 리듬을 회복하려는 내면의 안간힘이 느껴진다. "이제 두 번 생각하지 않으리라./효자동을 밤비를 그 기도를"이라는 구절에서 마음의 상처를 디디고 거기서 벗어나려는 시인의 의지를 읽을 수 있다. 그는 시를 통해 사랑의 길로 나아갔고 사랑을 잃은 좌절의 아픔도 시 쓰기에 몰입하여 극복하려 한 것이다.

"숨어서 한철을 효자동에서 살았다."라는 고백에는 자신의 과오를 인정하며 그것을 되풀이하지 않으려는 엄정한 자아의 의지가 내포되어 있다. '숨어서'라는 말에는 자신의 잘못을 고해하는 길 잃은 양의 나약한 탄식이 담겨 있다. 그는 안개 속에 자신의 몸을 숨기고 용서를 비는 은둔의 시간을 보낸 것이다. 앞의 시에 나온 '뻐꾹새 울음' 대신 여기서는 '꾀꼬리 울음'이 등장한다. 봄의 사건이라는 시점을 드러내는 것은 동일한데, 감정의 질감이 뻐꾸기에서 꾀꼬리로 바뀌었다. 그만큼 고뇌의 중심에서 벗어나 있음을 암시한 것이다. "눈물이 기도처럼 흐른다"가 "간혹 성경을 읽기도 했다"로 바뀌었다. 마음의 평정을 얻어가는 과정을 표현한 것이다.

그가 제시한 성경의 두 구절은 기독교의 핵심 교리를 담고 있는 대목이다. 마태복음 5장은 '산상수훈'과 '팔복'이 들어 있는 신약성서 전체의 정수 부분이며, 고린도전서 13장은 기독교적 사랑의 핵심을 담고 있는 구절이다. 그는 기독교 신앙인으로서 구원과 사랑의 메시지를 담은 핵심 대목을 언급함으로써 자신의 과오에서 벗어나려는 간절한 기원과 진실한 참회가 신앙의 중심에 놓이게 되었음을 밝히고 있는 것이다.

해 지는 인왕산을 바라보며 보랏빛 산정에 어둠이 가라앉는 모습을 보았고 밤이 되면 램프에 불을 켜고 등피에 무리가 지는 것을 보았다. 그 모든 형상이 위로가 되고 격려가 된다. 미세한 색조와 빛의 변화는 참회와 안식으로 이끄는 성경의 말씀이요 가르침이다. 기독교적 신앙의 힘에 의지하여 그는 삶의 비애와 고통을 극복하려 하는 것이다. 그러한 시간의 흐름 속에 눈물이 베개를 적시고 한밤중엔 줄기찬 비가 왔다고 적었다. 그렇게 아픈 간구의 시간이 지나간 것이다.

시인은 그 아픔과 슬픔의 시간을 두 번 생각하지 않겠다고 다짐한다. 이러한 다짐을 한다는 것은 어떠한 다짐에도 불구하고 그 슬픔과 아픔이 절대 잊히지 않는다는 사실을 반증하는 것이기도 하다. 그러나 신앙인의 입장에서 진실한 기도를 통해 삶의 고통과 번민이 해결될 수 있다고 믿는 것은 선택이 아니고 의무다.

시인은 그 많던 눈물이 말라 버린 하상에 서글픈 평안이 끝없이 전개된다고 썼다. 신앙인의 자리에서, 또 생활인의 자리에서 이렇게 말하는 것은 당연한 일이다. 그리고 그것은 어느 정도 진실에 가까운 발언일 것이다. 그러나 이러한 감정의 소멸과 극복을 표명한 이상 감정의 소용돌이에 머무는 일은 없게 될 것이다. 이제 운율을 통한 감정의 절제와는 다른 차원에서 그의 감정 절제 시편이 기획될 것이다. 나이도 불혹의 지평을 넘어서게 되었으니 모든 것이 순리에 맞게 진행되었다고 할 수 있다.

배경

제주읍에서는
어디로 가나, 등 뒤에
수평선이 걸린다.
황홀한 이 띠를 감고
때로는 토주土酒를 마시고
때로는 시를 읊고
그리고 해질녘에는
서사書肆에 들리고
먹구슬나무* 나직한 돌담 문전門前에서
친구를 찾는다.
그럴 때마다 나의 등 뒤에는
수평선이
한결같이 따라온다.
아아 이 숙명을. 숙명 같은 꿈을.
마리아의 눈동자를
눈물 어린 신앙을
먼 종소리를
애절하게 풍성한 음악을
나는 어쩔 수 없다.

『난 · 기타』

---

* 사전에는 '멀구슬나무'로 등재되어 있다.

제주도는 그가 사랑의 도피를 감행했던 장소다. [1] 그는 제주도에 대한 시를 몇 편 남겼는데 그중의 한 편이다. 아픔이나 슬픔을 넘어선 상태에서 쓸쓸한 회상의 장소로 제주도를 표현하고 있다. 앞의 시에서 본, 기도와 묵상의 고백이 진실한 육성이었음을 이해할 수 있다. 제주도는 4면이 바다다. 어디든 수평선이 보인다. 어디든 갈 수 있으나 어디로도 갈 수 없는 곳. 그곳이 제주도다. 시인은 육지와 다른 제주도의 특성을 "어디로 가나, 등 뒤에/수평선이 걸린다."라고 적었다. 왜 '등 뒤'라고 했을까? 여기에는 그의 속죄의식과 자기 연민이 담겨 있다. 눈앞에 수평선이 펼쳐진 것이 아니라 등 뒤, 자신의 배면에 수평선이 있다는 것. 자신이 갈 길은 아무데도 없고 사방이 막혀 있다는 것. 사방이 열린 공간이지만 그 열린 지평은 늘 자기 등 뒤, 가지 못하는 배면에 있다는 것을 참담하게 표현한 것이다.

갈 수 없으나 늘 열려 있는 모순의 수평선을 시인은 "황홀한 이 띠"라고 명명했다. 이 말에는 사랑의 도피를 감행했으나 완전히 현실에서 벗어날 수 없는 인간의 한계와 그 한계에서 탈출하고 싶은 동경의 황홀함이 중첩되어 있다. 멀리 떠나고 싶으나 갈 수 없는 상황, 그럼에도 불구하고 마음을 추동하는 탈출에의 욕망, 그 내면의 갈망을 황홀하다고 느꼈을 것이다. 등 뒤의 수평선이 유혹의 손길을 건네지만 그가 할 수 있는 것은 일

---

1) 이형기는 이 시를 제주 생활을 정서적으로 재구성한 시라고 보았는데, 재구성이 아니라 회한 어린 회상의 시로 보는 것이 좋을 것 같다.
이형기 편저, 『박목월』, 문학세계사, 개정신판, 1993, 68쪽.

상의 자잘한 일, 토주를 마시고 시를 생각하고 서점에 들러 책을 보고 제주에 거주하는 친구의 집을 방문하는 일 정도다. 수평선을 넘어 멀리 떠나고 싶었으나 오히려 더욱 답답한 폐쇄된 생활을 할 수밖에 없었던 것이다. 무의미하게 반복되는 일상의 지루함 속에서도 탈출의 욕망은 늘 가슴한 편에 도사리고 있었다. "그럴 때마다 나의 등 뒤에는/수평선이/한결같이 따라온다."는 고백은 진실이었을 것이다.

그의 등 뒤에 배경으로만 존재하는 수평선, 탈출에의 갈망, 그것은 시인으로서의 숙명이요, 숙명처럼 버릴 수 없는 꿈이다. 그 다음에 열거된 네 항목은 그의 마음에 갈등을 일으키는 요소를 비유적으로 나타낸 것이다. "마리아의 눈동자", "눈물 어린 신앙", "먼 종소리", "애절하게 풍성한 음악"은 암시하는 의미가 각기 다르다. "마리아의 눈동자"와 "눈물 어린 신앙"은 양심과 이성의 작용일 것이다. 탈출의 욕망을 부추기는 충동을 자제하고 합리적 이성과 생활의 순리를 지향하는 내면의 목소리를 의미한다. 여기에 비해 "먼 종소리"와 "애절하게 풍성한 음악"은 여전히 그를 일탈의 세계로 추동하는 낭만적 동경을 의미한다. 그는 이 두 축 사이에서 갈등을 일으키면서 내면의 갈등에 대해 스스로 "어쩔 수 없다"고 고백하고 있다.

신앙적 염결성과 내면적 욕망 사이의 갈등. 이성적 현실과 낭만적 일탈 사이의 갈등. 이 갈등이 그로서는 참으로 괴로운 일이었겠지만, 한편으로는 그것이 시를 쓰는 동력이 되었다. 자신의 내면의 움직임과 갈등을 정직하게 토로했기에 그것은 시가 될 수 있었다. 한 시인의 신앙적 염결성이 정직한 고백과 만나 시로 응결되는 한국시사의 특수한 사례를 그의 시가 보여주었다. 그의 일탈이 그와 가족들에게는 가슴 아픈 일이었겠지만, 시 창작의 맥락에서는 중요한 계기로 작용했음을 알 수 있다.

난

이쯤에서 그만 하직하고 싶다.
좀 여유가 있는 지금, 양손을 들고
나머지 허락받은 것을 돌려 보냈으면
여유 있는 하직은
얼마나 아름다우랴.
한 포기 난을 기르듯
애석하게 버린 것에서
조용히 살아가고,
가지를 뻗고,
그리고 그 섭섭한 뜻이
스스로 꽃망울을 이루어
아아
먼 곳에서 그윽히 향기를
머금고 싶다.

『난 · 기타』

박목월은 이 시를 두고 "죽음을 노래한 것"이라고 단적으로 말했다.[1] 죽음은 죽음이되 여유를 갖고 죽음을 맞이하는, 죽음과 친하려는 생각으로 쓴 것이라고 했다. 이 시가 발표된 것이 1955년 1월(『현대문학』)이니 그의 나이 마흔이고 아직 죽음을 생각하기에는 이른 시기다. 제주도로 사랑의 도피를 하였으나 가족과 사회에 대한 의무감, 신앙인으로서의 회의 등이 생기면서 일상으로 복귀하려는 생각을 하던 전환기이기는 하다. 그러한 착잡한 갈등의 상황을 거치면서 시인은 죽음을 명상했던 것 같다. 죽음은 죽음이되 난을 기르는 것처럼 여유를 지닌 죽음을.

첫 행의 "이쯤에서"라는 말에는 많은 사연과 심정이 함축되어 있을 것이다. 말로 풀어내자면 소설 한 편이 나올 만한 스토리가 있었을지도 모른다. 그 모든 것을 줄여 "이쯤에서"라는 한 마디로 압축했다. 참으로 시적인 응결이다. "이쯤에서"를 도와주는 "그만"의 삽입도 절묘하다. 첫 발표작은 "이만쯤에서 하직하고 싶다"로 되어 있다. 이 두 시행을 비교해 보면 박목월의 퇴고가 매우 적실하게 이루어졌음을 확인할 수 있다. 초기부터 언어의 질감과 의미를 가지고 고심했기에 이러한 수정이 가능했을 것이다.

위기에 몰려 삶의 끝판에서 각박하게 죽음을 맞이하는 것보다는 이렇게 여유를 갖고 죽음을 생각할 수 있을 때 하직하는 것이 인간으로서 아름다운 일이라고 말했다. 충분히 가질 수 있는 생각이다. 다만 죽음을 생각하기에는 아직 이른 나이라는 것이 문제다. 그러나 시인 자신으로서는

---

1) 박목월, 『보라빛 소묘』, 신흥출판사, 1958, 207쪽.

자신의 건강이 그렇게 장수를 누릴 유형은 아니라고 생각했던 것 같다. 왜냐하면 이후의 여러 작품에서 나이보다 앞선 늙음과 죽음에 대한 명상을 자주 표현했기 때문이다. 여하튼 삶이라든가 자신의 소유물에 대해 과도하게 집착하지 않고 여유 있게 하직하는 것은 인간이 소망할 수 있는 바람직한 상태이기는 하다.

시인은 여유 있는 하직을 난을 기르는 일에 비유했다. 이것은 그의 개인적 경험이기에 일반인들이 이해하려면 약간의 설명이 필요하다. 난이라는 식물은 무척 예민해서 온도와 습도에 민감한 반응을 보인다. 기르기가 까다로워서 그렇게 여유 있게 대할 수 있는 식물이 아니다. 그러나 난을 기르는 데 익숙해지면 대부분의 사람이 여유를 갖게 된다. 난은 모래와 잔돌 틈에 뿌리를 내려 아주 천천히 성장하고 꽃도 늦게 피운다. 그것도 일 년에 딱 한 번 몇 송이 작은 꽃을 우리가 모르는 어느 순간에 피운다. 꽃이 피면 그윽한 향기를 풍기며 한 일주일 버티다가 어느 순간 시들어 대궁이 꺾인다. 난을 기르는 사람은 이러한 생리를 잘 알기 때문에 여유를 갖고 난을 대하게 된다. 시인은 그러한 난의 생리를 통해 자신이 지향하는 삶의 자세와 죽음의 순명을 표현한 것이다.

모래와 잔돌처럼 애석하게 버려진 것에 뿌리를 내려 조용히 살아가고, 가냘픈 가지를 뻗고, 섭섭한 뜻이 작은 꽃망울을 이루어 홀로 그윽한 향기를 풍기는 것은 분명 죽음의 자세가 아니라 삶의 자세다. 그렇게 난처럼 조촐하고 그윽하게 살다가 난의 꽃잎이 지듯 조용히 소멸하겠다는 뜻을 나타냈으니 삶과 죽음을 감싸 안은 소슬한 절제의 자세를 확인할 수 있다. 이것은 난처럼 여유 있게 죽음을 맞이하고 싶다는 뜻이 아니라 그렇게 여유 있게 살고 싶은 심정을 표현한 것이다. 그러면서도 이 작품을 굳이 죽음을 노래한 시라고 한 데는 6·25를 거치고 연정의 아픔도 거친 시인의 내면적 종말감이 작용했던 것 같다. 그 자신도 뚜렷이 인지하지 못한 생의 소멸, 사랑의 소멸, 그리고 한 여성에 대한 연민과 회한 등 여러 요소가 복합적으로 작용하여 그러한 발언을 유도했을 것이다.

사투리

우리 고장에서는
오빠를
오라베라 했다.
그 무뚝뚝하고 왁살스러운 악센트로
오오라베 부르면
나는
앞이 칵 막히도록 좋았다.

나는 머루처럼 투명한
밤하늘을 사랑했다.
그리고 오디가 샛까만*
뽕나무를 사랑했다.
혹은 울타리 섶에 피는
이슬마꽃 같은 것을……
그런 것은
나무나 하늘이나 꽃이기보다
내 고장의 그 사투리라 싶었다.

* 이 말도 '새까만'이 표준어지만 그보다 강한 음감을 표현하려 한 시인의 의도적 선택으로 보고 원본
  대로 적는다.

참말로
경상도 사투리에는
약간 풀냄새가 난다.
약간 이슬냄새가 난다.
그리고 입안이 마르는
황토흙 타는 냄새가 난다.

『난·기타』

　박목월 스스로 서술체로의 전환을 보여준 작품이라고 설명한 작품
이다. 6·25 동란 후의 첫 작품이라고 했고, 전쟁이라는 참혹한 현실 앞에
『청록집』의 단아한 형식에 대한 반성으로 삶에 대한 생각을 이야기하듯
서술하는 형식을 취했다고 언급했다. [1] 고향의 토속성과 그것과 관련된
사투리의 정겨움을 직접적으로 노래한 최초의 작품이다.

　시인은 '오빠'와 '오라베'의 비교로 이야기를 시작한다. '오빠'에는 억
센 된소리가 있지만 '오라베'는 소리가 부드럽게 이어진다. 그런데 시인
은 이 말에 대해 "무뚝뚝하고 왈살스러운 악센트"라고 서술했다. 높낮이
가 뚜렷한 경상도의 억양을 염두에 둔 표현일 것이다. 가공하지 않은 억
센 사투리로 자신을 '오오라베'라 부르면 "앞이 캄 막히도록 좋았다"라고
적었다. 그 사투리 속에 경상도의 풍속과 토속적 삶이 담겨 있기 때문이
다. 어릴 때부터 친숙하게 들어온 사투리가 전하는 음성적 쾌감을 표현했
다는 점에서 음성적 울림에 대한 그의 관심이 지속되고 있음을 확인하게
된다.

　시인은 사투리를 시작으로 고향의 토속적 정경을 서술한다. "머루처
럼 투명한 밤하늘", "오디가 샛까만 뽕나무"는 모두 검은 빛의 이미지다.
그는 사투리에서 밝은 풍경을 떠올린 것이 아니라 어두운 정경을 먼저 연
상했다. 이미 도시의 빛을 본 사람에게 고향의 삶이 그렇게 밝고 환하게
다가오지 않았을 것이다. 울타리 가에 피는 '이슬마꽃'은 쥐참외, 주먹참
외라고 하는 식물로 여름에 호박꽃 모양의 작고 노란 꽃이 핀다. 박목월

---

1) 박목월, 『보라빛 소묘』, 신흥출판사, 1958, 162-166쪽.

은 「울타리」라는 동시에서 "울타리에 울타리에/꽃이 폈다/비단처럼 엷은 노란 이슬마꽃"이라고 노래하기도 했다. [2] '이슬마꽃'은 노란색이어서 검은 빛은 아니지만 작고 외로운 느낌을 주기 때문에 도시의 화려함과 대조되는 소박한 느낌을 준다는 점에서 앞의 두 이미지와 통한다. 그는 그러한 소박하고 익숙한 정경을 고향의 사투리와 같은 속성으로 받아들였다.

그는 다시 고향 사투리의 소박한 정겨움을 세 개의 후각 이미지로 제시했다. 그것은 "풀냄새", "이슬냄새", "황토흙 타는 냄새"다. 풀냄새와 이슬냄새는 고향의 자연친화적 정취를 자연 이미지로 제시한 것이어서 다른 설명이 필요 없을 것 같고, "입안이 마르는/황토흙 타는 냄새"에 대해서는 보충 설명이 필요하다. 이것은 정신의 갈증과 관련된다.

그는 『청록집』에 수록된 「임」에서 자신을 "내ㅅ사 애달픈 꿈꾸는 사람"이라고 했다. 눈물로 바위를 갈아 거기에 임과 하늘이 비칠 때까지 어리석은 꿈을 지닐 것이라는 뜻을 노래했다. 시집에 수록하지 않은 「보리 누름 때」(『문장』, 1940. 2)에서는 보리가 누렇게 익어 가는 5월 무렵에 느끼는 갈증을 "목 안에 감기는 엷은 갈증"이라고 표현했다. 그는 이 시를 소개하며 '목마름'이 그의 시작 생활의 전 과정을 통한 줄기찬 저류라고 설명했다. [3] 이 시에 "황토 진흙 마르는 내음새"라는 구절이 나오는데, 「사투리」에서는 그것이 "입안이 마르는/황토흙 타는 냄새"로 변형되었다. 늦은 봄 건조한 기후로 황토 흙이 마르면서 특유의 야릇한 냄새가 일기 시작하는데 그것이 토속적 원형에 대한 갈증을 일으킨다고 상상한 것이다. 경상도 사투리가 그러한 정신의 갈증을 달래 주는 일종의 치유 기능을 행사한다고 본 것이다.

---

2) 장정희, 「청록파 동시의 심상과 원형적 공간 탐구」, 『한국문학연구』 53, 2017. 4, 527쪽.

3) 박목월, 「목마른 역정」, 『청록집 이후』, 현암사, 1968, 332쪽.

그러기에 무뚝뚝하고 왈살스러운 악센트의 사투리, 머루처럼 투명한 밤하늘, 오디가 새까만 뽕나무, 입안이 마르는 황토 흙 타는 냄새 등은 형상은 다르지만 모두 동질적이다. 그것은 자신의 마음속에 일관된 저류로 흐르는 갈증을 달래주는 역할을 한다. 그래서 고향의 풍물을 대하면 "앞이 칵 막히도록 좋았다"고 고백했던 것이다. 그것이 전쟁으로 일그러진 참혹한 현실에 눌린 그의 내면을 위안하는 감정의 파동이었다.

폐원廢園

그는
앉아서
그의 그림자가 앉아서

내가
피리를 부는데
실은 그의
흐느끼는 비오롱 솔로

눈이
오는데
옛날의 나직한 종이 우는데

아아
여기는
명동
사원 가까이

하얀
돌층계에 앉아서
추억의 조용한 그네 위에 앉아서

눈이 오는데
눈 속에
돌층계가
잠드는데

눈이 오는데
눈 속에
여윈 장미 가난한 가지가
속삭이는데

옛날에
하고
내가 웃는데
하얀 길 위에 내가 우는데

옛날에
하고
그가 웃는데
서늘한 눈매가 이우는데

눈 위에
발자국이 곱게 남는다.
망각의 먼
지평선이 저문다.

『난 · 기타』

이 시는 시인이 9·28 서울 수복 후 서울에 올라왔다가 중공군 개입으로 다시 후퇴하게 될 무렵 자신이 근무하던 이화여고 교정에 가서 착상한 작품이라고 한다. 포연이 휩쓸고 지나간 서울 거리는 폐허가 되었고 이화여교 교정도 폭격을 맞아 강당이 잿더미로 변하고 무너진 벽과 돌층계만 남아 있었다고 한다. 파괴된 교정을 바라보며 시인은 자신의 쓸쓸하고 서글픈 심정을 노래했다. 전체적인 형식은 초기시의 절제된 압축미를 그대로 유지하면서 시어와 시행 사이에 자신의 감정을 은밀히 풀어 넣는 방법을 취했다. 이 시의 기본 구조를 지탱하는 것은 회상인데 회상은 눈에 보이는 것과 보이지 않는 것을 이어주는 가교 역할을 한다.

이 시가 처음 발표된 것은 『문학예술』(1954. 4)인데 거기에는 4연이 "아아/여기는/명동/성니코라이사원 가까이"로 되어 있던 것이 시집에 수록되면서 위와 같이 바뀌었다. 또 "망각의 먼 지평선이 저문다."가 한 행으로 되어 있고 그 앞에 "아아"라는 감탄사가 있던 것을 위와 같이 바꾸었다. 그런데 『보라빛 소묘』(1958. 9)에 그가 인용한 「폐원」은 또 다른 모습을 보여주고 있어 주목된다. 일반적으로 『보라빛 소묘』에 시를 인용할 때는 첫 발표작을 일부 수정한 상태로 인용하고 그것을 다시 수정하여 시집에 수록하는 과정을 보였다. 그런데 『보라빛 소묘』에 인용한 「폐원」은 『문학예술』이나 최종 수정본인 『난·기타』 수록본과는 상당히 다른 형태를 보이고 있다. [1] 이러한 형태는 이 작품에 한정된 것이어서 자세히 검토해 볼 필요가 있다. 두 판본을 비교해 보면 다른 부분은 거의 같고, 4연과

---

1) 『박목월 자선집』은 『난·기타』 형태를 그대로 수록했다.

10연이 다른데 그 두 연만 원본대로 인용하면 다음과 같다.

아아
여기는
貞洞
聖미하엘 鍾樓가 보이는데

눈위에
발자국이 곱게 남는다.
忘却의
地平線이 멀리 저믄다. [2]

정동은 이화여고가 위치한 장소고 명동은 명동성당이 있는 장소다. 이 작품이 초고라면, 처음에는 이화여고를 나타내기 위해 장소를 "정동"이라고 했다. 지면에 발표하면서 "정동"이 "명동"으로 바뀌고, "성미하엘 종루가 보이는데"는 "성니코라이사원 가까이"로 바뀌었다가 다시 "사원 가까이"로 바뀐 것이다. '성미하엘 종루'나 '성니코라이 사원'이 지나치게 서구적인 느낌을 주고 실제의 사실과 다르다고 판단되어 바꾸었을 것이다. "忘却의/地平線이 멀리 저믄다."는 부사 '멀리'를 지평선을 꾸며주는 '먼'으로 바꾸어 대구 형식으로 읽히던 마지막 연의 리듬을 변형시키는 방향으로 수정이 이루어졌다. 리듬보다 이미지를 부각하는 방향으로 개작되고, 이국적 환상을 배제하고 사실을 담백하게 제시하는 방향으로 개작되었다. 이것은 이 시기에 시인의 마음이 어떻게 움직였는지를 알

---

2) 박목월, 『보라빛 소묘』, 신흥출판사, 1958, 192쪽, 194쪽.

려 준다. 시인은 감정을 더 절제하는 쪽으로 개작을 진행했고, 그것이 작품을 더 윤기 있게 살리는 길이라고 생각한 것이다.

1연은 기억 속에 남아 있는 과거의 그의 모습과 환상 속에 떠오르는 영상을 제시했다. 그가 앉아 있나 했는데, 실제로 그는 없고 그의 그림자가 앉아 있을 뿐이라는 생각은 시인에게 비애감을 일으키고 시인을 과거의 시간 속으로 이동시킨다. 그 비애감은 2연의 "흐느끼는 비오롱 솔로"라는 구절로 간접적으로 표출된다. 아무리 내가 피리를 불어도 이제는 들을 수 없는 그의 바이올린 솔로. 시인은 자신의 울고 싶은 심정을 '흐느끼는'이라는 말로 대신 표현했다. 2연의 청각 영상은 3연에서 시각 영상과 청각 영상으로 분리되면서 과거의 기억을 다시 환기하는 '눈'과 '나직한 종 울림'으로 정착된다.

종소리에 고개를 들고 주위를 보자 여기는 바로 추억이 깃든 명동이고 가까운 성당에서 울려 나오는 소리임을 깨닫는다. '아아'라는 감탄사는 이곳에 깃든 추억, 돌아갈 수 없는 시간에 대한 안타까움을 한꺼번에 일깨운다. 주체할 수 없는 그리움에 시인은 다시 돌층계에 앉아서 생각에 잠긴다. "추억의 조용한 그네 위에 앉아서"라는 구절은 시인의 내밀한 조응에서 얻어진 박목월만의 독자적인 표현이다. 그네는 하나의 축을 중심으로 이곳과 저곳을 왕래하는 속성이 있다. 이것은 현재와 과거를 오가는 추억의 비유로 적절하다. 추억은 혼자 조용히 있을 때 떠오르는 것이므로 '조용한 그네'라고 했다.

6연과 7연은 눈이 오는 정경의 묘사다. 돌층계에 눈이 덮이고 여윈 장미나무 가지에 눈이 쌓인다. 돌층계가 잠든다는 표현은 이제 과거의 정황이 기억의 저변으로 가라앉는다는 느낌을 준다. 그러나 과거의 회상에서 벗어나려 해도 다시 장미 가지가 지난 일들을 나직이 속삭인다. 결국 과거의 추억을 떨치지 못한 채 사라진 누군가를 생각하며 울음을 터뜨리고 만다. 비애의 표출은 8연과 9연에서 이루어지는데 그러나 그 장면에도 환상과 현실이 교차되면서 감정은 속으로 절제되어서 비애감은 아름다운 영상으로 전환된다.

옛날 그와의 즐거운 추억을 떠올리자 입가에 웃음이 번지기도 한다. 그러나 그는 찾을 수 없고 흰 눈발만 날리고 있음을 보자 슬픔이 복받친다. 다시 머리를 드니 그가 옛날의 이야기를 하며 웃음을 짓는다. 다시 볼 수 없다는 생각에 서늘한 눈매에 물기가 비치는 듯하다. 그러나 이 모든 것은 환상이고 추억인 것. 그의 영상은 눈길 저편으로 사라진다. 여기서 그의 사라짐을 뜻하는 '이우는데'라는 시어가 깊은 여운을 남긴다. '이울다'라는 말은 꽃잎 같은 것이 시들어 사라지는 것을 뜻하는데 여기서는 그가 옛날의 추억만 남기고 사라진 것을 표현함으로써 대상의 아름다움과 소멸의 여운을 환기한다.

마지막 10연은 환상과 그리움으로 점철된 감정의 움직임을 공간적 형상으로 마무리했다. 가까이는 눈 위에 발자국이 남는 장면, 멀리는 지평선이 저무는 장면을 배치함으로써 망각할 수밖에 없는 현재의 처지와 그럼에도 불구하고 남는 추억의 잔상을 이중적으로 표현했다. 살아 있는 사람이 언제까지나 추억에 매달릴 수는 없는 법. 추억의 자리에서 벗어나려 길을 걷는 내 모습 뒤에 발자국이 남겨진다. 이것은 아무리 떨치려 해도 지워지지 않는 그에 대한 환상, 추억의 잔영 같다. 멀리 발자국 끝자락을 보니 거기는 망각의 지평선이 저물고 있다. 아무리 지금의 시간이 괴롭다 해도 어차피 시간이 흐르면 모든 것이 잊히고 마는 것. 망각의 지평선은 시간의 그늘 저 뒤에서 언제라도 저물 준비를 하고 있는 것이다.

이 시에 담긴 감정의 움직임을 살피면서 우리에게 떠오르는 인상은 그 정서가 눈빛처럼 깨끗하다는 것이다. 군더더기 없이 깔끔하게 정제된 시어와 감상에 흐르지 않는 균형 잡힌 정서로 한편의 수예품을 완성했다.

이렇게 투명한 비애의 정서는 우리의 마음도 맑게 한다. 비탄에 빠진 사람의 넋두리를 듣는 것은 정신 건강에 도움이 되지 않지만, 정화된 슬픔을 시로 맛보는 것은 매우 유익하다는 사실을 박목월의 이 시에서 새삼 깨닫게 된다.

갈매기집

생선 비린내
그것이 풍기는 바다바람은
코허리가 싯큰하게 좋았다.
그래서
곧잘 선창가로 나와서
목로방 〈갈매기집〉
판자 걸상에 앉았다
그 집의 걸걸한 막걸리
그 집의 소란하게 흐뭇한 분위기.*
문학을 논하고
인생을 술회하고
기우는 전세戰勢의 어두운 하늘 아래
벗들은 날개가 지친 갈매기
날아들어서
이렇게 서로 앉았으면
배를 탄 마음
안개 속에 육중한 징이 울리고
안개 속에 물길이 바뀌는 바다의 울음

* 『박목월 시 전집』에서는 여기서 연이 나뉘지만, 『박목월 자선집』의 형태를 따른다.

이런데 앉아서
프랑스를 꿈꾸는 것은 과분한 사치
죽음을 느끼는 것은 과분한 호사
걸걸한 막걸리에 거나하게 취하면
수평선을 바라보는 것쯤이 제격
주름살을 펴보는 것쯤이 제격.

바다가
비단 폭처럼 날리는 것은
바람에 〈갈매기집〉이
흔들리는 것은
그리고 생선 비린내에 해초 냄새가
얼리는 것은
시각이 늦은 대합실에서
배를 기다리는
그 적막. 그 안도.

벗들은 날개가 지친 갈매기
모여앉아서
쬐끔씩 우정을 나누고
쬐끔씩 죽음을 나누고
그리고 반쯤 술에 취하고
그리고 반쯤 우정에 취하고
설레는 하늘 빗발 속으로
제각기 뿔뿔이 헤어져 돌아가면
때로는 어둠 속에서 벗들이 부르는 소리.
때로는 물결 소리에 벗들의 울음소리.

『난·기타』

『난·기타』에는 이 시 끝에 "벗들이어. 기억하는가. 〈갈매기집〉은 피난 때 자네들이 막걸리 잔을 나누며 세월을 보낸 부산 선창가의 목로집. 그 막걸리 맛의 눈물보다 진한 것을."이라는 구절이 붙어 있다. 부산 피난 시절 모이던 한 목롯집을 회상하며 환난의 고통을 함께 나누던 애환의 시절을 노래했다.

회상의 출발은 생선 비린내가 풍기는 바닷바람으로 시작한다. 바닷가의 가장 뚜렷한 후각적 인상은 바람에 풍겨 오는 소금기 섞인 비린내. 코허리가 시큰하도록 강한 느낌을 받으며 목로주점으로 가면 피난 생활의 신산함 속에서도 정을 나누던 벗들이 있고 흥을 돋우는 막걸리가 있고 소란하면서도 흐뭇한 특유의 정취가 있다. 전쟁이 어떻게 전개되든 그 답답한 시간 속에서 문학과 인생을 논하던 지친 갈매기들의 젖은 날개가 있다. 인생의 무게에 어깨가 눌리지만 함께 배를 탄 마음으로 앞이 안 보이는 안개의 시간 속에 프랑스를 꿈꾸기도 하고 죽음을 칭송하기도 한다. 암울한 상황에서 누리는 과분한 사치일지 모르지만, 살아 있는 존재가 살아 있음을 증명하기 위해 펼치는 실존의 몸부림이었다. 수평선을 바라보며 주름살을 조금이라도 펴는 것이 살아 있음을 증명하는 최소한의 동작이었다. 그 외에 다른 무엇이 있을 수 있겠는가? 그 막다른 피난지 부산의 선창가 목로주점에서. 그 허무의 끝판에서.

전세가 기우는 불안한 상황 속에서 목로주점에 앉아 막걸리를 들이켜건, 철학을 논하건, 수평선을 바라보건, 암담함과 피로감은 마찬가지. 그러면서도 암울과 피로를 이길 수 있는 것은 언젠가는 상황이 회복되리라는 마지막 믿음 때문. 그 이중적 감정을 시인은 "그 적막, 그 안도"로 표현했다. 시간이 늦었는데도 배를 기다리는 사람의 심정은 배가 오지 않을 것 같은 불안감과 그래도 배가 오리라는 기대감이 겹치는 상황이다. 그것은 적막과 안도가 교차하는 이중의 감정이다. 박목월은 바다가 출렁이고 바람에 흔들리는 불안한 상황 속에서도 막걸리를 나누며 생의 마지막 담론을 나누듯 열변을 토하는 벗들을 연민과 동정의 시선으로 바라보며 적막과 안도를 느낀 것이다.

옛일을 떠올리는 감상적 정조 때문에 박목월 시로서는 길이가 길고 유사한 감정이 반복되는 변형을 보였다. 피난지 부산을 함께 거친 동료들에 대한 회감이 깊이 서렸기 때문이다. 벗들은 죽음에 불안감을 느끼면서도 우정에 위안을 얻으며 적막과 안도 속에 술에 취하여 빗발 속에 각자 흩어졌다. 실제로 비가 왔든 안 왔든 박목월의 심정 속에서는 벗들이 빗발 속으로 흩어졌다고 연상된 것이다. 그중에는 정말로 영원히 헤어져 돌아오지 못한 벗들도 있었을 것이다. 어둠 속에 벗들의 소리가 들리는 듯하지만, 그 아픔의 기억은 쉽게 사라지지 않는다. 6·25를 경험한 세대의 황량한 내면풍경은 깊은 상흔으로 남아 한국 현대 정신사의 전개에 다양한 파장을 남겼다. 박목월도 그런 세대의 한 사람임을 이 시가 뚜렷이 드러내고 있다.

먼 사람에게

팔을 저으며
당신은 거리를
걸어가리라.
　　　먼 사람아.

팔을 저으며
나는 거리를
걸어간다.
　　　먼 사람아.

먼 사람아.
내 팔에 어려 오는
그 서운한 반원半圓.

내 팔에 어려 오는
슬픈 운명의
그 보라빛 무지개처럼……

무지개처럼
나는 팔이
소실한다.

손을 들어
당신을
부르리라
　　먼 사람아

당신을
부르는
내 손끝에
일월^{日月}의 순조로운 순환
아아
연한 채찍처럼
채찍이 운다.
　　먼 사람아.

『난·기타』

이 시는 박목월에게 친근한 그리움의 감정을 익숙한 운율적 반복의 시형으로 표현한 작품이다. 멀리 떨어진 곳에 존재하는 한 사람에게 자신의 그리운 마음을 혼자 고백하고 있다. 자신이 팔을 저으며 거리를 걸을 때 어디선가 그 사람도 이렇게 거리를 걷는다는 생각이 난다. 시에서는 당신에 대한 이야기를 먼저 했지만 실제로는 그 역순으로 생각이 전개되었을 것이다. 즉 내가 거리를 걸을 때 당신 생각이 떠올랐을 것이다. 두 상황이 유사한 언어로 나란히 제시되니 평범한 내용도 시적인 윤기를 머금는다. 박목월 시법이 지닌 감성의 매력이다.

그 사람을 가슴으로 안고 싶지만 그 사람은 이 자리에 없다. 허공을 포옹하는 듯한 "그 서운한 반원"이라는 구절은 그리움의 허망함을 나타낸다. 그것은 시인 마음에 "슬픈 운명의 보라빛 무지개"를 드리운다. 보랏빛은 시인이 애호하던 서러운 아름다움의 빛깔이다. 그 여인과의 헤어짐과 그리움은 기구한 운명이 마주치게 될 피할 수 없는 감정이다. 서운한 반원과 보랏빛 무지개는 유사한 심정과 형상으로 대응을 이룬다. 1, 2연의 의미의 대응이 3, 4연에서 심정과 형상의 대응으로 변주되는 것을 볼 수 있다. 시의 형태를 생각한 시인의 의도적 배치다.

시인의 절묘한 상상력은 다음 시행에서 더 빛을 발한다. 무지개는 나타났다 사라지는 것이 숙명이다. 그런 점에서 무지개는 신기루와 같다. 아무리 아름다워도 무지개는 소실되고 만다. 그 사람에 대한 상상이 보랏빛 무지개를 일으켰으니 그 무지개가 사라지는 것은 당연하다. 그런데 시인은 "나는 팔이/소실한다."라고 적었다. 그 사람의 환영을 포옹했던 자신의 팔도 무지개를 따라 소실한다는 뜻이다. 형언하기 어려운 공허감을 팔의 소실로 나타낸 것이다. 이렇게 팔이 소실해 버렸는데, 그다음에 다시 "손을 들어/당신을/부르리라"라고 노래했다. 당신을 포옹하려 한 팔이 소실했는데, 사라진 팔의 손을 들어 당신을 부르겠다는 모순 어법 속에 당신에 대한 간절한 그리움이 담겨 있다. 어떠한 경우에도 당신을 잊지 못하겠다는 간절한 염원의 표현이다.

그리움의 밀도는 시간의 흐름에 따라 어떻게 변해 가는가? 시간이 자나면 아무리 절실한 그리움도 약화되지 않겠는가? 분명 그러할 것이다. 그것을 예감한 시인은 참으로 절묘한 시행을 창조했다. "당신을/부르는/내 손 끝에/일월의 순조로운 순환"이 그것이다. 당신을 그리워하는 내 일상의 나날 속에 시간은 순조롭게 흘러갈 것이라는 뜻이다. 더 이상 삶의 파탄이나 감정의 교란이 일어나지는 않지만 일상적 시간의 순조로운 진행 속에 당신에 대한 그리움은 여전히 이어질 것이라는 뜻이다. 부드럽게 읊조리는 듯 시행을 이어갔지만 하나하나의 시어 속에 깊은 슬픔이 배어 있다. 그 슬픔을 "채찍이 운다"고 표현했는데, 절묘한 것은 채찍이 우는 상태를 동어반복형으로 비유한 점이다. "연한 채찍처럼" 채찍이 운다는 것은 슬픔을 드러내지 않고 슬퍼한다는 뜻이다. 동양의 정서인 '애이불상哀而不傷'이나 '애이불비哀而不悲'의 전통을 완곡하게 비유로 표현한 것이다. 이 구절 역시 박목월이 창조한 독특한 비유의 하나로 문학사에 남을 것이다.

동정 冬庭

뜰을 쓰는 대로 가랑잎이
비오듯 했다.

마른 국화 향기는
차라리 섭섭한 것.

이, 쓸쓸한 뜰에
구름은 한가롭지 않다.

저, 어지러운
구름 그림자.

반일^{半日}을
덧없이 보내고

나머지 한나절을
바람이 설렌다.

산에는
찬 그늘이 내리고

새들도
멀리 가고 말았다.

『난 · 기타』

겨울 정원을 노래했다. 겨울 정원은 모든 것이 사라진 공간을 보여준 다는 점에서 허전함의 표상이다. 사랑하는 사람과 헤어져 홀로 있게 되 면 그 허전함은 더욱 클 것이다. 비 오듯 떨어지는 가랑잎은 지난 시절을 잊지 못하는 회한이 밀려드는 모습을 환기한다. 그것을 계속 쓰는 사람 은 회한에서 벗어나려고 하는 시인 자신이다. 뜰을 쓰는 대로 가랑잎이 비 오듯 떨어졌다니 겨울 정원에 그런 상태는 없다. 아무리 과거에서 벗 어나려 애써도 과거의 기억에 묶여 있는 시인의 내면을 그렇게 표현한 것 이다.

마른 국화 향기가 차라리 섭섭하다는 것도 내면의 표현이다. 나무에 서 떨어지는 시든 잎이 과거의 죽은 기억이라면 지금도 풍겨 오는 마른 국화 향기는 과거의 추억이 여전히 살아 있음을 의미한다. 과거의 추억을 되살려 주는 마른 국화가 죽은 가랑잎보다 애틋하게 느껴진다는 것인데, 그것을 시인은 '섭섭한 것'이라고 표현했다. 섭섭함은 서운함과 통한다. 과거의 기억을 떠올려 주기는 하지만 과거로 자신을 되돌려 주지 못하니 서운하고 섭섭한 것이다. 마른 가랑잎은 쓸어버리지만 마른 국화는 차마 그럴 수 없다.

이런 상황이니 하늘에 명멸하는 어지러운 구름도 예사롭지 않다. 쉼 없이 나타났다 사라지는 구름의 그림자도 자기 마음의 움직임을 그대로 표상하는 것 같다. 겨울 빈 뜨락을 바라보며 반나절을 덧없이 보내고 나 머지 시간도 덧없이 보낸다. 표면적으로는 아무 일 없이 보내는 것 같지 만 바람의 움직임이나 구름의 움직임이 모두 마음의 투사다. 시인의 무 의식이 저절로 언어로 투영되었다. '덧없이 보내는' 것은 '반일'이라 했고

'바람이 설레는' 시간은 '한나절'이라 했다. 덧없이 보내는 시간은 짧게 느껴지고 설레는 마음으로 보내는 시간은 길게 느껴진 것이다. 시간이 흘러 어느덧 먼 산에 찬 그늘이 스며드는 듯하고 새들도 멀리 가 버려 보이지 않는다. "멀리 가고 말았다"는 마지막 시행 뒤에는 고독의 음영이 여운을 남긴다.

시인은 왜 이렇게 텅 빈 겨울 뜨락의 모습을 보여준 것일까? 이 시에 등장한 감정 표현의 어사들을 보면 시인의 속마음을 알 수 있다. 섭섭함, 한가롭지 않음, 어지러움, 덧없음, 설렘, 멀리 가 버림 등의 말들은 시인이 차마 발설하지 못한 내부의 심사를 완곡하게 드러낸다. 겉으로는 고요한 겨울 뜰의 모습을 보여준 것 같지만 시인은 무언가 서운하고 어지럽고 설레는 마음으로 덧없는 시간의 흐름에 괴로워하고 있다. 소중한 무언가가 멀리 가 버렸다는 상실감에 젖어 있는 것이다. 자신의 마음이 어떻다는 말은 한 마디도 하지 않고, 정경을 통해 착잡한 심경을 간접적으로 드러냈다. 그 철저한 견인의 자세는 자못 정결하다. 이것 역시 박목월 시의 중요한 특성을 이룬다.

층층계

적산가옥^{敵産家屋} 구석에 짤막한 층층계……
그 이층에서
나는 밤이 깊도록 글을 쓴다.
써도써도 가랑잎처럼 쌓이는
공허감.
이것은 내일이면
지폐가 된다.
어느 것은 어린것의 공납금.
어느 것은 가난한 시량대^{柴糧代}.
어느 것은 늘 가벼운 나의 용전^{用錢}.
밤 한 시, 혹은
두 시. 용변을 하려고.
아래층으로 내려가면
아래층은 단간방.
온 가족은 잠이 깊다.
서글픈 것의
저 무심한 평안함.
아아 나는 다시
층층계를 밟고
이층으로 올라간다.
　(사닥다리를 밟고 원고지 위에서 곡예사들은 지쳐 내려오는데……)*
나는 날마다

* 『박목월 시 전집』에서는 여기서 연이 나뉘지만, 『박목월 자선집』의 형태를 따른다.

생활의 막다른 골목 끝에 놓인
이 짤막한 층층계를 올라와서
샛까만 유리창에
수척한 얼굴을 만난다.
그것은 너무나 어처구니없는
〈아버지〉라는 것이다.

     *

나의 어린것들은
왜놈들이 남기고 간 다다미방에서
날무처럼 포름쪽쪽 얼어 있구나.

『난·기타』

　이와 비슷한 주제를 담은 「당인리 근처」가 1959년 12월(『사상계』)에 발표된 것으로 볼 때 이 작품도 비슷한 시기에 창작되었음을 짐작할 수 있다. 1959년 한국의 1인당 국민소득은 81달러. 한국사회는 전반적으로 가난했고 박목월도 예외는 아니었다. '적산가옥'이란 시의 뒷부분에 나오는 것처럼 "왜놈들이 남기고 간" 집을 말한다. 해방 후 일본인들이 살던 집을 국가가 일반인들에게 매각했는데, 이 과정에 거간꾼에 의한 불법 매매가 성행하여 불미스러운 일이 많이 일어났다. 그래서 적산가옥이라고 하면 일본인들이 살던 집을 싸게 얻은 허술한 주택을 의미했다. 이 시의 경우도 그렇다.

　이 집은 1949년 서울에 올라와 처음으로 얻은 원효로 3가 전차 종점에 위치한 "11평坪 6합合의 왜식 '나가야'(長屋)" [1] 집이다. 일렬로 늘어선 형태의 집을 수평으로 나누어 분양한 소규모의 주택이다. 그렇게 작고 좁은 집에 이층이 있어 구석의 짤막한 층층계를 통해 이층으로 오르내린다고 했다. 아래층이 단칸방이니 이층도 단칸방일 것이다. 생활 형편이 넉넉지 못함을 가옥의 구조를 통해 암시한 것이다.

　시인은 협소한 이층에서 밤이 깊도록 글을 쓴다. 원고료를 받아 생활비를 마련하기 위해서 의무적으로 쓰는 글이다. 쓰고 싶어서 쓰는 글이 아니기에 쓸수록 공허감이 쌓인다. 그 공허감을 가랑잎에 비유했다. 공허감의 대가로 받게 되는 지폐가 가랑잎과 유사하다고 본 것이다. 가랑잎이

---

1) 박목월, 『뜨거운 점 하나』, 삼중당, 1973, 서문. 1평은 약 3.3㎡. '합'은 '평'의 10분의 1 크기다. '나가야'란 여러 세대가 이어져 있는 일본식 연립 주택을 의미한다.

많이 쌓일수록 공허감은 커지겠지만 용도는 더 많아질 것이다.

밤 한 시나 두 시가 되면 용변을 보기 위해 아래층으로 내려온다. 단 칸방에 옹기종기 모여 잠을 자고 있는 식구들이 보인다. 그들의 잠은 깊고 평화로워 보인다. 그 평화로움이 시인의 공허감을 그나마 달래주었을 것이다. 그 미묘한 감정을 "서글픈 것의/저 무심한 평안함"이라고 표현했다. 생활비 때문에 늦게까지 원고를 쓰는 자신도 서글프고 이 나약한 자신을 믿고 평안하게 잠을 자는 식구들의 모습도 서글프다. 가족들은 시인의 공허감을 잘 알지 못한다. 그 무심함이 또 서글픔을 일으킨다. 그러면서도 그들의 무심함이, 그 결과 이루어지는 그들의 평안한 잠이 고맙고 대견스럽다.

원고를 쓰기 위해 다시 이층으로 오를 때 작은 상상이 펼쳐진다. 순수한 마음으로 시를 쓰다가 생활비를 벌기 위해 마음에도 없는 잡문을 쓰는 자기 자신이 마치 곡마단에서 묘기를 부리는 곡예사 같다. 자신은 원고를 쓰려고 층층계를 오르지만 원고지에서 묘기를 부리던 곡예사들이 이제는 지쳐서 사닥다리를 내려오고 있는 것 같다. 이중적 생활을 하는 자신의 처지에 대한 자각과 이제는 지쳐서 글을 더 못 쓸 것 같다는 피로감이 겹치고 있는 장면이다. 자신이 오르는 층층계는 생활의 막다른 골목에서 어쩔 수 없이 선택한 굴욕의 행로다. 이층으로 올라와 검은 유리창에 비친 자신의 모습을 보니 수척한 낯선 얼굴이 나타난다. 그것을 "너무나 어처구니없는 〈아버지〉라는 것"이라고 했다. 아버지의 실존을 수척하고 무의미한 사물로 인식한 것이다.

마지막 단락은 자신이 이렇게 굴욕적 선택을 할 수밖에 없었던 배경을 마치 남의 말을 하듯 하나의 영상으로 보여주었다. '다다미 방'은 온돌이 아니기 때문에 보조 난방이 있어야 보온이 되는 구조다. 난방이 제대로 안 된 공간에서 잠자는 어린것들의 모양을 '날무'에 비유했다. 가을에 거두어들인 배추는 얼면 쓰지 못하기 때문에 바로 식재료로 활용하지만 무는 어느 정도 견디기 때문에 광에 그냥 두는 경우가 있다. 그런 무는 가공하지 않은 상태라서 포르스름한 빛을 띠고 있다. 그것을 시인은 "포름쪽쪽"이라고 표현했다. '푸르죽죽'이라는 말이 있지만 어린애들의 모양이므로 어감을 생각하여 "포름쪽쪽"이란 말을 만들어냈다. 자그마한 어린애들이 추위에 포르스름한 낯빛으로 가지런히 잠들어 있는 모습을 나타낸 것이다. 이 말에 어린애들에 대한 시인의 애정과 연민이 담겨 있다.

산 · 소묘 2

갈기가 휘날렸다. 말발굽 아래 가로눕는 이슬 밭. 패랭이꽃빛으로 돈
다. 무지개가 감기고 풀리고 하얗게 끓는 질주. 태고의 아침을, 창조의 숨
가쁜 시간을. 출렁거리는 생명. 막 눈을 뜬, 더운 피가 금시에 돈, 그것의
질주. 달리는 그것으로 달리게 되고, 달리게 하는 그것으로 달리게 되는
말굽 아래 척척 가로눕는 구름. 새로 빚은 구름 엉키고 풀리고 휘휘 도는
무지개……

달리는 것 옆에서 달리는 것이 목덜미를 물고, 출렁거리는 엉덩이, 불
을 뿜는 입, 생명의 고동^{鼓動}을. 비등^{沸騰}을. 뿜는 숨결, 끓는 박자. 발굽의 말
발굽의 날개를……

팍 앞무릎이 꼬꾸라진 채
영영
산이 된.

산 위에 은은한 천개^{天蓋}

『난 · 기타』

 박목월은 「산·소묘」라는 제목으로 여러 편의 작품을 지었는데 『난·
기타』에 다섯 편으로 개작되었고, 『박목월 자선집』에 다시 일곱 편으로
확대 개작되어 정착되었다. 「산·소묘」 1에서 5는 두 판본에 차이가 거의
없다. 이 작품들은 제목이 암시하는 바대로 산의 이미지를 소묘한 것인
데, 그중 이 작품이 비유가 다채로워서 현대적이다. 「산·소묘」라는 제목
의 일곱 편 연작 중 이렇게 역동적인 이미지를 구사한 작품은 이 시가 유
일하다.

 산의 형상을 말이 갈기를 휘날리며 달리는 모습으로 비유했다. 전에
제시된 바 없었던 현대적인 이미지로 산을 형상화한 것이다. 산문시 형태
인데도 설명적 서술이나 리듬의 연쇄 없이, 순수한 이미지만으로 산을 표
현했다는 점에서 그의 시 전개에 매우 커다란 변화를 보인 작품임에 틀림
없다.

 질주하는 말의 발굽에 이슬 밭이 가로눕는다고 했다. 이것은 실제가
아니라 상상이다. 산기슭 평평한 곳에 이슬 맺힌 풀이 무성하게 흩어져
있는 모습을 나타낸 것이다. 패랭이꽃은 붉은 색인데 패랭이꽃빛으로 돈
다고 했으니 매우 강렬한 영상으로 이슬 밭이 회전하는 것 같은 역동적
장면을 표현했다. 산은 고정되어 있는데 거기서 달리는 말과 말발굽에
밟히는 풀밭, 그 장면이 붉게 회전하는 동적인 형상을 상상했다. 전에 없
는 강렬한 표현이다. 그는 분명 새로운 작법과 미학을 시도하고 있는 것
이다.

 이미지의 전개로 볼 때 이 시는 산에 해가 떠오르는 장면을 묘사한 것
으로 짐작된다. 휘날리는 갈기, 가로눕는 이슬 밭, 패랭이꽃빛으로 선회

하는 장면은 해가 솟아올라 산에서 암흑이 걷히고 천지가 새로 열리는 듯 환하게 보이는 광경을 표현한 것이다. "무지개가 감기고 풀리고 하얗게 끓는 질주"는 햇살이 비치며 만물이 아름다운 빛으로 파동을 일으키는 것처럼 분해되다가 종국에는 대낮의 환한 빛으로 잠기는 장면의 표현이다. "태고의 아침", "창조의 숨 가쁜 시간", "출렁거리는 생명", "마악 눈을 뜬 질주" 등의 구절은 그러한 해석을 가능케 하는 변곡점 역할을 한다. 높은 산정으로부터 온갖 경관이 약동하는 모습은 갈기를 휘날리며 많은 말들이 일시에 질주하는 형상으로 표현되었다. 수많은 말굽 아래 풀들이 가로눕고 구름이 흩어지고 이내가 이리저리 몰린다. 산에 모여든 만물의 분광현상을 시인은 '말의 질주'와 '무지개'의 이미지로 표현했다. 다채로운 이미지의 총체적 융합을 표현하기 위해 최선의 노력을 기울인 것이다.

둘째 연에서 동적인 이미지는 더욱 가열되어 달리는 말끼리 서로 목덜미를 물고 엉덩이를 출렁이고 입에서 불을 뿜는 난장의 이미지로 변모한다. 가쁜 숨결을 토해내고 발굽에 날개가 달려 하늘로 비상하는 말들의 심장 박동 소리가 폭발적 심상으로 이어진다. 박목월 시는 물론이고 1950년대 한국시에 시도된 적 없는 작열과 광란의 이미지다. 이 모든 것은 '생명의 고동鼓動과 비등沸騰'을 표현한다. 정적인 산이 아니라 동적인 산을, 그것도 생명의 절정으로 도약하는 질주의 형상을 창조했다.

이렇게 무섭게 고동치며 하늘로 치솟던 천마의 무리는 "꽉 앞무릎이 꼬꾸라진 채" 그 자리에 멈추어 산이 되었다는 것이다. 이것은 태양이 솟구쳐 올라 새로운 햇살로 만물을 일렁이게 하더니 시간이 지나자 안정된 빛살을 퍼뜨려 산의 고유한 모습을 갖추게 했다는 뜻으로 읽힌다. 그렇게 읽어야 시적 상상력의 파동과 현대적 기법의 묘미가 실감나게 다가온다. 눈에 보이는 것과 보이지 않는 것을 다 포용하여 이미지로 표현해 내려는 시인의 실험정신이 작동하고 있다. 그 실험정신은 천상으로 포효하던 극렬한 박동을 일시에 정적인 형상으로 돌변케 한다. 한 줄 비우고 독립된 시행으로 제시한 "산 위에 은은한 천개^{天蓋}"는 참으로 멋진 이미지다. '천개'란 관을 덮는 뚜껑이라는 뜻도 있고 불상의 위를 장식하는 닫집을 뜻하기도 한다. 여기서는 생명의 고동과 비등으로 빚어진 산의 위를 넓게 가려주는 덮개, 즉 하늘을 뜻하는 말일 것이다. 해가 어느 정도 떠서 안정된 상태에 이르자 산 위에 넓은 하늘이 펼쳐져 은은하고 고요한 모습을 보이는 것을 표현했다. 정적인 이미지와 안정된 운율미를 주로 보여주던 박목월로서는 획기적 변화를 보인 실험적 작품이다.

가정

지상에는
아홉 켤레의 신발.
아니 현관에는 아니 들깐에는
아니 어느 시인의 가정에는
알전등이 켜질 무렵을
문수가 다른 아홉 켤레의 신발을.

내 신발은
19문 반.
눈과 얼음의 길을 걸어
그들 옆에 벗으면
6문 3의 코가 납작한
귀염둥아 귀염둥아
우리 막내둥아.

미소하는
내 얼굴을 보아라.
얼음과 눈으로 벽을 짜 올린
여기는
지상.
연민憐憫한 삶의 길이어.
내 신발은 19문 반.

아랫목에 모인
아홉 마리의 강아지야
강아지 같은 것들아.
굴욕과 굶주림과 추운 길을 걸어
내가 왔다.
아버지가 왔다.
아니 19문 반의 신발이 왔다.
아니 지상에는
아버지라는 어설픈 것이
존재한다.
미소하는
내 얼굴을 보아라.

『청담』

여기서부터는 『청담』(1964. 12)에 수록된 작품이다. 「가정」은 1961년 1월(『현대문학』)에 발표된 작품으로 앞에서 본 「층층계」와 발표의 시차도 크지 않고 주제도 유사하다. 가족을 돌보는 가장의 어려움에 대해 「층층계」에서 노래했는데, 이 시는 그 연장선상에서 가장의 노고를 신발의 이미지로 표현했다.

"아홉 켤레의 신발"이라는 말은 자신이 부양해야 할 가족의 수를 나타낸다. 문수가 다르다고 했으니 나이 차가 나는 여러 가족이 모여 함께 사는 형국이다. '문수'는 옛날에 신발의 크기를 재던 수치인데, 1문이 2.4cm 정도였다. 이 시에서 어린아이의 신발이 6문 3이라면 151mm 정도니 어린애의 발로는 조금 큰 편이다. 자신의 신발 문수는 "19문 반"이라고 했는데, 이것은 460mm가 넘는 크기니 이런 신발은 존재하지 않는다. 보통 어른남자 신발의 문수는 10문 반에서 11문 반 사이였다. 그러니 이 '19문 반'의 신발 문수도 "남도 삼백리"처럼 마음이 만들어낸 감정의 크기라고 설명해야 옳을 것이다. 아홉 명의 가족을 부양해야 하는 가장의 마음의 무게가 19문 반이라는 크기를 만들어 낸 것이다. 거기에는 박목월이 늘 생각하는 음성적 효과, '십구문 반'이라는 부드러운 음감에 대한 고려도 작용했다.

시의 앞부분에 나오는 '지상', '현관', '들깐'[1], '시인의 가정'은 시점의 축소를 통해 자신의 집으로 들어가는 행로를 표현한 것이다. 지상 어디에서건 아홉 켤레의 신발이 보일 수 있지만 시인으로 살아가는 자기 자신의

---

1) 양연희, 「목월 시에 나타난 방언 연구」, 한국교원대학교 석사논문, 2009. 2, 46쪽에서 '들깐'을 창고의 방언으로 보았는데, '들깐'은 창고가 아니라 현관 들어서서 신을 벗는 작은 공간을 의미한다.

가정에 아홉 켤레의 신발이 존재한다는 것을 알리고자 한 것이다. 시인으로 살아가는 일이 가난하고 고달픈 길이라는 것을 처음부터 서술하지 않고, 시인의 가정이 어떠하고 시인으로 산다는 것이 어떠한 형편의 것인가를 암시하려 한 것이다. 여기 등장하는 '알전등'은 갓이 없는 가정집의 전구를 말하는 것으로 가난과는 관계가 없다. 거리의 전등이 아니라 집에 전구가 켜지는 저녁 무렵을 나타낸 것이다.

19문 반의 큰 신을 신은 화자는 가장이다. 그는 "눈과 얼음의 길을 걸어" 왔다고 말한다. 춥고 미끄럽고 위험한 길을 걸어온 것이다. 집에 있는 어린애들은 그것을 알 리가 없다. 이것은 「층층계」의 경우와 같다. 크고 누추한 자신의 신을 어린 막내의 신 옆에 벗으면 뚜렷한 대조가 이루어진다. 19문 반과 6문 3이면 크기가 3배 차이가 난다. 어른 신의 3분의 1밖에 안 되는 그 신은 귀엽고 앙증맞을 것이다. 귀여운 막내 앞에 눈과 얼음의 길을 걸어온 지친 자신의 모습을 보여주기는 싫다. 웃는 모습을 보여주어야 마땅하다. 이것이 세상 모든 아버지의 마음일 것이다. "미소하는 내 얼굴을 보아라"라는 구절은 철없는 막내에게 아버지의 밝은 웃음을 보여주고 싶은 소망을 표현한 것이다.

그러나 그 귀여운 막내도 언젠가는 이 거친 세상에 발을 디디게 될 것이다. "얼음과 눈으로 벽을 짜 올린" 이 세상에. 그것은 지상에 뿌리를 내린 우리 모두의 숙명이다. 6문 3 크기의 귀여운 발에 19문 반의 무거운 신발이 신겨질 날이 언젠가 올 것이다. 이것은 생각만으로도 아버지의 마음을 무겁게 한다. '삶의 길'에 대한 연민을 느끼지 않을 수 없는 것이다.

눈과 얼음의 길을 피해 가족들은 아랫목에 강아지처럼 모여 있다. 가족들이 추위를 피해 있을 때 가장은 커다란 신발을 신고 눈과 얼음의 길을 걸었다. 그것은 아무리 노력을 해도 돈이 생기지 않는 궁핍의 길이요 땔감과 식량을 얻기 위해 몸을 굽혀야 하는 굴욕의 길이다. 굶주림과 추위는 견딜 수 있어도 시인으로서 굴욕은 가장 참아내기 힘든 것이다[2]. 그래서 시의 서두에 "어느 시인의 가정"을 제시했을 것이다. 시인으로서 가장 견디기 힘든 것이 굴욕의 삶임을 말하고 싶었던 것이다. 아홉 마리의 강아지가 중요한 것이 아니요, 19문 반의 신발이 중요한 것도 아니다. 눈과 얼음의 길도 사실은 문제가 되지 않는다. 중요한 것은 굴욕의 길을 걸어왔다는 것. 그래도 가족 앞에서는 미소를 지을 수밖에 없다는 것. 가족들을 위해 생활에 몸을 굽히고 굴욕을 감내하는, 그러면서도 미소를 지을 수밖에 없는 "아버지라는 어설픈 것"이 존재한다는 사실을, 그것이 피할 수 없는 삶의 경로라는 점을 실로 어설프게 노래할 수밖에 없었던, 시인이라는 직업을 가진, 인간 박목월의 진심이 담긴 작품이다.

박목월 시인은 1960년 전후 가난의 시대에 자신의 가난을 이처럼 솔직하게 토로하면서 시인의 길을 모색했다. 가난은 그에게 자랑거리도 아니지만 숨겨야 할 부끄러운 일도 아니었다. 가난 속에 시인의 길을 가는 어려움을 드러내는 것은 자랑도 아니고 수치도 아니다. 그것은 자신의 진심이 담긴 삶의 일부이기에 그것을 시로 표현하는 것 역시 자연스러운 일이었다. 그 자연스러움에 담긴 일상의 시심이 초기의 자연 시 외에 박목월다운 또 하나의 시의 흐름을 탄생시킨 계기가 되었다. 자연이 시의 주제가 되는 것은 흔한 일이지만 가난이 시의 주제가 되는 것은 드문 일이다. 박목월은 가난을 인간적 훈기로 감싸 안으면서 연민의 어조를 통해 시인의 격조가 어떠해야 하는지를 보여주었다.

---

2) 엄경희, 「박목월의 생활시편에 담긴 '금지'와 '소심'으로서 정념(passions) 연구」, 『국어국문학』 168, 2014. 9, 355쪽에서 시인에게 가난보다 더 그를 위축시킨 것이 인간다움의 상실이라고 지적했다.

나무

　유성에서 조치원으로 가는 어느 들판에 우두커니 서 있는 한 그루 늙은 나무를 만났다. 수도승일까, 묵중하게 서 있었다.

　다음 날은 조치원에서 공주로 가는 어느 가난한 마을 어구*에 그들은 떼를 져 몰려 있었다. 멍청하게 몰려 있는 그들은 어설픈 과객過客일까. 몹시 추워 보였다.

　공주에서 온양으로 우회하는 뒷길 어느 산마루에 그들은 멀리 서 있었다. 하늘 문을 지키는 파수병일까. 외로워 보였다.

　온양에서 서울로 돌아오자, 놀랍게도 그들은 이미 내 안에 뿌리를 펴고 있었다. 묵중한 그들의, 침울한 그들의, 아아 고독한 모습, 그 후로 나는 뽑아낼 수 없는 몇 그루의 나무를 기르게 되었다.

『청담』

---

* 원본에는 '於口'라는 한자로 되어 있으나 이 말은 원래 고유어이고 표준말은 '어귀'다. 그러나 박목월 시의 음감을 살린다는 원칙에 의해 '어구'로 적는다.

　시집 『난·기타』(1959) 이후의 발표작에는 유난히 시간의 흐름에 대한 의식과 나이가 들어가는 것에 대한 자각이 많이 나타난다. 그는 시집 『청담』(1964)의 후기에서도 이 시집에 수록된 작품이 "40대 후반 — 인생의 경사감을 발바닥에 자각할 시기에 빚은 나의 가난한 열매들이다."라고 말했다. "나는 머리에 서리가 내리기 시작했고, 눈에 장막이 내리기 시작했다."라고도 적었다. [1] 이 시에도 나이가 들어간다는 사실과 그에 따른 자신의 변화에 대한 의식이 투영되어 있다.

　유성에서 조치원으로 가는 들판에 우두커니 서 있는 "한 그루 늙은 나무"를 언급한 점이 중요하다. 평범한 나무가 아니라 '늙은 나무'를 포착한 것이다. 장소가 중요한 것이 아니라 늙은 나무라는 점이 의미를 지닌다. 그 늙은 나무를 어떻게 인식했느냐가 중요하다. 묵중하게 서 있는 모습이 수도승처럼 보였다. 수도승이란 세속을 떠나 자신의 신념을 지키며 수도 생활을 하는 성직자다. 시인은 자신이 늙어간다면 저 나무처럼 수도승의 모습을 보이면 좋겠다고 생각했다. 개신교 신자인 박목월이 수도승을 떠올린 것은 수도승에 대한 이미지 때문일 것이다. 무엇보다 세속의 잡다한 일을 떠나 고고하게 자신의 길을 간다는 점이 긍정적으로 비쳤을 것이다. 젊을 때부터 그가 추구하던 정결한 세계에 대한 지향이 이렇게 표현된 것이다.

　다음 날은 공주로 가는 가난한 마을 어귀에서 나무들이 떼 지어 몰려 있는 것을 보았다. 그것은 고고하게 늙어가는 나무가 아니라 작은 크기로

---

1) 박목월, 『청담』, 일조각, 1964, 146쪽.

군집되어 있는 나무다. 그것을 바라보는 시인의 시선은 긍정적이지 않다. "멍청하게 몰려 있는 그들"을 시인은 '어설픈 과객'으로 보았다. 과객이란 길을 가는 나그네라는 뜻이다. "몹시 추워 보였다"는 반응도 긍정적인 것은 아니다. 그것은 세상에 적응하지 못하면서도 현실을 떠나지 못하고 세속적인 일에서 무언가를 찾으려 애쓰는 우리들 갑남을녀의 모습을 떠오르게 한다. 우리들이 바로 가난한 삶의 귀퉁이에 몰려들어 거기서 무엇을 얻으려 하고 추위에 떨면서 무엇을 찾으려 하는 어리석은 존재들이 아닌가? 시인은 거기서 평범한 생활인의 모습을 본 것이다.

다음에는 공주에서 온양으로 "우회하는 뒷길 어느 산마루"에 멀리 서 있는 나무를 보았다. 우회하는 뒷길 멀리 산마루에 서 있는 나무이니 외로워 보였지만, 그들을 "하늘 문을 지키는 파수병"으로 보았다. 비교적 긍정적인 존재로 인식한 것이다. 하늘 문을 지키는 파수병은 인간 존재라기보다는 죽음과 삶의 경계에서 무엇인가를 지키고 심판하는 중간자적 존재에 해당한다. 그러기에 그들은 우회로 저편의 외로운 산마루에 있었던 것이다.

서울로 돌아오자 그들의 서로 다른 세 모습이 자신의 내부에 뿌리를 내리고 자신과 공존하고 있음을 깨닫게 되었다고 했다. 그들의 모습을 뽑아낼 수 없다고 했으니 지상의 생이 다할 때까지 그들과 공생할 수밖에 없다. 이 세 모습이 의미하는 바는 무엇인가? 시인은 그들의 특성을 '묵중한', '침울한', '고독한'으로 수식했다. 그러나 이 수식어만으로는 그들의 실상을 알 수 없고 앞에서 표현한 그들의 상황과 시인의 반응을 이해해야 실마리가 풀린다.

들판에 우두커니 서 있는 묵중한 나무는 수도승 같다고 했다. 이것은 시인이 지향하는 존재의 모습이다. 시인은 그렇게 고고하고 정결하게 늙어가고 싶은 것이다. 수도승의 자세를 갖춘다면 금상첨화일 것이다. 두 번째로 본 가난한 마을 입구에 떼를 지어 몰려 있는 추운 나무는 자신과 자신을 둘러싼 주변 사람들의 모습이다. 그것은 실제의 현실 속에 살고 있는 평범한 인간의 모습이다. 현실 그대로의 모습이기 때문에 시인은 이 누추한 모습을 꺼려하고 거기서 떠나고 싶어 한다. 세 번째로 본 고독한 파수병 같은 나무는 현실과 이상의 이분법마저도 초월하여 지상의 경계 끝판으로 이동한, 그래서 천상의 신성한 계시 같은 것도 전해줄 만한, 그런 초월적 존재의 모습을 상상한 것이다.

결국 시인은 자신의 존재 양상에 대해 세 가지 측면을 사유한 것이다. 그것을 추상화하여 요약하면, 이상적 존재, 일상적 존재, 초월적 존재가 된다. 시인은 일상적 존재의 누추함에서 벗어나 고고한 수도승의 자리로 가고 싶고, 더 나아가 하늘 문을 지키는 파수병이 되거나 혹은 그 파수병 앞에 가더라도 부끄럽지 않은 존재가 되어야 한다고 생각했을 것이다. 그러한 자신의 생각을 관념적으로 서술하지 않고 나무의 이미지로 우회적으로 표현했다. 정갈한 언어를 구사하는 그의 시, 그리고 그러한 시를 쓰는 자기 자신이 적어도 수도승이나 천상의 안내자의 자리에 서기를 소망했을 것이다. 그는 소망을 직접 표현하지 않고 세 개의 나무가 자신의 안에 뿌리를 드리우고 있다고만 말했다. 그의 겸허함을 새삼 확인하게 되는 대목이다. 이 시를 발표한 것은 1964년 10월(『신동아』), 지천명知天命을 앞둔 시점이었다.

4월 상순

누구나
인간은
반쯤 다른 세계에
귀를 모으고 산다.
멸(滅)한 것의
아른한 음성
그 발자국 소리.
그리고
세상은 환한 4월 상순.

누구나
인간은
반쯤 다른 세계의
물결 소리를 들으며 산다.
돌아오는 파도
집결하는 소리와
모래를 핥는
돌아가는 소리.

누구나
인간은
두 개의 음성을 들으며 산다.
허무한 동굴의
바람 소리와
그리고
세상은 환한 4월 상순.

『청담』

앞의 시 「나무」와 비슷한 시기인 1964년 5월(『세대』)에 발표한 작품으로 앞의 작품과 마찬가지로 생에 대한 반성과 성찰이 착잡하게 얽혀 있는 작품이다. 4월 상순이라면 봄이 무르익은 온화한 계절이어서 상당히 아름답고 긍정적인 시상이 펼쳐질 만한데 시인의 마음은 그렇게 밝지 않다. 그것은 시인의 나이 듦과 그것에서 오는 허무감 때문이다.

시인은 4월 상순의 계절감을 '환한'이라는 말로 요약했다. "세상은 환한 4월 상순"이 그것이다. 계절은 환하게 밝지만 시인의 마음은 그렇지 않다. 그 대조감에서 시가 탄생한다. "인간은/반쯤 다른 세계에/귀를 모으고 산다."라고 했다. 이 말은 사람마다 계절에 대한 느낌이 다르고, 현재의 세계를 살고 있지만 과거나 미래 같은 다른 세계에 늘 관심을 갖는다는 뜻이다. '누구나' 그렇다고 했으니 이것이 세상의 보편적 현상임을 드러낸 것이다. 세상은 하나의 공간으로 넓게 뚫려 있지만 사람들은 저마다 반쯤 다른 세계에 발을 디디고 있다. 시인은 과거를 추억하며 "멸한 것의 아른한 음성"을 생각한다. 이미 사라진 누군가가 기억에 남아 희미한 소리를 내는 것 같다. '아른한'은 시각에 쓰는 말이지만 시인은 음성의 희미함을 시각으로 표현했다. 소리가 희미하게 들리는 것처럼 모습이 희미하게 떠오른다는 뜻이리라. 음성을 "발자국 소리"로 구체화하여 감각의 선명함을 표현했다. 자신은 과거의 회한에 젖어 있는데 세상은 환한 봄 경치를 펼치고 있다. 이 어긋남이 슬픔을 자아낸다.

2연에서는 그 소리가 "물결 소리"로 변화한다. 과거의 기억이 떠올랐다가 사라지는 과정을 파도가 몰려왔다가 모래언덕에 부딪쳐 다시 돌아가는 모습에 비유했다. "집결하는 소리"는 기억이 가장 강하게 밀려드는 순간을 나타낸 것이요, "모래를 핥는"은 그 기억이 자신의 마음에 추억의 아픈 흔적 같은 것을 남기고 사라지는 양태를 표현한 것이다. 이 과정은 사실 소리가 아니라 동작인데 1연에서 '아른한'이라는 말로 청각을 시각으로 표현했듯이 여기서도 물결 소리를 동작으로 변용시켜 마음에 흔적을 남기는 과정을 시각으로 표현했다.

3연에서는 인간이 다른 세계의 음성을 듣는다는 것을 "두 개의 음성을 들으며 산다"로 변형시켰다. 하나는 과거의 음성이요 또 하나는 현재의 음성이다. 과거의 음성은 회한과 아픔을 일으키기에 "허무한 동굴의 바람 소리"라고 했고, 현재의 음성은 표현하지는 않았지만 4월 상순에 풍기는 환한 봄의 소리일 것이다. 겉으로는 환한 봄의 소리를 듣지만 마음 한 편은 뻥 뚫린 듯 사라진 과거의 추억을 반추할 수밖에 없는 것이 인간이다. '누구나'라는 말을 세 번 반복하여 이것이 자기만의 일이 아니라 인간 세상의 보편적 현상임을 강조했다. 이 세 번의 반복은 마치 자신이 이렇게 과거의 추억에 잠겨 헤어 나오지 못하고 있음을 다른 사람들이 알아주기를 바라는 소망의 탄원 같기도 하다. 자신이 이렇게 이중적 분열의 감정을 가지고 있지만 이것이 실은 인간의 보편사가 아니겠느냐는, 공감을 기대하는 호소가 이 말에 담겨 있는 것 같다.

돌

나도
인간이 되었으면,
아름다운 여인을
약속한 시간에 기다리고
팽창한 설계와
시작하기 전에 성공하는 사업과
거짓 것이나마
감정이 부푼,
철 따라 마른 옷을 입고
길거리에서 친구를 만나면
잇발이 곱게,
웃으며 헤어지는,
지금은 돌,
더운 핏줄이 가신.
지금은 고양이,
접시의 우유를 핥는.
지금은 걸레,
종일 구정물에 젖은.
아아 지금은
돌며 마멸하는 기계 한 부분.
지금은 인간 이전,
태어나지 못한.
지금은 인간 이하,
구멍 뚫린 구두밑창.
아아
인간이 되었으면

바람과 공약(公約)으로 들뜬 가슴을

꽝꽝 치면 울리는.

밤에는 다 잊고,

잠자리가 정결한.

길에서는 어깨를 저으며 걷는.

삶은 망설이지 않는,

의무에 짓눌리지 않는,

곧 그것은,

사람의 하루.

곧 그것은,

넘치는 생명감.

그 길이 비록 죽음과 직통하여도

죽음은 항상,

불의의 춘사(椿事)에 불과한.

세 번 다시,

인간이 되었으면

윤나는 검은 머리를 치켜들고

목적 없는 백열(白熱) 경기에 몰두하고,

내일은

환한, 무의미로 빛나고.

누구 눈에나,

그것은 찬란한 인간.

그늘 없는 광명,

다만

인간일 수 있는,

인간이 되었으면.

『청담』

　이 시기 박목월의 시로서는 상당히 길이가 긴 이 작품에도 시인의 실험정신이 담겨 있다. 그는 길이를 실험했을 뿐만 아니라 시어와 표현도 실험했다. "나도 인간이 되었으면"이라는 첫 구절은 자신이 지금 진정한 인간, 또는 평범한 인간이 아니라는 사실을 내포한다. 거짓된 인간이거나 비정상적 인간이라는 의미가 이 말에 담겨 있다. 이 의미 개진이 벌써 실험적이다.

　시인이 생각하는 정상적인 인간의 모습은 어떠한가? 그 내용은 쉽게 서술되어 있다. 아름다운 여인을 약속 시간에 만나고, 충분한 계획을 세워 성공할 수 있는 사업을 펼치고, 비록 진심이 아니라 하더라도 풍부한 감정을 표현하고, 철 따라 좋은 옷을 입고 길거리에 나가 친구를 만나면 즐겁게 담소하고 미소로 헤어지는 사람이 정상적인 인간이다. 시인은 그러지 못하기 때문에 인간이 되었으면 하고 소망하는 것이다. 시인이 열거한 정상적 인간의 행동에는 약간의 비틀림과 빈정댐이 있다. "시작하기 전에 성공하는 사업", "거짓 것이나마 감정이 부푼"은 그렇게 긍정적인 상태는 아니다. "철 따라 마른 옷을 입고"도 그가 「모일」에서 말한 "허나, 인간이/평생 마른 옷만 입을까부냐."와 비교해 보면 긍정적인 의미로 받아들여지지 않는다. 세상과 타협하여 풍요를 얻는 실리추구의 군상을 나타내는 것 같기 때문이다. "잇발이 곱게,/웃으며 헤어지는"도 위선적인 웃음을 보이는 사람을 표현한 것 같다.

　요컨대 시인은 세상을 이렇게 능숙하게 살아가야 하는데 자신은 세상에 적응하지 못하고 '돌'처럼 무표정한 존재로 살고 있다고 생각한다. 자신을 '더운 핏줄이 가신 돌'로 비유하던 것이 '접시의 우유를 핥는 고양이'

로 강화되고, 더 나아가 '구정물에 젖은 걸레'로 비하된다. "아아 지금은" 이라는 말로 결론적으로 언급한 내용이 "돌며 마멸하는 기계 한 부분"이 라는 구절이다. 이것은 거대한 조직사회의 한 부속품으로 무의미하게 존 재한다는 뜻이다. 일상의 평범한 삶에서 소외되어 고립과 폐쇄의 상태에 놓인 무가치한 존재로 자신을 비하하고 있다. 그 존재 위상을 '인간 이전', '인간 이하'라고 단정하고 그 모멸의 자의식을 "구멍 뚫린 구두밑창"으로 비유했다. 그의 시에 보인 바 없는 이러한 자기 비하의 태도는 어디서 기 원한 것일까?

다음에 그가 인간의 표상으로 제시한 것은 앞의 양상과 조금 다르다. "바람과 공약으로 들뜬 가슴을/꽝꽝 치면 울리는" 인간, 낮에 바람잡이처 럼 내세웠던 헛된 공약과 그것에 대한 자의식 같은 것은 다 잊고 편안히 잠자리에 드는 인간, 어깨를 저으며 당당히 길을 걷고 행동에 망설이지 않고 의무감에 짓눌리지 않는 인간, 넘치는 생명감을 유지하며 죽음이 다 가와도 그것에 연연하지 않고 불의의 사고쯤으로 쉽게 넘겨버리는, 그러 한 적극적이고 능동적인 사회적 인간을 내세우며 그것이 바로 "사람의 하 루"가 아니겠느냐고 말하고 있다. 시인 자신은 그러한 삶을 살지 못하니 그런 진짜 인간이 되었으면 좋겠다고 말한다. 이것이 물론 위장된 진술이 고 이면의 진실은 감추어져 있다. 소심한 마음으로 조심스럽게 행동하고, 잠자리에 들 때는 하루의 일을 떠올리며 잘못을 자책하고, 죽음의 시간을 떠올리며 현재를 반성하고 과거의 추억에 아픔을 느끼는 존재가 시인이 다. 그런 시인으로 사는 것은 넘치는 생명의 자리에서 하강하는 것 같고 누락되는 것 같다. 그래서 시인은 역으로 인간이 되고 싶다고 반어적으로 토로하는 것이다.

베드로가 예수를 세 번 부정했듯이 시인도 자신의 현재 모습을 세 번 부정하고 다른 인간으로 살기를 소망한다. 여기서 시인은 자신이 진정으로 지향하는 바를 조심스럽게 암시하고 있다. 빛나는 검은 머리를 치켜들고 이겨도 아무 의미 없을 것 같은 경기에 열중하여 뜨거운 응원을 보내고, 그렇게 목적 없는 시간을 보내다가 결국 아무 의미 없는 내일을 맞는 무의미한 인간. 이러한 인간 군상을 현실에서는 "찬란한 인간"이라고 여긴다. 시인은 이러한 세상의 관행에 사실은 반기를 들고 싶은 것이다. 우리가 지금 몰두하고 정성을 쏟는 것이 무엇을 위함인지 냉철히 성찰해 보면, 우리가 얼마나 목적 없는 무의미한 삶을 살고 있는지 알 수 있을 것이다. 지금 찬란한 광명이 비치는 것 같지만 그 밑에는 어두운 그늘이 있다. 무의미와 무목적의 그늘이.

시인이 진심으로 원하는 것은 "그늘 없는 광명", 진정한 인간, 보통의 인간이다. "다만/인간일 수 있는" 그러한 인간을 시인은 소망한다. 헛된 구호와 공허한 욕망으로 사람을 오도하지 않고, 겸손하게 자신을 성찰하며, 가난 속에 빛바랜 머릴 들고도 자신을 속이지 않는, 그러한 존재로 살고 싶은 것이다. 그 소망을 자랑스럽게 드러내지 않고 우회적인 반어의 어법으로 표현했다. 박목월 시 창작의 독특한 실험정신을 보여준 작품이다. 이 시의 제목 '돌'은 자연의 사물이 아니라 세속의 가치에서 이탈한 냉정한 존재를 상징하는 말이다. 이러한 상징적 표제가 등장한 것도 이채로운 일이다.

상하上下

I

시를 쓰는,
이 아래층에서는 아낙네들이
계를 모은다.
목이 마려워
물을 마시려 내려가는
층층대는 아홉 칸.
열에 하나가 부족한,
발바닥으로
지상에 하강한다.

II

열에 하나가 부족한,
발바닥으로
생활을 질주한다.
달려도 달려도 열에
하나가 부족한
그것은
꼴인 없는 백열白熱 경주.

Ⅲ

열에 하나가 부족한
계단을 오르면
상층은
공기가 희박했다.

『청담』

생활의 단면이 거주하는 공간에 의해 둘로 구분된다. 제목 '상하'는 그러한 삶의 두 층위를 뜻하는 말이다. 앞의 시 「층층계」에서 본 것처럼 상층은 시인이 글을 쓰는 사색과 집필의 공간이고 아래층은 가족들이 거주하는 생활의 공간이다. 시를 쓰는 정신의 공간인 위층과 일상생활을 하는 육체의 공간인 아래층은 신성과 세속의 이분 공간이라고 할 수 있다.[1] 현실의 맥락에서 보면, 아래층은 많은 사람들이 활동하는 공간이기 때문에 온기가 있고 역동감이 느껴진다. 위층은 혼자 글을 쓰는 공간이기에 답답하고 정체감이 느껴진다. "공기가 희박했다"라는 말은 생활의 윤기가 없다는 뜻도 되지만 답답하고 폐쇄적이라는 뜻도 전달한다. 그 폐쇄감은 생활을 위해 질주해도 만족감을 얻지 못하고 허탈해 하는 세속의 삶에서 오는 피로감을 반영한다.

주부들이 많이 참여했던 '계'는 목돈을 마련하기 위해 조직하는 세속적인 모임이다. 목돈이 먼저 필요한 사람은 돈을 미리 타는 대신 이자를 많이 내고 나중에 타는 사람은 기간에 비례하여 돈을 적게 불입한다. 친목을 도모한다는 명분이 있지만 계를 구성하는 것은 경제적인 목적이 우선이다. "아래층에서는/아낙네들이 계를 모은다."라는 구절에는 생활의 이익을 위해 주부들이 모여 실리 추구 활동을 하는 것을 수용할 수밖에 없는 가난한 소시민의 우울한 자의식이 담겨 있다. 주부들의 모임은 위층에서 시를 쓰는 것과는 아주 이질적인 활동이지만 생활을 위해 용인할 수

---

1) 유혜숙, 「박목월 시와 '나선'의 시학」, 『현대문학이론연구』 51, 2012. 12, 285쪽에서 이 부분에 '창작하는 이상세계'와 '돈을 세는 현실세계'라는 상반된 공간의식이 나타난다고 보았다.

밖에 없다. 시인은 그러한 세속적 일상사가 전개되는 공간의 위층에서 시를 쓴다는 일이 얼마쯤 부끄럽게 느껴진다. 목이 마렵다는 신체의 반응은 그러한 부끄러움의 간접적 표현이다.

물을 마시기 위해 아래층으로 내려가는 계단이 열에서 하나가 부족한 아홉 칸이라고 했다. 완전하지 못하고 무언가 결여되어 있는 부족감, 결핍감을 느낀다는 뜻인데[2] 이것은 자신이 추구하는 이상과 회피하지 못하는 현실의 어긋남에서 온다. 시인은 무언가 부족하고 무언가 완전치 못한 것 같은 느낌으로 아래층을 밟는다. 그 감촉의 민감함을 표현하기 위해 '발바닥'과 '하강'이라는 시어를 썼다. 현실의 삶에서 누락되어 있고 소외되어 있는 무언가 부족한 존재가 허술한 발바닥으로 지상에 하강한다는 뜻을 나타내고자 한 것이다.

시인은 그 어설픈 발바닥으로 생활의 공간을 질주한다고 했다. 아홉 칸의 계단도 조심스럽게 하강하는 시인이 생활의 길을 제대로 달릴 리가 없다. '하강'과 '질주'는 현실에 동화되지 못한 시인이 만든 자의식의 조형물이다. 위층에서 아래층으로 내려오는 데에도 열에 하나가 부족한 결핍감을 느끼고 세상을 살아가는 행로에도 그러한 박탈감을 느낀다. 그는 삶의 현장에서 늘 어긋나 있는 것이다. 앞의 시 「돌」에 나왔던 "백열 경기"가 여기서는 "백열 경주"로 변형되었다. 열을 올리며 경기를 벌이지만 얻는 것은 별로 없고 승리는 늘 남의 몫이다. 시인의 관점에서는 무의미한 경주로 보이지만 사람들은 뜨겁게 열을 올리고 달려든다.

이렇게 현실의 공간에서 낭패감을 느끼고 목표에 도달하지 못하는 미완의 삶을 사는 시인인지라 그는 늘 가슴이 답답하다. 질주의 요령을 터득하지 못한 생활의 과정에서는 물론이요 가족들이 생활하는 아래층의

---

2) 위의 책, 286쪽에서 아홉이라는 숫자를 불완전과 부족함의 의미로 해석한다.

공간에서도 그는 이질감을 느낀다. 시를 쓰는 상층에 올라와도 결핍감은 마찬가지다. 희박한 공기 속에서 그는 상승하는 혈압을 조정하며 시를 쓰고 생활의 안정과 가족들의 복지를 위해 노력했다. 감정의 표현을 거의 하지 않고 단순히 상황을 제시한 것 같은 이 시에 사실은 그의 깊은 괴로움이 내재해 있다. 그는 가정에서나 사회에서나 결핍의 허전함을 느끼며 허망한 하강과 무의미한 질주에 질식감을 느꼈다. 그러나 그 괴로움의 고백도 그는 이렇게 점잖고 겸허하게 박목월답게 했다.

심야의 커피

I

이슥토록
글을 썼다.
새벽 세 시,
시장기가 든다.
연필을 깎아낸 마른 향나무
고독한 향기.
불을 끄니
아아
높이 청靑과일 같은 달.

II

겨우 끝맺음.
넘버를 매긴다.
마흔다섯 장의
산문(흩날리는 글발)
이천 원에 이백 원이 부족한
초췌한 나의 분신들.
아내는 앓고……
지쳐 쓰러진 만년필의
너무나 엄숙한
와신臥身.

Ⅲ

사륵사륵
설탕이 녹는다.
그 정결한 투신
그 고독한 용해
아아
심야의 커피
암갈색 심연을
혼자
마신다.

『청담』

해설

다시 또 시를 쓰는 깊은 밤이다. 계단 아래층에는 식구들이 잠들어 있고 그는 새벽 세 시인데 글을 쓰고 있다. 수면욕과 공복감이 밀려온다. 그는 쉬어야 하고 시장기를 달래야 한다. 그래도 고독의 향기가 좋고 밤늦도록 글을 쓴다는 사실이 흐뭇하다. 목적 없는 경기에 열중하는 것보다는 훨씬 좋은 일이다. 연필을 깎아낸 나무의 향이 감미롭고 잠시 불을 끄자 밤하늘의 달이 푸른 과일처럼 싱그럽게 다가온다. 심야에 글을 쓰는 고독은 향나무나 청과일의 향과 맛을 떠오르게 한다. 생활의 노동과 비교할 수 없는 정신의 향취와 보람을 느낀다.

세 시가 넘어서야 글을 끝맺고 원고지에 숫자를 매긴다. 매수는 45매, 원고료는 "이천 원에 이백 원이 부족"하다고 했으니 천팔백 원이다. 50년 전의 시세를 고려하면 지금 돈으로 18만 원 정도의 금액이다. 새벽 세 시까지 작업한 노고에 비하면 적은 금액이지만 식구들의 생활비로 요긴하게 쓰일 자금이다. 시가 아니라 산문이니 매수를 채우기 위해 억지로 채운 부분도 있을 것이어서 "흩날리는 글발"이라고 했다. 뜻하지 않게 글을 낭비했다는 느낌이 드는 것이다. 그러나 심야의 정성으로 빚은 그 산문도 자신의 분신임에 틀림없고 그것으로 얻는 원고료도 '초췌한 분신'의 일부다.

시인은 지나가듯 "아내는 앓고"라고 했다. 이 당시 그의 부인은 갑상선 질환으로 수술을 받아야 할 처지에 있었다. 그의 일기에 의하면 1962년 10월 1일 부인이 서울의대병원에서 진찰을 받고 일주일 후 세브란스병원에서 수술을 받은 것으로 되어 있다. 그때 진찰료가 이천오백 원(이만 오천 환)으로 기록되어 있고 입원비에 대비하여 출판사와 판권 계약한 금액이 사만 원으로 나온다. [1] 산문 45매의 원고료로는 첫 진찰비도 감당이 안 되는 실정이다. 자신이 원고를 써서 얻는 수입은 허술하기 이를 데 없는 형편이다. 원고지 옆에 놓여 있는 만년필은 "지쳐 쓰러진" 자신의 모습 같다. 그럼에도 불구하고 원고지를 메워 생활할 수밖에 없는 자신의 처지를 생각할 때 그 만년필의 형상은 "너무나 엄숙한 와신"으로 다가올 수밖에 없는 것이다.

이 엄숙한 현실 앞에 고독과 피로를 달래기 위해 한 잔의 커피를 마신다. 자신의 실존이 고독하기 때문에 커피 가루가 물에 용해되는 모습도 고독하게 보인다. 설탕이 물에 녹아 흔적이 보이지 않게 사라지는 모습은 자못 정갈해 보인다. 자신의 고독한 실존도 이렇게 정결한 투신이 가능할까? 시인은 심야에 커피를 마시면서도 자신의 실존을 반성하는 예민한 자의식을 보인다. 깊은 밤의 이미지와 유사한 '암갈색 커피'는 자신의 실존의 투영 같다. 그래서 커피를 "암갈색 심연"이라 했다. 자신이 쓰는 글의 심연에, 사색의 심연에, 실존의 심연에 들어가고 싶은 자의식의 표출이다. 자신의 글도, 글을 쓰던 만년필도, 심야에 마시는 커피도 모두 자신의 분신으로 생각하는 시인의 극명한 자의식을 발견하게 된다.

---

1) 박목월, 『자정의 반성』, 삼중당, 1973, 11-23쪽.

우회로

병원으로 가는 긴 우회로
달빛이 깔렸다.
밤은 에테르로 풀리고
확대되어 가는 아내의 눈에
달빛이 깔린 긴 우회로
그 속을 내가 걷는다.
흔들리는 남편의 모습.
수술은 무사히 끝났다.
메스를 카아제로 닦고……
응결하는 피.
병원으로 가는 긴 우회로.
달빛 속을 내가 걷는다.
흔들리는 남편의 모습.
혼수 속에서 피어 올리는
아내의 미소. (밤은 에테르로 풀리고)
긴 우회로를
흔들리는 아내의 모습
하얀 나선 통로를
내가 내려간다.

『청담』

　아내가 수술을 받고 입원해 있는 상황에서 쓴 작품이다. 아내의 예후를 낙관하면서도 일말의 불안감을 갖는 것은 인지상정인 것. 그 불안감은 아내도 마찬가지일 것이다. 병을 앓고 시련을 겪는 것은 가야 할 길을 바로 가지 못하고 우회해 가는 것과 같다. 아내와 나는 지금 우회로를 돌아 인생의 행로를 걷고 있는 것이다. 세상을 살면서 얼마나 많은 우회로를 거쳐 가야 하는지 아무도 알 수 없다. 지금 시인은 밤의 우회로를 걷고 있다. 거기 달빛이 비치는데 그 달빛은 낭만적 동경과는 거리가 먼 불안과 우려의 이미지다.

　여기서 마취제 '에테르'를 등장시킨 것은 아내가 수술했다는 사실을 나타내는 동시에 아내나 나나 정신이 몽롱하게 풀려 갈피를 잡을 수 없다는 점을 암시한다. 밤이 에테르로 풀렸다고 했으니 달빛이 비치는 밤길이 몽롱하게 보여 무언가 명석한 생각을 할 수 없음을 의미한다. 밤길이 에테르에 마취된 것 같다는 뜻이다. 마취에서 풀려 정신이 돌아오는 아내의 눈에 달빛이 깔린 긴 우회로가 보일 것 같고, 아내의 병실로 가는 자신의 길도 그렇게 우울하고 몽롱한 기색이 퍼져 있는 것 같다. 아내의 눈에도 이렇게 몽롱하게 흔들리며 걷는 남편의 모습이 보일까? 수술이 무사히 끝났다고 했는데, 많은 피를 흘렸을 턴데, 수술 부위는 잘 봉합되고 혈액은 응고된 것일까? 의학 지식이 없는 시인은 메스와 거즈, 응결 등의 말을 통해 아내의 수술과 회복 과정에 대한 염려를 표현한다.

　무사히 수술이 끝났다는 말에 안도감을 느끼면서도 마음은 안정되지 않고 불안하다. [1] 달빛이 흔들리고 아내의 병실로 가는 우회로는 멀게만

---

1) 유혜숙, 「박목월 시와 '나선'의 시학」, 『현대문학이론연구』 51, 2012. 12, 294쪽에서 병든 아내의

느껴진다. 언제나 그랬지만 아내의 병실로 가는 자신의 모습은 유난히 혼들린다. 그는 지금까지 오십 평생을 혼들리며 살아온 것이다. 마취의 혼수상태에서 깨어나 어렴풋이 정신을 차린 아내는 그렇게 불안하게 혼들리는 남편을 미소로 바라본다. 밤도 에테르에서 풀려나 겨우 정신을 차리는 것 같다. 시인은 자신이 "하얀 나선 통로"를 내려간다고 했다. 생각해보니 옛 세브란스 병원 입원실 통로가 계단으로 되어 있지 않고 우회하는 나선형 구조로 되어 있었던 것 같다. 시인은 거기서 착상을 얻어 하얀 나선 통로를 내려간다고 표현했을 것이다. 그러나 이 백색의 하강 이미지는 현기증을 일으키며 아득히 사라지는 불안한 쇠락의 정황을 연상시킨다. 시의 종결부에 배치된 이 시행은 시인의 불안감이 완전히 가시지 않았음을 알려준다.

아내와 나는 여전히 혼들리는 우회로 가운데에 서 있다. 얼마나 더 혼들리며 이 길을 갈지, 언젠가는 이 우회로에서 벗어나게 될지 그것은 누구도 알 수 없다. 지금 중요한 것은 아내와 시인이 같은 우회로에 놓여 길게 혼들리면서 고독한 존재자로서 공감을 나누고 있다는 사실이다. 어떻게 보면 우리들 모두 이런 긴 우회로의 한 귀퉁이에 서 있는 것인지 모른다. 박목월은 자신의 실존의 그림자를 통해 우리들 실존의 불안한 위상을 대리적으로 표현했다.

보호자가 되려는 시인의 모습을 긍정적으로 해석했는데, 시의 문맥에서는 불안함이 느껴진다.

전신轉身*

나는
나무가 된다.
반쯤, 아랫도리의 꽃이 무너진
그
적막한 무게를
나는 안다.

나는
물방울이 된다.
추녀 밑에서 떨어지는.
그 생명의 흐르는
리듬을
나는 안다.

나는
접시가 된다.
그것이 받드는
허전한
공간의 충만을 나는
안다.

* 이 시는 『청담』과 『박목월 시선집』 수록본의 문장 부호가 다른데, 『박목월 시 전집』은 『박목월 시선집』 표기를 따랐지만, 여기서는 문맥을 고려하여 일관성 있게 정리해 표기했다. 2연의 "추녀 밑에서 떨어지는"처럼 앞에 나오는 말("물방울")을 꾸며주는 경우는 마침표를 찍었고, 3연의 "그것이 받드는"처럼 다음 어구("공간")를 꾸며주는 경우는 아무 부호도 표시하지 않았다.

나는
바람이 된다.
밤 들판을 달리는.
고독이 부르짖는
갈증의 몸부림을
나는
안다.

나는
씨앗이 된다.
과실 안에 박힌.
신앙에 싹튼
미래의 약속과 그 안도를
나는
안다.

나는
돌이 된다.
하상河床에 딩구는.
신의 섭리와
역사役事를
나는 안다.

나는
펜이 된다.
지금 내가 쓰는.
헌신과 봉사의 즐거움을

나는
안다.
나는 무엇이나 된다.
지금
이 순간은.
시간은
팽창하고,
언어는 눈을 뜨는,
일점으로
삶의 의미는 집중하는,**
감정의 부푼 균형

『청담』

** 이 세 곳의 쉼표는 세 어구가 대등하게 마지막 시행을 꾸며주는 기능을 하기 때문에 모두 살려 적
는다.

'전신轉身'의 뜻을 사전에서 찾으면 "다른 곳으로 몸을 옮김", "주의나 생활 방침 따위를 바꿈" 등의 풀이가 나온다. 이 시에서는 자신의 몸을 다른 것으로 바꾼다는 뜻이다. 자신의 몸이 나무가 되고 물방울이 되니, 자신의 몸을 다른 곳으로 옮긴다는 뜻도 되고, 자신의 생활 태도가 바뀐다는 뜻도 된다. 각각의 전신을 통해 시인이 추구하는 바가 무엇인가를 암시한 것이다. 시인은 머리에 그려지는 이미지를 통해 자신의 모습을 표현하고자 했다.

나무는 계절에 따라 꽃이 피고 진다. 시인은 자신의 나이를 생각할 때 자신이 피운 꽃이 반쯤 진 상태를 떠올린 것이다. 그렇게 생의 반을 보냈으니 허전한 면도 있지만 꽃이 진 적막을 스스로 견딜 수 있는 마음의 여유도 갖게 되었다. 물방울은 나무와 이미지가 다르다. 거기에는 나이의 많고 적음이 없고 늙음의 정도도 없다. 추녀 밑에 떨어지는 물방울이어도 거기에는 생명의 리듬이 담겨 있다. 다음에 나오는 접시는 나무나 물방울과 느낌이 다르다. 나무와 물방울이 자연물인 데 비해 접시는 인공물이다. 일정한 모양을 갖춘 접시는 균형이 잡히고 단단하며 중심과 주변이 있고 무엇을 담는 기능이 있다. 이러한 접시의 속성을 민감하게 받아들여 접시를 소재로 한 몇 편의 시를 쓴 바 있다. 이 시는 접시가 등장한 최초의 작품이다. 지금 아무것도 담지 않은 접시는 무엇이든 담을 수 있는 가능성을 지니고 있다. 그런 의미에서 그것은 비어 있는 충만함이다. 시인은 그것을 "허전한 공간의 충만"이라고 표현했다. 존재에 대한 시인의 사색이 접시에 관심을 갖게 한 것이다. 그는 존재 탐구의 자세로 시를 쓰는 자리로 나아간 것이다.

밤 들판을 달리는 바람이 고독과 갈증의 이미지를 갖는다는 것은 그리 새로운 소재는 아니다. 시인은 자신의 고독의 갈증을 밤 들판을 달리는 바람으로 표현했다. 씨앗의 이미지는 기독교적 상상력과 관련된다. 과실 안에 박힌 씨앗은 땅에 떨어져 말라 죽을 수도 있고 많은 열매를 맺을 수도 있다. 그것을 가르는 것은 신앙이다. 신앙에 바탕을 둔 소망은 미래의 결실을 약속하고 그것에 따라 안도의 마음을 심어준다. '돌'은 기독교적 이미지는 아닌데, 시인은 씨앗과 함께 신의 섭리와 역사에 연결시켰다. 예수의 제자 '베드로'의 의미가 바위, 즉 돌과 관련성이 있지만, 그것은 하나님의 말씀을 이룩할 기반이라는 뜻이지 여기 나오는 것처럼 하천 바닥에 뒹구는 돌의 이미지는 아니다. 박목월은 하천 바닥에 뒹구는 돌의 이미지에서 고생하며 어렵게 살아가는 서민의 모습을 떠올렸다. 서민들에게 하나님의 섭리가 퍼지고 뜻하신 일이 이루어지기를 기원한 것이다.

시인이기 때문에 마지막 단계에서 펜을 연상한 것은 자연스럽고 당연한 일이다. 앞에 기독교적 사유가 이어졌기 때문인지 펜으로 글 쓰는 것이 삶의 노고가 아니라 인간 세상에 대한 헌신과 봉사의 의미로 제시되었다. 그러나 그것이 즐거움으로 종결된 것은 뜻밖의 일이다. 식구들을 먹여 살리기 위해 밤늦도록 글 쓰는 일이 고생스럽다는 것을 여러 차례 언급했기 때문이다. 이 시의 문맥에서는 헌신과 봉사의 글을 쓰는 것이 즐겁다고 되어 있다.

이러한 상상을 거쳐 그는 무엇이나 될 수 있는 자신의 몸바꿈의 과정이 상당히 긍정적인 의미를 지닌다고 정리했다. 자신을 다른 무엇으로 상상하는 것은 시간의 팽창, 다시 말하면 존재의 팽창에 해당하고, 그것을 표현하기 위해 언어도 새롭게 눈을 뜨는, 그래서 새로운 상상의 세계가 펼쳐지는 감정의 충만함이라고 생각했다. 나무부터 펜까지 자신을 무엇으로 상상하건 그것은 자신이 감당하는 삶의 의미가 한 점으로 집중하는 존재의 명중한 정점을 나타낸다고 생각한 것이다. 상상의 영역이 풍성하게 확산되다가 일점으로 집중된다는 점에서 정신이 균형을 이루고 있음을 확인하게 된다. 아내의 병환을 염려하며 고민하던 불안한 시편과는 아주 다른 긍정의 작품이다.

회귀심*

어딜 가나,
나는 원효로 행 버스를 기다린다.
어디서나 나는
원효로 행 버스를 타고
돌아온다.
릴케의 시구를 빌리면,
깊은 밤
별이 찬란하게 빛나는 누리 안에서
고독한 공간으로
혼자 떨어져가는
그 땅덩이에서
나는
호구책을 마련하기 위하여
하루 종일 거리를 서성거렸고
때로는
사람을 방문하고
외로운 친구와 더불어
잔을 나누고
밤이 되면
어디서나 나는
원효로 행 버스를 기다린다.

---

* 『박목월 시 전집』에서는 『청담』의 판본을 따라 표기했는데, 앞에서 설명한 대로 『박목월 자선집』
  수록본이 시인의 의사가 반영된 수정이라고 보고 그 형태를 따른다.

이 갸륵하고 측은한 회귀심.
원효로에는
종점 가까이
가족이 있다.
서로 등을 붙이고
하룻밤을 지내는 측은한 화목들.
어둑한 버스 안에서
나는 늘 마음이 가라앉았다.
릴케의 시구를 빌리면,
이처럼 떨어지는 모든 것을
소중하게 받아 주시는
끝없는** 부드러운 그 손을
내가 느끼기 때문이다.

『청담』

** 『박목월 자선집』에 '끝없는'으로 되어 있고, 첫 발표지 『경향신문』(1962. 3. 18-「종점」으로 발표)과
『청담』에 모두 '끝없이'로 되어 있는데, 릴케의 원시를 보면 '끝없는'이 문맥에 맞음을 알 수 있다.

시인의 집이 원효로에 있기 때문에 어딜 가나 그는 원효로 행 버스를 기다리고 그것을 타고 돌아온다. 원효로는 그의 행동과 삶의 출발점이요 회귀점이다. 그렇게 일정한 행동 영역과 규칙을 지니고 산다는 것은 긍정적인 측면이 있지만, 측은한 일이기도 하다. 정상에서 한번쯤 이탈하는 일이 있어야 생활의 변화가 있고 단조로움에서 벗어나기 때문이다. 여기서 그가 언급한 릴케의 시는 『형상시집』(1902)에 들어 있는 「가을」이다.

나뭇잎이 떨어진다. 하늘나라 먼 정원이 시든 듯
저기 아득한 곳에서 떨어진다;
거부하는 몸짓으로 떨어진다.

그리고 밤마다 무거운 대지가
모든 별들로부터 고독 속으로 떨어진다.

우리 모두 떨어진다. 여기 이 손도 떨어진다.
다른 것들을 보라 : 떨어짐은 어디에나 있다.

하지만 이 떨어짐을 한없이 부드럽게
두 손으로 받아내는 어느 한 분이 있다. [1]

---

1) 라이너 마리아 릴케, 김재혁 옮김, 『릴케 전집 2』, 책세상, 2000, 45쪽.

박목월은 이 시를 떠올리며 릴케는 가을의 대지에서 낙하를 통해 자연의 섭리를 발견하였는데, 자신은 호구책을 마련하기 위해 거리를 서성이며 생활의 의무에 종사하다가 가정으로 회귀하는 일을 반복하고 있다는 점을 애석하게 여긴 것이다. 원효로로 회귀하는 것은 거기 자신의 가정이 있기 때문이다. 그는 시인인 동시에 가장인 것. 중년 이후 이 의무감에서 벗어난 적이 별로 없었다. 모든 것이 하강해도 그는 지상의 가정에 안착해야 하는 것이다.

가족들은 어떤 존재인가? "서로 등을 붙이고/하룻밤을 지내는 측은한 화목들"이라고 했다. 어찌하여 그 화목이 측은하게 느껴진 것일까? 나약하기 짝이 없는 자신을 가장이라 믿고 등을 붙이고 의지하는 식구들의 모습이 측은하게 느껴졌던 것이다. 무력하고 나약한 신분으로 가족들을 지킨다고 나선 자기 자신에게도 연민을 느꼈을 것이다.

가족들을 생각하면 돌아오는 버스 안에서도 늘 마음이 낮게 가라앉았다고 했다. 여기서 가라앉았다는 것은 무겁게 가라앉았다는 뜻이 아니라 평정한 상태에 이르렀다는 뜻이다. 그것은 박목월이 이해한 릴케의 시구와 관련된다. 릴케의 시에서 모든 것의 무한 낙하를 부드럽게 받아주는 그 손은 바로 절대자의 손이다. 박목월 역시 자기 가족과 자신을 함께 받아 주고 지켜 주는 그 손을 생각한 것이다. 어떠한 낙하에도 우리를 지켜 주시는 그분이 있기에 호구책을 제대로 마련하지 못해 우울하고 외로운 날에도 위안을 얻어 마음이 가라앉을 수 있었던 것이다. 측은하게 화목을 누리는 가족들을 편안하게 대할 수 있는 안도의 마음이 생길 수 있었다.

여기서 그의 생활과 창작이 신앙의 축으로 기우는 것을 확인할 수 있다. 그러나 기독교적 신앙으로 그의 안도감을 처리하지 않고 릴케의 시로 대신한 것은 창작자의 모습을 잃지 않으려는 자세다. 신앙의 절대성에 기울면 창작의 예봉이 무디어진다는 것을 시인적 직감으로 간파했을 것이다.

낙서

썩은 판자의
팍팍한 감촉을
어릴 때부터 나는 알고 있다.
무심한 손가락으로 글그적거려 보았다.
모래의
물로써 엉키지 않는
목마른 건조성을
어릴 때부터 나는 알고 있다.
무엇이나
퇴락되는 것은
팍팍해진다.
무릎 아래는 마비되고
나의 시는
모래가 된다.
엉켜지지 않는 본질적 건조성.
다만 아직도 내게 남아 있는
어린 날의 천진성.
외진 구석 썩은 판자나
반반한 모래톱을 보면
그냥 지나칠 수 없다.
문득 그려보게 되는 낙서.
문득 새겨보는 신의 이름.
그 천진한 손가락이
오늘은 썩은 판자에
영원을 아로새기고

모래로써 사람을 빚으려고
열중한다.
이 천진한 낙서
이 목마름.
썩은 판자에 새겨보는 신의 이름.

『경상도의 가랑잎』

　여기서부터는 『경상도의 가랑잎』에 들어 있는 시편이다. 앞의 시 「전심」에서 보았던 아랫도리가 무너진 적막한 무게의 이미지가 이 시에도 나타난다. "썩은 판자의 팍팍한 감촉"은 늙음의 이미지다. 그것을 물로 풀리지 않는 모래의 "목마른 건조성"이라고 표현했다. 나이 들어 모든 것이 건조해 지고 그 건조한 갈라짐이 다시 회복되지 않는 균열의 상태를 드러낸다. 썩은 판자라는 것은 오래되어 낡은 판자라는 뜻이지 물기가 남은 썩은 상태를 의미한 것은 아니다. "무엇이나/퇴락하는 것은/팍팍해진다"는 물기 없는 건조 상태를 나타내고자 한 것이다. 그것은 늙음의 건조성이요, 물이 지닌 생명의 리듬을 잃어가는 현상이다.

　그것을 인간 육체의 조건으로 나타낸 것이 "무릎 아래는 마비되고"다. 실제로 무릎 아래가 마비되었다는 뜻이 아니라 그만큼 동작이 느려지고 관절의 움직임이 거북해졌다는 뜻이다. 육체의 노쇠와 더불어 "나의 시"도 "모래가 된다"고 했다. 시가 물기를 잃고 생명의 리듬이 축소되는 것은 심각한 문제다. 박목월은 창작 의식의 위기를 느낀 것이다. 지금까지 여러 차례 언급했지만 박목월은 자기 시의 변모와 갱신을 위해 다양한 시도와 노력을 보인 시인이다. 자연에서 생활로, 이미지로, 다시 존재 탐구로 다양한 형식을 실험하며 많은 변화를 시도했다. 그러나 위기의식이 심화되자 자신의 침체를 "엉켜지지 않는 본질적 건조성"이라고 강하게 표현했다. 여기서 '엉키다'는 앞의 "물로써 엉키지 않는 목마른 건조성"에서 짐작할 수 있듯이 물에 풀린다는 뜻이다. 물기가 스며들지 않고 건조한 모래처럼 삭막하게 남아 있는 상태를 뜻한다. 이제는 그전처럼 감성과 상상력이 풍요롭게 순환하지 않는 것이다.

그나마 시의 길을 유지하도록 작용하는 것은 "어린 날의 천진성"이다. 어린 시절 무엇을 보면 생각이 떠올라 표현해 보고자 했던 기본적 욕구가 아직 남아 있는 것이다. 이제 시를 쓰는 것이 마른 판자에 억지로 글을 쓰는 것 같은 형국이 되었으나 무엇을 써 보고자 했던 어린 날의 천진한 욕구는 아직 남아 있다. 그래서 어린애가 외진 구석의 썩은 판자나 반반한 모래톱을 보면 거기 무언가 끄적여 낙서를 남기는 것처럼 자신도 생명의 윤기가 사라진 정신의 종이 위에나마 무언가를 써 본다. 창조와 표현을 위한 본능적 욕구가 남은 상태를 천진성이 남아 있다고 표현한 것이다.

그렇게 생명의 리듬이 사라져가는 상태에서 낙서처럼 써 보는 글이지만 그래도 시인은 "신의 이름"을 새긴다고 했다. 무릎 아래가 마비되는 듯한 건조 상태에서도 그는 거룩한 신의 이름을 새기는 작업을 지속하고 싶어 한다. 육체와 정신의 노쇠 속에서도 창작의 의욕이 지탱되기를 희망하는 것이다. 무언가를 써 보고 싶어 하는 천진한 손가락이 영원을 아로새기고 생명의 리듬이 사라진 모래지만 그것으로 생명의 물기 넘치는 사랑을 빚으려고 노력한다. 신, 영원, 사람, 이 셋이 그가 추구하는 시작의 목표다. 물기가 점점 사라져 목마름을 느끼지만, 이 갈증은 시작의 출발기로부터 가지고 있었던 창작의 천진성에 속하는 것. 그는 목마름을 긍정적으로 받아들이며 생명의 약화 현상 속에서도 천진한 낙서를 계속하고 영원한 신의 이름을 판자에 새기는 창조 작업을 계속해 갈 것을 다짐한다. 50대에 들어서 정신과 육체의 노화를 감지하면서도 시 창조 작업을 지속해 가겠다는 자신에 대한 점검과 의지가 겸손하게 표현되어 있는 작품이다.

의상

누더기를 걸치고, 말끔하게 세탁한 누더기 같은 호움스펀 스프링 코우트를 이 한 겨울에 걸치고, 우리 앞을 걸어가는 반백의 신사는 전직 시골 학교 교장이었을까. 청렴한 관리였을까. 고무신짝을 끄는 그의 걸음걸이가 근엄했다.

아무리 그가 실의失意의, 그림자 같은 사람일지라도 그의 아내에게는 소중한 남편일까. 철 아닌 옷이나마 깨끗하게 빨아 다리고, 정성껏 기워 입혀 남편을 내보낸 것이다. 손으로 단정하게 감치고 박은 누더기의 기운 자리마다 아내 되는 분의 얼굴이 내게로 육박했다. 인내에 길들인 서러운 미덕이여. 누더기 자락에 한국 아내들의 얼굴이 펄럭거렸다.

— 여보, 선생.

불러서 따뜻한 인사말이라도 나누지 않고 지나쳐 버릴 수 없었다. 하지만 돌아보는 그의 상반신에는 얼굴이 없었다.

『경상도의 가랑잎』

박목월의 실험 정신이 뚜렷하게 부각된 작품이다. '호움스펀'이란 굵은 양모사로 만든 모직물 홈스펀(homespun)을 말한다. 스프링코트는 원래 봄 가을에 입는 가벼운 외투인데 두툼한 홈스펀으로 만들었다니 어울리지 않는다. 봄에 입는 스프링코트를 겨울에 입고 나왔으니 어울리지 않음을 나타내기 위해 홈스펀을 붙였을 것이다. 오래 입어서 낡은 코트지만 말끔하게 세탁해 입었다고 했으니 경제적으로는 가난하지만 성격은 깔끔한 인물임을 알 수 있다. 이 반백의 신사를 두고 전직 시골 학교 교장인가 어떤가 추측했지만, 사실은 시인 자신의 분신임을 우리는 이해할 수 있다. 고무신짝을 끈다고 했는데 아무리 퇴직한 신분이라 해도 양복을 입고 고무신을 신을 리는 없다. 매우 누추한 모양의 신발을 신었다는 뜻이리라.

근엄한 걸음걸이를 보이지만 무언가 어색하고 퇴락한 외모 때문에 그는 현실에서 소외된 그림자 같은 인물로 보인다. 있어도 좋고 없어도 좋은 사람이랄까? 그래도 그의 아내는 남편을 소중히 여겨 낡은 옷을 정성껏 세탁하고 해진 곳은 기워 말끔하게 다려 옷을 입힌 것이다. 시인은 그 신사의 옷차림에서 아내의 따스한 정성과 마음을 감지한다. 이것 역시 시인 자신의 상황을 간접적으로 드러낸 것 같다. 아내의 모습이 강하게 환기되는 장면을 "얼굴이 내게로 육박했다"라고 표현했다. 쉽게 나오지 않던 표현이다. "인내에 길들인 서러운 미덕"은 그 당시 한국 주부들 대부분의 속성이다. 1963년 한국의 1인당 국민소득이 비로소 100달러에 도달했다. 한국인 전체가 가난 속에 놓여 있었다. 그 속에서 생활을 꾸려 가던 당시 주부들은 삶 자체가 인내와 서러움의 연속이었고 그것을 미덕이라

여길 여유도 없었다. 그것을 미덕으로 내세운 것은 시인 박목월이다. 누더기 자락에 펄럭이는 한국 아내의 얼굴에 그의 아내의 얼굴도 겹쳐졌을 것이다. 어쩌면 그는 자신의 아내를 염두에 두고 이 시를 썼을지 모른다.

시인은 동정과 공감의 심정으로 그 반백의 신사를 조용히 불렀다. 자신의 분신에게 따뜻한 인사말이라도 나누려 한 것이다. 다음에 배치된 시행이 이 시를 일급의 시로 부상시킨다. "돌아보는 그의 상반신에는 얼굴이 없었다."라는 시행은 아주 많은 의미를 연상시킨다. 각고의 생활에 마모되어 얼굴이 사라졌다는 뜻도 되고, 누구나 비슷한 생활을 해 가기 때문에 그 신사라고 특별히 개성 있는 얼굴을 가진 것이 아니라는 뜻도 되고, 가족의 생활비를 벌기 위해 자존심을 내려놓고 굴욕의 길을 걷기 때문에 얼굴이 사라졌다는 뜻도 된다. 앞에서 친근하게 전개되던 상황에 비교하면 매우 돌발적인 종결이다. 앞에 시 「낙서」에서 본 것처럼 시인 박목월은 육체와 정신의 노화 속에서도 시 정신을 갈고닦아 하나의 정제품을 만들고자 노력했다. 그래서 평범한 내용에 시적 변환을 주기 위해 매우 특이한 종결 시행을 구성한 것이다. 시인의 예술적 창조 정신이 살아 있음을 확인하게 된다.

만년晩年의 꿈

마른 잠자리의
날개.
혹은 나비의 표본.
섬세하게 건조한
어제의 꿈.
마른 잠자리의
날개의 그림자.
혹은
핀세트로 잡은 나비의
촉각觸角.
오블라아토로 포장된
어제의 초원.
지난 것은
모두 과오의 연속.
혹은
실수의 연발.
마른 잠자리의
날개에 아른거리는
뉘우침의 아라베스크.
혹은
마른 나비의 촉각이 지시하는
운명의 방향.
다만
오늘은 마른 잠자리의
삭막한 침상.

혹은
날개에 아른거리는
섬세하게 건조된
만년의 꿈.

『경상도의 가랑잎』

　앞의 시 「낙서」에 나왔던 건조한 모래의 이미지가 중심을 이룬 작품이다. 생명의 리듬이 쇠퇴하여 균열이 생길 정도로 바짝 마른 상태를 잠자리나 나비 같은 곤충 표본의 날개 이미지로 표현했다. 새로운 이미지를 탐구하는 시인의 창조 정신을 다시 만나게 된다.

　잠자리나 나비의 표본을 보면 살아 있을 때는 대하기 힘들었던 날개의 섬세한 무늬를 생생하게 목격할 수 있다. 그러한 날개의 무늬는 마치 잠자리나 나비의 내력을 그대로 드러내는 듯하다. 그것이 거쳐 온 삶의 과정과 미래의 꿈도 거기 담겨 있을지 모른다. 시인은 곤충 채집가가 잠자리나 나비의 투명한 날개를 관찰하여 곤충의 내력을 알아내는 것처럼 자신의 내부를 관조하여 잠재되어 있는 꿈을 찾아내려 한다. 여기서 촉각觸角은 피부에 닿는 감각을 뜻하는 말이 아니라 곤충의 더듬이를 가리키는 말이다. 핀셋으로 나비의 더듬이를 집었다는 것은 대상을 그만큼 섬세하게 다룬다는 뜻이다. 핀셋으로 나비의 더듬이를 집고 들어 올려 날개의 무늬를 관찰하는 노 교수의 모습을 연상시킨다.

　'오블라아토'는 국어사전에 '오블라투(oblato)'로 올라 있는데 흔히 '오블라토'라고 한다. 사탕 같은 것을 싸는 데 쓰는 물에 녹는 얇은 식용종이를 말한다. 곤충표본을 싸는 얇은 셀로판지를 이렇게 지칭한 것 같다. 투명한 셀로판지에 싸인 표본이 초원에 살던 과거의 꿈을 간직하고 있을 것 같다는 표현이다. 여기서 시선이 자기 자신에게로 전환된다. 그렇게 투명한 재질에 싸여 있으면 자신의 과거 잘못과 실수가 모두 들여다보일 것 같다. 자신의 지난날을 돌이켜보니 온통 후회와 낭패뿐이다. 잠자리나 나비가 과거를 뉘우칠 리 없다. 그것은 곤충표본을 통한 자신에 대한 반성이다. 잠자리 날개에 아른거리는 것 같은 자신의 잘못에 대한 인식을 "뉘우침의 아라베스크"라고 했다. 아라베스크란 아라비아 풍의 기하학적 장식 무늬를 말한다. 잠자리 날개의 무늬를 자신의 후회가 남긴 자취로 생각한 것이다.

그러나 과거의 과오에 사로잡혀 회한에만 잠겨 있을 수는 없다. 자신의 미래도 내다보아야 한다. 나비와 잠자리를 통해 자신을 성찰했으니 내일의 운명도 마른 나비의 더듬이를 통해 투시한다. 가늘고 뾰족한 더듬이가 자신의 운명의 방향을 지시하는 것 같다. 어떻든 하루를 지냈으니 휴식도 취하고 잠도 자야 한다. 자신이 눕는 침상도 마른 잠자리 표본이 몸을 눕힌 삭막한 침상 같고, 거기 몸을 누이고 잠드는 내면의 꿈에 잠자리 날개에 아른거리는 섬세한 무늬가 깃들 것도 같다. 시인은 섬세하게 건조된 만년의 꿈에 젖어든다. 나이든 상태에서 느끼는 삶의 건조감, 과거에 대한 뉘우침과 아쉬움, 그래도 남아 있는 꿈의 잔존 등을 곤충표본의 이미지를 통해 표현한 탐색과 실험의 작품이다.

백국白菊

나이 오십
잠이 맑은 밤이 길어진다.
머리맡에 울던 귀뚜라미도
자취를 감추고.
네 방구석이 막막하다.
이런 밤에
인생은
날무처럼 밑둥에 바람이 들고
무릎이 춥다.
지천명의
뜰에는 백국.
서릿발이 향기롭다.

『경상도의 가랑잎』

　노년의 막막한 밤과 꿈의 이미지가 다시 흰 국화의 이미지로 구성되었다. 흰 국화는 노란 국화보다 노년의 이미지에 가깝다. 만물이 조락하는 가을, 국화가 마지막으로 피어 가을의 쓸쓸한 소멸의 아름다움을 장식한다. "잠이 맑은 밤"이란 나이가 들어 욕망이 줄어든 상태를 의미한다. 욕망이 많으면 잠잘 때 잡스러운 꿈을 많이 꾼다. 욕망이 사라지면 꿈이 줄고 잠이 맑은 상태로 접어든다. 가을이 되면서 채색의 세계가 담백한 수묵화의 세계로 바뀌는 것과 비슷한 현상이다.

　날이 추워져 귀뚜라미 울음도 사라지고 주위는 더욱 적막해진다. 사각의 방바닥이 텅 빈 듯 막막하다. 존재하던 사물이 서서히 시야에서 사라져 갈 것이다. 허무감이 밀려든다. 스산한 냉기도 스며든다. 삶이 날무처럼 밑동에 바람이 들었다는 느낌이 든다. 그렇게 몸이 시리고 마음이 허전하다.

　인생은 이렇게 무릎이 저려오며 허망하게 끝나는 것인가. 오십을 지천명知天命이라 하여 천명을 아는 원숙한 나이로 여겼는데 현실은 그렇지 않은가? 뜰에 핀 백국을 보니 자연은 인간과 달리 노년의 한 경지를 드러내는 것 같다. 나이 오십이 그냥 허망하게 시드는 것이 아니라 천명에 가까이 다가서는 것임을 백국은 자신의 모양과 기상으로 나타내는 것 같다. 국화는 서리가 내릴 때 빛깔이 더 고와진다 한다. 백국도 서릿발을 받아 더 고상한 향기를 풍기게 되었을 것이다. 인간도 시인도 마땅히 그러해야 하리라. 서릿발이 향기로운 노년. 시인은 백국처럼 정갈한 늙음을 소망한다. 우리 모두의 소망일 것이다.

모일某日

8월 10일
오후 일곱 시에서 여덟 시 사이
이 저무는 시간은
너의 것이다.
사람아.
어둠 속에서
살아나는 능선의
그 날카로운 비명은
너의 것이다.
갓 눈 뜬 네온사인의
불빛은
너의 것이다.
사람아.
나는 이승에서
몇 줄의 시를 쓰는
측은한 인간이지만
살다가
세상이 이처럼 충만할 줄은 미처 몰랐다.
사람아.
빈 것은
빈 대로 그득하고
삭아진 것은
삭아진 대로 향기로운
이 저무는 시간은
송두리째 너의 것이다.

하루의 업고를 치르고
집으로 돌아가는
버스 창 너머로
오늘의
저무는
능선과
먼 불빛은
너의 것이다.
무엇이라 이름 부를 수 없는
살아나는 사람아.

『경상도의 가랑잎』

'모일'로 제목이 되어 있는 여러 편 중의 한 작품인데, 이 시가 제목과 내용이 가장 잘 부합하는 것 같다. 하나의 시점으로 딱 지정할 수 없는 어느 날의 허전한 충만함, 어느 날에나 실감할 수 있는 삶의 서러운 그리움, 그 미묘한 감정을 표현하는 데 '모일'이라는 제목이 무척 잘 어울린다. 과거의 누군가가 기억에서 사라진 것 같지만 우연한 계기에 의해 그 사람의 모습이 떠오르는 때가 있다. 그런 어느 날이 누구에게나 있는 것이다.

시인은 "8월 10일"이라는 날짜를 명기했다. 그날이 이 시를 쓴 실제의 날짜인지, '너'라고 호칭하는 사람과의 추억이 깃든 날인지 알 수 없다. 8월 10일이면 한여름, 무더위가 기승을 부릴 때다. 오후 7시에서 8시 사이면 하루가 끝나고 어둠이 깃드는 시간이다. 그때 시인은 누가 떠오른 것일까? "어둠 속에서/살아나는 능선의/그 날카로운 비명"을 연상한 것으로 보아 날카롭고 예민한 기억으로 짐작된다. 어둠 속 멀리 능선이 희미하게 보이는데, 그 능선이 날카로운 비명을 지르며 살아난다고 했으니 상당히 강렬한 인상이다. 어둠 속에 사라지지 않으려고 날카로운 비명을 지르는 것처럼 너도 기억에서 지워지기 싫어 안간힘을 쓰는 것인지 모른다.

어둠이 깔리니 도시에는 네온사인이 켜진다. 어둠 속에 보이는 능선이 너의 것이듯 어둠을 밝히는 네온사인의 불빛도 너의 것이라고 했다. 어둠이건 밝음이건 해가 지면서 펼쳐지는 모든 정경이 너의 것이라는 뜻이다. 그만큼 너의 존재는 나의 실존에 육박한다. '이승'이라는 말이 나온 것으로 보아 시인이 호명하는 '너'는 저승으로 간 사람일지 모른다. 이승에서 몇 줄 시로 마음을 달래는 측은한 나에 비하면 너는 지상에서 사라진 것 같지만 실제로는 어둠과 밝음을 장악하고 있으니 너의 존재로 인해 세상이 충만해지는 듯하다. 네가 사라져 공간이 비었다고 하지만 너의 추억이 사방에 가득하니 세상이 이렇듯 충만하고, 삭아서 없어져 가는 세상의 변화상도 향기롭게 다가온다. 세상의 모든 소멸과 부재가 송두리째 너에 대한 생각으로 충만한 듯하다. 삭아 없어지는 것에서도 향기를 느낀다고 했으니 공허감이 긍정의 지평으로 상승했음을 알 수 있다.

세상을 사는 것이 쉽지 않아서 업고를 치르듯 하루하루를 지낸다. 이렇게 사는 것이 고달파도 저무는 세상과 세상을 밝히는 불빛이 결국은 너의 것이자 우리 모두의 것이다. 세상을 떠난 사람이건 세상에 남아 있는 사람이건 우리는 이렇게 충만한 시간을 살아가고 그 시간이 다하면 지상을 떠나는 것이다. 그때까지, 혹은 그 이후라도, 이 세상은 너의 것이자 나의 것이다. 마지막 시행에 너를 "무엇이라 이름 부를 수 없는/살아나는 사람"이라고 했다. 이 대목은 '너'라는 대상이 어떤 실존 인물이 아니라 추상적인 대상, 세상의 섭리를 깨닫게 해 주는 절대적 존재라는 사실을 암시한다. '너'는 절대적 존재의 상징일까? 박목월은 8월 10일 여름 어둠이 깔리는 어느 순간 소멸과 부재를 극복하고 영원의 한 끝을 보는 존재의 각성을 한 것일까? 존재 탐구에 발을 디딘 시인이기에 그러한 해석을 하는 것도 지나친 일이 아닐 것이다.

하선 夏蟬

올 여름에는 매미 소리만 들었다.
한 편의 시도 안 쓰고
종일 매미 소리만 듣는 것으로
마음이 흡족했다.
지천명의
아침나절을
발을 씻고 대청에 오르면
찬 물을 자아 올리는
매미 소리.
마음이 가난하면
시는
세상에 넘치고
어느 것 하나 허술한 것이 없는
저 빛나는 잎새
빛나는 돌덩이,
누워서 편안한 대청에서
씻은 발에
흐르는 구름.
잠이나 자야지.
낮에도
반쯤 밤으로
귀를 잠그고.
이 무료한 안정은
너무나 충만하다.
나무는 굵어질수록 우둔한 것을

잠이나 자자.
지심에 깊이 뿌리를 묻고
종일
오금烏金의 날개를 부벼대는
매미 소리를 듣는 것으로
마음이 흡족했다.

『경상도의 가랑잎』

노년에 얻게 되는 정신의 안정과 정화, 무욕의 깨달음이 매미 소리를 매개로 표현되었다. '여름 매미'라고 해도 될 것을 잘 쓰지 않는 한자를 사용해 "하선夏蟬"이라고 제목을 단 것은 매미를 상징적 존재로 나타내기 위해서였을 것이다. 여름을 상징하는 동식물이 많지만 지속적으로 큰 소리를 내서 한여름임을 알리는 가장 대표적인 대상이 매미이기 때문이다.

"올 여름에는 매미 소리만 들었다"는 것은 매우 특이한 체험이다. 매미 소리가 듣기 좋은 소리도 아닌데 매미 소리만 들으며 지낸다는 것이 사실 불가능하기 때문이다. 이것은 현실의 대소사를 의도적으로 배제하고 여름의 자연만을 수용하였다는 자의식의 표현이다. 시도 쓰지 않고 종일 매미 소리만 들어도 흡족하다고 했으니 매미 소리에 자신의 모든 것을 맡겼음을 알 수 있다. 천명을 안다는 오십의 나이에 발을 씻고 대청에 올랐으니 세상 잡사에 얽매일 필요가 없었던 것일까? 매미 소리가 "찬 물을 자아 올리는" 것처럼 시원하게 들렸다고 했다. 매미 소리가 시원한 게 아니라 세속의 먼지를 떨쳐내고 정갈한 마음으로 천명을 받아들일 준비를 하는 자신의 처신이 시원하게 느껴졌을 것이다.

그러한 처지는 성경에 나오는 '마음이 가난한' 자리와 통하는지 모른다. 마음이 가난한 자에게 복이 있다는 성경 말씀대로 가난한 마음으로 세상을 대하면 모든 것이 순수한 시의 상태로 보이고 작은 잎새나 돌덩이도 어느 것 하나 허술하지 않은 빛나는 광채를 드러낸다. 이런 마음을 유지할 수 있다면 하늘에 흐르는 구름을 보며 시간을 보내도 좋을 것 같다. 잠만 자도 좋을 것 같다. 번잡한 낮의 시간을 반을 덜어내 밤으로 보내고 낮도 밤처럼 보내며 속세의 잡소리에 귀를 닫고 매미 소리나 들으며 하루를 보내고 싶다. 이처럼 현실의 생활 현장에서 소외된 무료한 시간의 긍정, 그 안정감의 자각은 지천명의 나이가 아니면 얻기 힘든 경지다. '무료한 안정'이 충만하게 느껴지는 것은 앞의 「모일」에서도 체험했다. 이제 시인은 노년의 달관, 무욕의 철학에 자신을 앉히려 하는 것이다.

자신의 나이 듦, 그것에 따른 감각의 무딤을 "나무는 굵어질수록 우둔한 것을"이라고 합리화했다. 나이 들어 감각이 무디어져 무료한 안정에 길들어 잠을 잔다고 본 것이다. 그러나 그것이 단순한 우둔이 아님은 "지심에 깊이 뿌리를 묻고"로 확인된다. 겉으로 무료하게 잠이나 자며 시간을 허비하는 것 같지만, 삶의 깊은 중심에 뿌리를 내리고 심오한 생의 의미를 탐색하는 것이 노년의 예지가 감당할 일이라는 암시다. "오금烏金의 날개"라는 말도 단순히 매미의 검붉은 날개 빛을 지시하는 것이 아니라 어떤 신비로운 생의 비밀을 암시하는 기능을 한다.[1] 생의 비의를 은밀하게 들려주는 매미 소리를 들으며 인생의 깊은 의미를 성찰하는 노년의 예지를 은유적으로 표현한 것이다. 이처럼 그의 시는 존재 탐구, 생의 본질 탐구라는 독특한 영역으로 항해한다.

---

1) 이남호, 「한 서정적 인간의 일상과 내면」, 『박목월 시 전집』, 민음사, 2003, 941쪽에서 충만한 체험의 순간을 뛰어난 감각적 형상으로 재현한 것이라고 평가했다.

화예花蕊

앉고
혹은 서고
모든 꽃들은
어머니가 되기를 열망한다.
화예花蕊는 풀 초 아래 마음 심 자가
세 개나 포개지고
벌써
어느 한 송이는
어머니로 여문다.
부채살로 조여드는 시간에
포도빛으로 굳어지는 꼭지.

                *

우리 내부에도
부드러운 입김이 서린다.
잔잔한 눈매로
자리 잡는 모성.
나의 등줄기는
곧게 뻗고
어머니의 아기들은
나무가지에서 천千의 눈길*을
보내고 있다.

* 『박목월 시 전집』에 '눈짓'으로 되어 있으나 『박목월 자선집』에 '눈길'로 되어 있어 원본대로 표기
  한다. 시집의 '눈짓'을 시인이 수정한 것이다.

*

나도
어머니가 되기를 열망한다.
위대한 창조의 근원이여.
바다의 물빛은
영원한 푸르름으로 빛나고
오늘은
어머니의 형상으로
한 편의 시가
빚어진다.

『경상도의 가랑잎』

앞의 '하선'처럼 낯선 한자를 또 제목으로 사용했는데, '화예'란 꽃 가운데 솟아 있는 꽃술을 뜻한다. 그것은 암술과 수술로 되어 있어서 식물의 생식, 결실, 번식에 관계한다. 그래서 시인은 이 화예를 두고 "모든 꽃들은/어머니가 되기를 열망한다."라고 단적으로 말했다. 수술이 정자라면 암술은 난자에 해당한다. 한자 구조의 뜻풀이를 통해 마음 심 자가 세 개가 쓰였으니 그것이 바로 어머니의 마음을 나타낸 것이라고 친절하게 설명했다. 수술의 꽃가루가 암술에 붙어 수정되면 꽃잎이 지고 열매가 형성된다. 꽃이 정말로 아이를 임신한 어머니가 되는 것이다. 꽃잎이 부챗살처럼 퍼지며 떨어지고 씨방이 커져 꼭지가 포돗빛으로 영근다. 작은 꼭지는 열매 모양으로 점차적으로 성장할 것이다.

그러한 꽃의 변화 과정을 지켜보는 시인의 눈길이 예사롭지 않다. 어머니가 잉태한 생명의 아기들을 보니 마음 안에 "부드러운 입김"이 서린다고 했다. 대상을 통해 주체가 변화하는 것이다. 부드러운 입김은 "잔잔한 눈매"와 호응한다. 꽃이 아기를 키우는 과정을 보며 우리들 마음에도 모성이 싹튼다. 등줄기를 곧게 뻗어 꽃술을 보니 마음의 여러 갈피마다 아기들이 눈을 뜨고 모습을 드러낸다. 나뭇가지마다 꽃이 달렸으니 거기 맺힌 열매는 얼마나 많은가? 시인은 생명의 아기들이 나뭇가지에서 "천의 눈길"을 보낸다고 했다. 나무에서 풍겨오는 생명의 기운을 온몸으로 흡입하는 상태다.

나무와 시인 사이에 오간 생명의 교류는 시인의 마음에 어머니를 불러온다. 어머니가 되어 생명을 잉태하고 양육하고 싶은 충동을 일으킨다. "어머니가 되기를 열망한다"는 시인의 말은 진심일 것이다. 나무와 꽃을 통해 창조의 근원이 무엇인지를 깨달은 것이다. 시인에게 어머니의 창조의 손길은 무엇보다 소중하고 절실한 것이다. 모든 생명은 바다에서 왔기에 생명을 생각할 때 바다가 연상되는 것은 거의 본능적인 일이다. 시인은 바다의 물빛, 그 푸르름을 생각한다. 생명의 푸른 흐름은 영원하다. 영원한 생명의 터전인 어머니의 마음에 기대어 시인은 시를 쓴다. 천의 눈길이 하나로 모아진 시를 빚어내고 싶어 한다. 그는 시라는 아기를 창조하는 시인이다.

동행 — 하단^{下端}에서

갈밭 속을 간다.
젊은 시인과 함께
가노라면
나는 혼자였다.
누구나
갈밭 속에서는 일쑤
동행을 놓치기 마련이었다.
성 형
성 형
아무리 그를 불러도
나의 음성은
내면으로 되돌아오고
이미 나는
갈대 안에 있었다.
바람이 부는 것도 아닌데
갈밭은
어석어석 흔들린다.
갈잎에는 갈잎의 바람
백발에는 백발의 바람
젊은 시인은
저 편 기슭에서 나를 부른다.
하지만 이미 나는
응답할 수 없었다.
나의 음성은
내면으로 되돌아오고

어쩔 수 없이 나도
흔들리고 있었다.

『경상도의 가랑잎』

이 시는 『사상계』(1968. 1)에 발표되었는데, 같은 지면에 발표된 「이별
가」의 주제를 경상도 방언을 배제하고 사색과 이미지를 통해 재구성한 작
품이어서 이 둘은 자매편이라고 할 수 있다. 「이별가」는 "니 뭐락카노"로
이어지는 사투리의 음악성이 너무 커서 거기 담긴 의미가 희석되고 있다.
거기에 비해 사투리가 배제된 「동행」은 시인이 말하고자 하는 의미를 비
교적 뚜렷하게 드러내고 있다. 『사상계』에는 「하단에서」라는 제목으로
발표되었고 "하단은 낙동강 하류 부산시 변두리에 있는 갈밭 마을"이라
는 주가 붙어 있다. 지금은 하단이 부산시로 편입되어 있다.

시인은 젊은 시인과 더불어 갈밭을 걷고 있다. 그래서 시의 제목을 '동
행'으로 바꾼 것이다. 여기서 '갈밭'은 낙동강 하류 하단 지역의 갈대밭을
나타내는 것이지만, 우리들이 살아가는 삶의 공간으로 해석하는 것이 더
자연스럽다. 젊은 시인은 걸음이 빠르고 나이든 시인은 걸음이 느리다.
함께 걷던 화자는 젊은 시인을 놓치고 그의 이름을 부른다. 갈대밭 속이
라 그런 것이 아니라 사실은 우리들 삶의 모습이 그런 것이다. 살다 보면
누구나 동행을 놓치기 마련이며 젊은 시인과의 동행이 아니더라도 모든
사람은 결국 혼자 남을 뿐이다. 그러기에 아무리 상대방을 불러도 그 음
성은 상대방에게 전달되지 못하고 자신의 내면으로 되돌아온다. 모든 존
재는 고립되어 있는 것이다.

이러한 고립감은 그의 초기 시부터 계속 이어져 오던 일관된 흐름이
다. 그것이 나이 들면서 강화되어 나타난 것이다. 모든 존재는 죽음 앞에,
생의 냉엄한 이법 앞에 무력하다. 삶의 가혹한 손길이 우리를 흔들면 우
리는 흔들릴 수밖에 없다. 그것이 약한 인간의 모습이다. 바람이 불지도

않는데 갈밭이 어석어석 흔들린다고 했고, 갈대밭의 나도 흔들린다고 했다. 모든 존재는 고립되어 어디 의지하지 못하고 세파에 흔들릴 뿐이다. 젊은 시인이 저편에서 나를 부르지만 나는 응답하지 못한다. 그와 나는 이미 다른 세계에 있고, 그는 그대로 나는 나대로 다른 사연으로 흔들리는 것이다. 고립된 존재라는 점은 동일하다.

이 시에 반복되는 구절들, "나는 혼자였다", "나의 음성은 내면으로 되돌아오고", "나도 흔들리고 있었다"라는 시구는 인간과 인간의 단절, 젊음과 늙음의 단절, 삶과 죽음의 단절을 함축적으로 드러낸다. 「만술아비의 축문」에서 이승 저승 다 다녀도 인정보다 귀한 것이 없다며 망자와 생자 사이에 교감이 일어나던 토속적 융합의 장면은 이 시에서 찾을 수 없다. 일방적으로 부르고 스스로 흔들리는 이미지가 인간의 고립과 번민을 환기할 뿐이다. 이처럼 음악성이 배제된 이미지의 조합은 다음 단계에서 토속성과는 아주 다른 현대적 시 구조의 완성으로 이어진다. 이것은 어느 면 인간의 의미가 배제된 냉정하고 견고한 미학적 구조를 지향하는 것이기도 하다.

무제

서재 하나가 남편에게
소원이듯 아내는
커어튼을 내리고
조용히 쉴 수 있는 네모반듯한
마루방 하나가 소원이다.
문을 잠그고
홀로 사색을 즐길 수 있는
남편의 고독한 서재.
두터운 커어튼을 내리고
잠시 휴식을 가질 수 있는
아내의 나즈막한 소파.
하지만 아내는
서서 종일
일을 하며 찬송가를 부르며
해를 보내고.
거리를 거닐며 남편은
시를 생각한다.
잠시도 조용히 쉴
자리가 없는 내외의
생활 속에서
하루 종일 펄럭거리는 문.
이런 것도 시가 되느냐,
따지지 말라.
인간의 소원은
작은 것일수록 간절하고,

아내의 체중은
십일 관에서 삼백이 부족한
약질이다.

『경상도의 가랑잎』

다시 또 생활의 어려움에 마음이 기울어 가정의 이야기를 시로 썼다. 집의 크기가 작아서 시인의 가정에는 서재가 없다. 글을 써서 가족을 부양하는 시인의 집에 서재가 없다니 안타까운 일이다. 독립된 서재에서 마음껏 책을 읽고 글을 쓰는 것이 시인의 소망이다. 아내는 커튼을 내리고 혼자 쉴 수 있는 마루방 하나가 소망이다. 각자 혼자만의 독립된 공간을 소망하지만 가정 형편상 바라는 바가 이루어질 수 없다. 독립된 서재에서 홀로 사색하며 글을 쓰는 것이 남편의 소망이듯 독립된 내실에서 소파에 앉아 휴식을 취하는 것이 아내의 소망이다. 자신의 꿈과 아내의 소원을 나란히 이야기하는 것도 구세대인 박목월에게는 쉽지 않았을 것이다. 그러나 박목월은 체면불구하고 자신의 소원과 아내의 소원을 나란히 놓았다. 가정은 남편이나 아내 혼자 지켜 가는 것이 아니기 때문이다.

이렇게 자기만의 공간이 없는 두 사람은 각기 다른 방식으로 자신이 원하는 바를 행한다. 아내는 종일 서서 일을 하는데 일하는 사이에 찬송가를 부르며 마음을 가라앉히고, 남편은 서재가 없으니 거리를 거닐며 시를 생각한다. 비좁은 공간에 사는 부부의 현명한 대처방법이다. 가정의 여건을 생각하면 현명하지만 사실은 서글픈 생활의 양식이다. 그들이 택한 방법은 임시방편이지 바람직한 생활양식은 아니다. 시인은 이러한 내외의 상황을 "하루 종일 펄럭거리는 문"에 비유했다. 실제로 그의 집에 아귀가 맞지 않아 바람에 펄럭거리는 문이 있었는지도 모른다. 제 기능을 유지하지 못하여 바람에 펄럭거리는 낡은 문. 그러나 그 문도 문인 것은 사실이다. 시인 내외가 대처해 가는 모습도 그 나름의 삶의 방식이듯이.

이러한 사색은 나무와 꽃을 보고 생명의 아기를 상상한다든가 매미 소리를 들으며 노경의 여유를 사색하는 것과는 차원이 다른 소시민의 푸념처럼 보이기도 한다. 그것을 아는 시인이기에 "이런 것도 시가 되느냐"고 자문했다. 시인이 자신을 향해 던지는 질문이다. 자연의 생명성에 대한 사색만 시가 되는 것이 아니고 인간의 존재론적 위상에 대한 성찰만 시가 되는 것이 아니다. 평범한 소시민이 살아가는 일상의 사소한 감정도 얼마든지 시가 될 수 있다. 그리고 삶의 중요한 의미는 그런 일상적 소사에서 더 잘 발견되는 것인지 모른다. 겨자씨처럼 작은 일 속에 큰 세상사를 해결할 수 있는 생의 비밀이 담겨 있다. 나라를 재건하겠다는 거룩한 소망 못지않게 손자의 건강을 기원하는 할머니의 기도도 간절한 법이다.

여기서 시인은 갑자기 아내의 체중을 이야기한다. 아내의 가냘픈 체구를 이야기해서 아내의 휴식공간을 소원하는 것이 작은 일이 아님을 암시하려는 의도다. 지금껏 별로 사용하지 않았던 암시적 노출의 표현방법인데, 이 자리에서는 상당히 뚜렷한 시적 여운을 남긴다. 그리고 화자가 어려운 시대를 뚫고 나온 나이든 세대라는 사실도 간접적으로 드러낸다. 한 관은 한 근의 열 배로 3.75kg에 해당한다. 열한 관에서 삼백이 부족하다고 했으니 40kg 정도의 체중이다. 누가 생각해도 약골임에 틀림없다. 이런 약골의 체격으로 휴식 공간 없이 종일 서서 일하는 아내가 안쓰러웠던 것이다. 40kg이라는 계량 단위를 쓰지 않고 "십일 관에서 삼백이 부족한"이라고 표현한 대목이 시인의 애틋한 마음을 더 잘 드러낸다.

일상사

청마는 가고
지훈도 가고
그리고 수영의 영결식.
그날 아침에는
이상한 바람이 불었다.
그들이 없는
서울의 거리.
청마도 지훈도 수영도
꿈에서조차 나타나지 않았다.
깨끗한 잠적.
다만
종로 2가에서
버스를 내리는 두진을 만나,
백주白晝 노상에서
몇 마디 이야기를 나누고,
어느 젊은 시인의
출판기념회가 파한 밤거리를
남수와 거닐고,
종길은 어느 날 아침에
전화가 걸려 왔다.
그리고
어제 오늘은
찻값이 사십 원.
십오 프로가 뛰었다.

『경상도의 가랑잎』

간략한 수치로 생활의 형편을 이야기하는 것이 흥미로웠는지 이 시에서도 끝부분에 "십오 프로가 뛰었다"는 구절이 나온다. 앞의 "십일 관에서 삼백이 부족한"과 관련지어 이해해 볼 수 있는 구절이다. 이 시는 친구들의 죽음을 이야기하면서, 죽음이라는 슬픈 이별의 상황 이후에도 생활에 큰 변화 없이 시간이 흐르고 모든 것이 그전처럼 굴러가는 무정한 삶의 단면을 계산상의 수치로 드라이하게 드러냄으로써 독특한 효과를 거두었다.

청마 유치환은 1908년생인데 1967년 2월 13일 교통사고로 갑자기 세상을 떠났다. 박목월보다는 7년 연상이다. 조지훈은 1920년생이고 『문장』으로 함께 등단하여 『청록집』도 같이 낸 문우인데, 1968년 5월 17일 만성 질환으로 세상을 떠났다. 목월보다 다섯 살 아래다. 김수영은 1921년생인데 1968년 6월 16일 교통사고로 세상을 떠났다. 목월보다 여섯 살 아래다. 불과 몇 달 사이에 자신과 비슷한 연배의 문인들이 연이어 세상을 떠나니 노년의 나이에 민감한 박목월 시인도 불길한 감정을 느낄 만하다. 김수영이 세상을 떠난 소식을 접한 아침에는 이상한 바람이 불었다고 고백하고 있다. 그러나 그들이 세상을 떠난 이후 꿈에서도 그들의 모습이 보이지 않았고 그들의 영결에 대해 다른 사람들도 별다른 내색을 하지 않는다. 죽음은 "깨끗한 잠적"인가 하는 생각이 든다. 자신의 죽음도 비슷한 방식으로 세상에 전해질 것이라는 예감을 충분히 가질 만하다.

종로 2가에서 버스에서 내리는 청록파 문우 박두진을 만나 환한 대낮에 아무 일 없다는 듯 이야기를 나누었다. 저녁에 어느 젊은 시인의 출판 기념회에 참석하고 문인들과 담소한 후 『문장』으로 같이 등단한 1918년생 시인 박남수와 밤거리를 함께 거닐었다. 어느 날 아침 1926년생인 후배 시인 김종길에게서 전화가 걸려 왔다. 동료 문인 중 몇 사람은 일찍 가고 다른 사람은 그대로 남아 일상생활을 하고 있다. 이것이 인생이다. 어느 한 사람의 죽음으로 인해 큰 변화가 생기는 것도 아니요 누가 살아 있다고 해서 세상이 달라지는 것도 아니다. 세상은 이렇게 흘러가는 것이다. 이 삶을 덧없다고 할 것인가, 무정하다고 할 것인가.

시인은 아무런 반응이나 의견을 표명하지 않았다. 다만 찻값이 15퍼센트가 올라 40원이 되었다고 적었다. 구체적인 수치를 통해 루틴하게 돌아가는 세상의 모습을 표현한 것이다. 이 마지막 구절 수치의 제시는 시의 주제와 관련하여 앞의 시 「무제」 못지않은 높은 효과를 자아낸다. 동료의 죽음에 대한 연민은 어느덧 사라지고 찻값이 오르는 일상사에 더 관심을 갖는 우리들 삶의 국면을 사실 그대로 제시했다. 여기에 대해 무슨 말을 덧붙일 수 있겠는가?

나의 배후

나의 배후에는
아무도 없다.
구름이 갈라진 틈서리로
별이 널려 있는 밤하늘과
반폭半幅만
불이 환한
벽면의 어두움.
나의 배후에는
아무 것도 없다.
진실로 신앙조차
등을 기댈 기둥이기보다
발등을 밝히는*
희미한 불빛이다.
세상에는
누구나 등을 기댈
배후가 없다.
모두 자기 길에서
혼자일 뿐.
그러므로 모든 신원 조사는
과오이다.

* 『경상도의 가랑잎』과 『박목월 자선집』에 모두 '밝히는'으로 표기되어 있지만, 첫 발표 지면인 『문학』(1966.5)에 '밝히는'으로 되어 있어 그것을 따른다.

나의 배후에는
아무 것도 없다.
겨울 새벽에 다리를 건너
서울로 귀환하는
헤드라이트의 서러운 불빛과
울리는 한강교의
졸음 겨운 수은등과.

『경상도의 가랑잎』

여기서 '배후'는 당시 통용하는 말로 '빽'이란 뜻이다. 자신을 뒤에서 지원해 주는 뒷배를 '빽'이라고 했다. 처음에 발표했던 『문학』(1966. 5)에는 "나의 배후에는/등을 기댈/빽이라곤 없다"라는 구절에 '빽'이라는 말이 나온다. 영어의 'back'에서 온 이 말이 비속어 같아서 '배후'로 순화했을 것이다. 그런데 이 '배후'라는 말에는 '신원 조사'라는 말과 관련지어 볼 때 자신의 은밀한 후원자라는 뜻 외에 자신의 어두운 이면이라는 뜻도 내포되어 있다. 신원 조사는 어떤 사람의 불편한 이력을 조사하는 말로 사용되었기 때문이다.

생활의 단면을 나타낸 앞의 시편들과 달리 이 시는 다시 존재 탐구로 눈길을 돌렸다. 인간은 저마다 홀로 존재한다는 존재론적 주제를 표현했다. 인간은 혼자 존재하는 것이기에 "나의 배후에는/아무도 없다"고 했다. 존재의 실상을 말한 것이지만 시인은 자신이 있는 공간에 아무것도 없음을 묘사했다. 늘 밤에 시를 쓰니까 검은 밤하늘에 별이 깔려 있고 방에 스탠드 불을 켜 놓아 벽면의 반쪽만 훤하고 반은 어둡다. 그의 주위에는 아무도 없다. 기독교 신앙을 가진 시인이지만 신앙이 자신의 모든 것을 주관하지는 못하고 그저 발등이나 비춰주는 희미한 불빛에 불과하다. 자신만이 아니라 세상의 모든 존재자들이 다 그런 생태에 있다.

공직에 임용될 때는 신원 조사를 받는다. 신원 조사에는 해당자의 배후, 즉 친족, 추천인, 교우, 접촉인물 등에 대한 정보도 포함된다. 그러나 인간이 모두 고립된 개체라는 존재론적 측면에서 본다면 배후를 밝히는 모든 신원 조사는 과오에 속한다고 시인은 생각한다. 인간의 실존적 고립성을 강조하는 표현이다. 처음 발표한 작품은 길이도 길고 여러 가지 다양한 이미지와 사연이 나오는데 시집 수록작은 많은 것을 생략하고 인간의 배후 없음만 간단히 드러냈다.

첫 발표작에는 겨울 거리의 허전한 풍경이 중심을 이루는데, 여기서는 그것들이 다 정리되고 새벽 한강교의 쓸쓸한 정경만 보여 주었다. 그의 거주지인 원효로에서 새벽 한강교의 차량 이동 장면이 보였을 것이다. 1966년은 자동차도 적었고 새벽에는 더군다나 이동 차량이 드물었다. 새벽에 헤드라이트를 켜고 서울로 귀환하는 차량의 모습은 을씨년스럽고 고독해 보였을 것이다. 그것은 아무 배후 없이 혼자 존재하는 고독한 인간의 표상을 연상시키기에 충분하다. 그래서 그 불빛은 서러운 불빛으로 보이고 한강교의 울림도 더 크게 들렸을 것이다. 그러한 서글픈 장면에도 가로등은 아무 관심 없다는 듯 졸음 겨운 모습을 보인다. 그 대조가 고독한 자아의 서러움을 더 돋보이게 한다.

노안

가까운 것은
몽롱하고
먼 것이 선명해진다.
신문을
펴면
흔들리는 세상.
노안이어.
그
안개 속으로
바다에는
소나기처럼
떨어져 쏟아지는 갈매기.
시간은 수축되고
지상에는
바스러지는 바윗돌.
이
붕궤는
차라리 황홀하다,
시간은 수축되고
꽃이 피고 열매가 여무는 것이
순간의 일이다.

『경상도의 가랑잎』

　50대에 들어서면 노안이 온다. 민감한 시인 박목월은 자신에게 찾아온 노안 현상을 놓고서 존재론적인 시 한 편을 완성했다. 예전에는 먼 것이 몽롱하고 가까운 것이 잘 보였는데, 나이가 드니 그것이 거꾸로 되었다. 먼 것이 더 선명하게 보이는 것은 아니고 가까운 것에 비해 더 잘 보인다는 뜻이다. 전도된 시력으로 신문을 보면 글자가 흔들리는데, 어지러운 세상사를 보도하는 내용이어서 더 흔들린다고 생각한다. 이것이 노안이 낳은 결과인데 그 흔들림이 생각하기에 따라서는 긍정적으로 받아들여지기도 한다.

　"노안이어" 다음에 "그"를 한 시행으로 처리한 데에는 시인의 특별한 의도가 있었던 것 같다. 이 모든 것이 노안의 작용인데, 이렇게 세상을 뿌옇게 인식하게 하는 것도 하나의 섭리요 받아들여야 할 순리가 아닌가 하는 체념과 순명의 자세가 이 시행에 축약되어 있는 것 같다. 노안이 만들어 준 '그' '안개'를 강조하고 싶은 것이다. 이제 오십이 넘어 노안이 와서 세상을 안개로 보게 된 것이 오히려 다행이라는 생각이다.

　몽롱하게 흔들리는 안개 속에 바다에는 갈매기가 소나기처럼 떨어져 쏟아진다. 현실에서는 있을 수 없는 현상이다. 갈매기가 바다에 오르내린다 해도 그것이 소나기처럼 쏟아져 내릴 수는 없다. 그러나 몽롱하게 흔들리는 노안의 시야에서는 가능한 일이다. 노안과 더불어 삶의 시간은 더 줄어들고 지상에는 소멸되는 것이 많아질 것이다. 바윗돌처럼 단단하던 것도 모래처럼 바스러지고 말 것이다. 시간의 위력을 당해낼 존재는 없다.

　그러나 시인은 이 바스러지는 소멸과 붕궤가 차라리 황홀하다고 말한다. 시간의 단축 때문에 어떤 대상이든 짧은 시간에 일어나는 것으로 체험하게 되었기 때문이다. 예전에는 꽃이 피고 지고 열매가 맺히는 것이 천천히 진행되었으나 노안의 몽롱한 흔들림 속에서는 시간이 단축되어 꽃이 피는가 하면 지고, 열매가 맺히는가 하면 어느 사이에 여문다. 이렇게 단축된 시간 인식에 시인은 오히려 황홀함을 느낀다. 어지러운 세상사는 좀 멀리 보고, 갈매기 나는 바다의 풍경, 꽃이 피고 열매 맺는 과정은 압축해 보게 되었으니 다행한 일이라고 생각한다. 세상을 대하는 노년의 지혜를 엿보게 하는 작품이다.

비유의 물

물이 된다. 자기의 중량으로 물은 포복할 도리 밖에 없다. 한 사람에게 오십여 년은 긴 것이 아니라 무거운 것이다.

땅에 배를 붙이고 낮은 곳으로 기어가는 눈이 없다. 그것은 순리. 채우면 넘쳐흐르고 차면 기우는 물의 진로. 눈이 없는 투명한 물의 머리는 온통 눈이다.

                    *

물은 땅으로 스며든다. 흐르는 동안에 잦아져버리는 물줄기를 나는 알고 있다. 그 자연스러운 잠적은 배울 만하다. 하지만 이튿날 아침에는 꽃잎에 현신하는 이슬방울.

나의 시.

나의 죽음.

하늘로 피어오른다. 그 날개를 가진 현란한 비천飛天. 그것은 헤세의 시에서 은빛 빛나는 구름으로 인생의 무상을 현현顯現하고* 안개로 화하여 서울거리를 덮는다. 이 전신轉身과 윤회를 나는 알지만 또한 모르지만.

---

* 『박목월 시 전집』에는 이 부분에 몇 개의 오류가 있다. "물은 땅으로 스며든다." 다음에 불필요한 시행이 덧붙어 있고, '현현'이 '현제現題'로 잘못 표기되었다. 『경상도의 가랑잎』과 『박목월 자선집』에는 '現顯'으로 되어 있는데 일반적으로 '顯現'이라고 쓰기 때문에 이 한자로 바꾸어 표기했다.

　하지만 나도, 내가 노래할 시도 물이 된다. 오늘은 자기의 무게로 기어가는 물이지만 내일은 어린 것의 눈썹에 맺히고 목마른 자의 가슴 속을 지나 당신의 처마에 궂은 가을 빗줄기로 걸리는 기나긴 역정歷程과 순회巡廻에 나는 순리順理와 전신轉身을 깨달을 뿐이다.

『경상도의 가랑잎』

이 시는 『경상도의 가랑잎』에 들어 있지만 작품의 성격으로는 「사력
질」 연작, 「무순」 연작과 연결된다. 그런 점에서 객관적인 대상을 통해 사
물의 존재성과 인간의 존재의식을 성찰하는 계열의 서두에 놓이는 작품
이다. 지금까지 시인이 별로 사용하지 않던 관념적 시어들, 중량, 순리, 진
로, 잠적, 현신, 윤회, 순회 등의 한자어를 적절히 구사하여 하나의 시어
속에 다층적 의미를 엮어 넣은 것도 전과 다른 점이다. 이것은 초기 시에
서 추구하던 음악성의 대치물이요, 시각적 이미지의 단순성을 넘어선 어
떤 관념적 이미지의 집적물이다. 그는 또 하나의 실험을 통해 시의 변모
를 꾀하고 있다.

"비유의 물"이란 제목은 물을 통해 자신이 말하고자 하는 바를 비유적
으로 표현하겠다는 뜻이다. 이 시가 비유를 통한 일종의 실험적 작품임을
제목으로 드러낸 것이다. "물이 된다"라는 첫 구절은 자신이 물이 된 것
으로 생각하고 심상과 사유를 전개해 보겠다는 선언이다. 사람은 다리로
서서 보행하지만 물은 바닥에 깔린 상태로 흘러서 이동한다. 인간이 물이
라면 자신의 몸을 낮추어 배를 바닥에 대고 포복할 것이다. 바닥에 배를
대고 긴다는 '포복'이라는 단어를 배치한 것이 오묘하다. 포복은 주로 군
대에서 쓰는 용어인데, 시인은 물이 바닥으로 흐르는 모습에서 사람이 배
를 바닥에 대고 기는 형상을 떠올렸다. 그러한 형상을 상상한 것은 인간
이 지닌 삶의 무게, 생활의 중량 때문이다. "사람에게 오십여 년은 긴 것
이 아니라 무거운 것이다"라는 그의 말은 여러 차례 시로 표현된 생활의
힘겨운 중량감과 피로감을 나타낸 것이다.

인간의 행로를 물로 생각할 때, 물에게는 인간과 달리 앞을 바라보

는 눈이 없다는 점이 특이하다. 물이 낮은 곳으로 흐르는 것은 자연의 순리다. 물은 눈이 없어도 자연의 순리를 따라 낮은 곳으로 흐른다. 과도하게 물을 채우면 저절로 넘쳐흐르고 그릇이 차면 스스로 기울어져 여유를 찾는 물의 행로는 인간이 본받을 만하다. 이 구절은 노자 『도덕경』에 나오는 상선약수^{上善若水}의 구절을 연상시킨다. 최상의 선^善은 물과 같다는 뜻으로, 물은 만물을 이롭게 하면서도 다툼이 없고, 모두가 꺼리는 낮은 곳까지 머무니 도에 가깝다고 했다. [1] 박목월은 물이 눈이 없는데도 자연스럽게 순리를 따르는 점을 중시했다. 인간은 멀쩡한 두 눈이 있는데도 길을 잘못 들기도 하고 넘어지기도 한다. 그래서 "눈이 없는 투명한 물의 머리는 온통 눈"이라고 했다. 자연의 순리를 따르는 물의 진로를 본받으려 한 것이다.

다음 단락에서는 물이 땅으로 스며들어 자연스럽게 사라지는 현상에 주목했다. "자연스러운 잠적"에 관심이 집중된 것이다. 모든 물은 땅에 스며들어 흔적도 없이 사라진다. 그뿐 아니라 물은 땅을 흐르는 동안에 이미 그 안에 스며든다. '현현'과 '잠적'을 동시에 진행하는 것이다. 인간도 그럴 수 있을까? 그렇게 흔적도 남기지 않고 잠적할 수 있을까? 물에 비하면 인간의 삶과 죽음은 상당히 너저분하다.

그러면 물은 땅으로 잠적한 후 그것으로 끝인가? 땅에 스며든 물은 식물의 뿌리로 흡수되어 줄기를 타고 올라가 다음날 아침 꽃잎의 이슬방울로 몸을 나타낸다. 이 과정은 기적과 같다. 현현과 잠적이 동시에 이루어지고, 잠적이 무로 돌아가지 않고 다시 생명의 기운으로 윤회하는 순환의 과정은, 죽음으로 모든 것이 끝나는 인간에게는 참으로 부러운 일이다. 인간에게도 그런 윤회와 순환의 과정이 허락될까? 고대 인도에 윤회사상

---

1) 『도덕경』 8장의 원문은 "上善若水 水善利萬物而不爭 處衆人之所惡 故幾於道"이다.

이 있었고 그것은 불교를 통해 세상에 전파되었다. 서양에도 윤회의 상상력이 작용한 작품이 나오는 것을 많이 볼 수 있다.

기독교 신앙을 가진 시인은 물의 윤회를 사색하면서 자신의 시와 죽음에 대해 명상한다. 자신의 죽음 이후 물이 수증기가 되는 것처럼 시가 하늘로 피어올라 구름으로 맺힐 수 있을까? 시인은 죽음 이후의 모습에 대해 "날개를 가진 현란한 비천"을 상상한다. 헤르만 헤세의 시 「흰 구름」처럼 구름은 하늘에 떠서 세상을 덮어주고 나그네처럼 하늘 저편으로 흘러간다. 물도 그와 같아서 구름으로 떠서 인생의 무상을 드러내다가 안개로 바뀌어 서울거리를 덮을 것이다. 이 모든 것이 물의 윤회요 순환이다. 사람도 물처럼 이렇게 순환할 수 있는가? 오십대의 박목월은 이것을 명상하고 있다. 기독교인인 그에게 전신과 윤회는 사색할 수는 있어도 체감할 수는 없는 사항이었을 것이다. "나는 알지만 또한 모르지만"이라는 구절은 그러한 맥락으로 이해된다.

생명의 윤회는 체감할 수 없지만, 자신의 시가 물처럼 흐르고 변화하리라는 것은 이해할 수 있다. 오늘 자신의 무게로 흘러가다가 내일 어린 것의 눈썹에 맺히고 목마른 자의 가슴을 적시고 외로운 당신의 거처에 위안의 물소리를 들려주는 그러한 역할은 시가 할 수 있을 것이다. 그 과정도 쉽지 않은 일이어서 "기나긴 역정과 순회"에 해당하는 사항이지만 시인은 자신의 시가 그렇게 전신해 가기를 소망한다. 삶의 고단함에 힘겨워하던 시인이 물의 심상을 통해 순회의 순리를 터득해 표현한 것은 감동적인 장면이다. "어린 것의 눈썹", "목마른 자의 가슴 속"이라는 이미지도 아름답고, 당신의 고독을 위안하는 시의 기능을 "당신의 처마에 궂은 가을 빗줄기로 걸리는"으로 표현한 대목도 유려하다. 오 십대 박목월의 진경을 알리는 최상의 걸작이라 할 수 있다.

내년의 뿌리

사람의
따뜻한 체온을
생각한다.
인간이 인간을 맞아들이는
가볍게 열리는 문.
조용한 음성과
부드러운 눈빛.
안온한 교환交驩과 거래.
의지와 신뢰.
사위四圍는
눈으로 덮이고
날카로운 산줄기는
이어져 따끝으로 사라져 간
처절하게 적막한
지역에서
인간의 따뜻한
체온을 생각한다.
사람이
사람을 찾아가는 방문과
유대.
영접과 배웅.
신은 사람과 함께 거하시고
인간은 신이 거처하는 자리다.

*

밤이 가면
지평은 밝아 오고
가문 땅은
빨리 물을 빨아들인다.
왜 사느냐.
그것은 따질 문제가 아니다.
사는 그것에 열중하여
오늘을
성의껏 사는
그 황홀한 맹목성.
겨울이 가면
봄이 오는 것은
자연의 섭리.
적설 밑에서도
풀뿌리는 살아나고
남쪽에서
부드러운 바람이 불어 온다.

*

마른 대궁이는
금년의 화초.
땅 속에는 내년의 뿌리.

『경상도의 가랑잎』

긍정적인 시선으로 사람과 자연과 세상을 명상하는 작품이다. 계절은 겨울인데 겨울의 침묵의 정경을 삭막하게 보지 않고 은은한 신뢰의 눈빛으로 바라본다. 처절하게 적막한 지역에서도 인간에 대한 사랑과 믿음을 잃지 않는 강인한 긍정의 정신을 만나게 한다.

시인이 긍정적으로 받아들이는 것은 인간의 따뜻한 체온, 조용한 음성과 부드러운 눈빛, 즐거움을 나누는 안온한 만남, 의지와 신뢰 등이다. 시인이 마주하고 있는 것은 사방이 눈으로 덮이고 날카로운 산줄기가 땅 끝으로 사라져 간 처절한 적막의 계절이다. 그 살벌한 동결의 공간에서도 시인은 인간의 따뜻한 체온을 생각한다. 사람이 사람을 방문하여 유대를 맺고 반갑게 영접하고 정중하게 배웅하는 것이 적막한 겨울을 이겨내는 방법이라고 생각한다. 그러한 인간과 인간의 진정한 만남 속에 신이 머물게 된다고 말한다. 그가 자신의 외로움에서 벗어나는 길도 그러한 돈독한 만남에 있다고 생각했을 것이다.

세상에 편재한 신의 섭리는 무엇일까? 밤이 가면 세상이 밝아 오고 겨울이 가면 봄이 오고 가문 땅에 물이 스며드는 것이 세상의 변함없는 이치다. 왜 사느냐고 삶의 이유를 따지는 것보다는 삶에 열중하여 하루하루를 최선을 다해 살아내는 것이 중요하다. 많은 사람들이 맹목적으로 그냥 사는 것 같지만 이유나 목적을 따지지 않고 그냥 열심히 사는 "그 황홀한 맹목성"이 진실로 소중한 것이다. 지금은 암담한 겨울이지만 눈 덮인 땅 밑에 풀뿌리는 살아 움직이고 먼 남쪽에서는 부드러운 바람이 불어올 준비를 하고 있다. 이것이 신이 관장하는 세상의 섭리다.

마지막 단락에서 시인은 교훈적 내용을 간결한 이미지로 제시하고 시를 끝맺었다. 가을에 시든 화초의 마른 꽃대가 눈에 보이지만 그것이 세상의 전부가 아니라는 것이다. 땅 속에는 벌써 봄을 맞을 뿌리의 숨결이 움트고 있다. 오늘 눈에 보이는 마른 꽃대가 내년에 피어날 푸른 잎의 뿌리를 준비하고 있다. 그러니 삭막한 불모의 계절이라고 움츠러들 필요가 없다. 아무리 처절한 상황에 놓여 있더라도 세상 어딘가에는 내일 새 잎을 피울 생명의 뿌리가 싹트고 있는 법이다. 이것을 믿으며 사람은 따뜻한 체온으로 서로 의지하고 신뢰하면 된다. 이것이 신이 우리에게 허락한 세상의 섭리임을 시인은 조용히 읊조렸다.

이별가

뭐락카노, 저 편 강기슭에서
니 뭐락카노, 바람에 불려서

이승 아니믄 저승으로 떠나는 뱃머리에서
나의 목소리도 바람에 날려서

뭐락카노 뭐락카노
썩어서 동아밧줄은 삭아 내리는데

하직을 말자 하직 말자
인연은 갈밭을 건너는 바람

뭐락카노 뭐락카노 뭐락카노
니 흰 옷자라기만 펄럭거리고……

오냐. 오냐. 오냐.
이승 아니믄 저승에서라도……

이승 아니믄 저승에서라도
인연은 갈밭을 건너는 바람

뭐락카노, 저 편 강기슭에서
니 음성은 바람에 불려서

오냐. 오냐. 오냐.
나의 목소리도 바람에 날려서.

『경상도의 가랑잎』

앞에서 본 시 「동행」의 자매편으로 죽음과 삶의 문제를 투박한 경상도 방언으로 표현한 작품이다. 지시적 의미보다 "뭐락카노"라는 경상도 억양이 시적 효과를 나타내는 작품이다. 시인은 계속 "뭐락카노"라고 묻고 있는데, 그 물음은 삶의 끝자리에서 죽음의 의미를 알아내고 싶은 시인의 간절한 염원을 반영한다. 시인은 삶과 죽음의 관계가 어떠하며, 우리의 토속 정서에서 받아들이듯 이승의 삶이 저승으로 이어지는 것인지 알고 싶어 한다. 시인은 이 당시 「만술아비의 축문」, 「이별가」, 「동행」 등 유사한 작품을 연이어 발표하여 삶과 죽음의 문제에 대한 집중적인 탐구를 보였다.

「동행」에서 시인은 동행하던 사람과 갈대밭에서 길을 잃고 그의 이름을 불렀다. 동행하던 사람도 시인을 무어라 호명했을 것이다. 이번에는 그 동행자가 이승에서 떠나 피안에 가 있다고 상정하고, 그때에도 서로 이름을 부르며 응답하는 관계가 이루어질 것인지 상상한 것이다. 냉정한 지성적 차원에서는 가능한 일이 아니기에 사투리를 사용하여 토속적 정취를 높였다. 전근대적인 토속적 정서 안에서는 이승과 저승의 응답이 가능하지 않겠는가 생각한 결과일 것이다.

피안의 세계인 저편 강기슭에서 누군가가 무어라 부른다. 부르는 소리는 바람에 날려서 잘 들리지 않는다. 거기 응답하는 내 목소리도 바람에 날려 저 강기슭에 도달되지 않는다. 우리는 이승에서 배를 타고 어디로 향하고 있지만 배의 종착지는 결국 저승인 것. 우리는 모두 저승으로 가는 뱃머리에 서서 누군가를 부르고 누군가의 부름에 응답하고 있는 형국이다. 우리가 붙들고 있는 시간의 동아줄, 목숨의 동아줄은 단단한 것 같지만 시간의 흐름에 따라 삭아 내리게 된다. 언젠가 이승의 인연이 다하면 줄이 끊어져 세상과 하직하고 사람들과도 작별해야 하는 것이다. 인연이란 갈밭을 건너는 바람과 같아서 어디에서 어디로 불려갈지 아무도 모르는 것이다.

이러한 삶과 죽음의 과정을 잘 알지만 어디선가 저승에서 날 부르는 소리가 들리는 것 같고 저승에 있는 너의 흰 옷자락이 펄럭이는 것 같다. 그러한 모습이 보이는 것을 보니 나도 이제 저편 강기슭으로 옮겨갈 시간이 된 듯하다. 이승이 아니면 저승에서라도 너를 만날 수 있는 것은 다행한 일이다. 이승의 인연이 저승에 이어진다면 그것도 좋은 일이 아니겠는가? 인연의 바람이 이승을 넘어 저승에 이어질 수 있다면, 우리의 만남이 이승을 넘어 저승에까지 이어질 수 있다면, 그것처럼 다행한 일은 없을 것이다.

이 시에 나오는 "오냐"의 반복은 죽음의 단절감을 넘어 이승의 삶이 저승의 삶에 연결될 수 있다는 믿음에 기반을 둔 긍정의 반응이다. 그렇게 인연이 이어진다면 죽음도 슬플 일이 없고 작별도 충분히 받아들일 수 있다. 네가 무어라고 하는 소리가 들리지 않아도 조금도 아쉬울 것이 없다. "뭐락카노"의 안타까움은 "오냐"의 긍정으로 해소된다. 거기서 인연은 갈밭을 건너는 바람이 되고 그 인연에 의해 이승 아니면 저승에서 우리가 만날 수 있다는 믿음이 싹트는 것이다. 이러한 의식이 형성되려면 사투리에 의한 토속적 정취가 전제가 되어야 한다. 시인은 이것을 알아차리고 방언을 시어로 채용하여 형식과 내용의 융합을 꾀했다.

만술 아비의 축문祝文

아베요 아베요
내 눈이 티눈인 걸
아베도 알지러요.
등잔불도 없는 제삿상에
축문이 당한기요.
눌러 눌러
소금에 밥이나마 많이 묵고 가이소.
윤사월 보리고개
아베도 알지러요.
간고등어 한손이믄
아베 소원 풀어드리련만
저승길 배고플라요
소금에 밥이나마 많이 묵고 묵고 가이소.

        *

여보게 만술 아비
니 정성이 엄첩다.
이승 저승 다 다녀도
인정보다 귀한 것 있을락꼬.
망령도 응감應感하여, 되돌아가는 저승길에
니 정성 느껴느껴 세상에는 굵은 밤이슬이 온다.

                            『경상도의 가랑잎』

이 시의 첫 세 행에 제시된 경상도 어조는 이 말을 하는 화자의 성격을 그대로 드러낸다. 이 시의 화자는 토박이 경상도 말을 사용하는 것으로 볼 때 학교교육을 제대로 받지 못한 농촌에 거주하는 사람이다. 이러한 화자의 성향은 "내 눈이 티눈"이라는 자신의 진술과 일치한다. 내 눈이 티눈이라는 것은 글자를 모르는 까막눈이라는 뜻이다. 글자를 모르는 사람이기 때문에 제사에 축문을 올릴 수가 없다. 시의 전반부는 못 배우고 가난한 만술 아비가 선친의 제사를 맞아 망령에게 하는 말이다. 만술 아비의 육성을 사실적으로 복원한 첫 세 행은 독자들을 경상도 시골 마을의 가난한 제사상 앞으로 인도한다. 만일 "아버지 아버지/제가 문맹인 걸/아버지도 아시지요"라고 썼다면 그러한 효과가 나타나지 않았을 것이다.

등잔불도 켤 수 없을 정도로 궁핍한 생활 형편에 아버지의 제사를 맞아 만술 아비가 상에 올려놓은 것은 소금과 밥이다. 마침 윤사월이라 쌀은 떨어지고 구황식물로 겨우 끼니를 때우던 시절인데, 그래도 만술 아비는 쌀을 얻어 밥을 제사상에 올려놓을 수 있었다. 그러나 다른 제물을 마련하지 못한 만술 아비는 제사상에 소금을 올려놓았던 것이다. 만술 아비는 그러한 부실한 제사상이 못내 마음에 걸려 아버지에게 자기 심정을 고백하고 있다. 그러면서 저승길 돌아가는 데 시장하지 않도록 소금에 밥이나마 많이 들고 가라고 당부한다.

두 번째 단락은 만술 아비의 지극한 마음을 감지한 망자의 혼령이 아들에게 말한 내용이다. [1] 여기서도 "니 정성이 엄첩다"라는 경상도 어투

---

1) 이 후반부의 응답을 제사에 참여한 제삼의 인물이 만술 아비에게 하는 말로 보는 견해도 있지만,

는 엄청난 울림을 지닌다. '엄첩다'라는 말은 '대단하다'라는 뜻의 경상도 방언인데, 이 말은 가난하게 살면서도 망자에게 정성을 다하는 아들의 모습에 감탄한 경상도 산골 사람의 소박한 감정을 그대로 전달한다. 아들의 정성에 감동하여 아버지의 망령도 눈물을 비치고 그 눈물이 돌아가는 저승길에 굵은 밤이슬로 맺힌다고 말한다. 말하자면 밤이슬은 소금과 밥밖에 올려놓지 못한 만술 아비의 슬픔이자 그 정성에 감동한 아버지의 눈물이다.

이 시는 사람이 죽은 뒤에도 제사를 지낼 때에는 그 혼령이 찾아온다는 전통적인 속신俗信을 전제로 삼고 있다. 혼령에게 말을 건네고 혼령이 제사상의 음식을 먹기도 하고 사람에게 응답도 한다고 생각한 것이다. 이렇게 생각하면 제사는 이승과 저승을 잇는 통로가 된다. 사람이 죽으면 그것으로 끝이라고 생각하는 것보다 죽은 다음에도 제사를 통해 그 사람을 계속 만난다고 생각하는 것은 현세의 삶을 확장하는 작용을 한다. 박목월은 기독교인이지만 제사를 아버지의 혼백과 아들의 정성이 만나는 의식의 공간으로 보고, 그것을 통해 망자와 생자가 대화를 나누는 신비로운 장면을 연출해 본 것이다.

이 시는 현세적 삶의 차원을 넘어서서 이승과 저승을 넘어서서 생자와 망자 사이에 오가는 인정의 교감을 다루었다. 앞의 「하관」 같은 시에 보이던 지적으로 절제된 비애의 정조가 여기서는 망령도 감응하는 정한의 육성으로 바뀌었다. 「하관」에서 이승과 저승이 서로 소리가 전달되지 않는 단절된 공간이라고 생각했는데 여기서는 이승과 저승 사이에 대화가

"이승 저승 다 다녀도"라는 구절로 볼 때 망자 혼령의 응답으로 보는 것이 타당할 것 같다.
이길연, 「박목월 시에 나타난 경상도 방언의 효과」, 『한국문예비평연구』 38, 2012. 8, 23쪽에서도 거두절미하고 망자인 아버지의 응답으로 분석했다.

가능하고 감정의 교류가 이루어진다. 도시적 지성에서 토속적 정한의 세계로 넘어오자 망령과의 대화도 가능해진 것이다. 이것은 앞에서 본 「이별가」의 주제와 연결되기도 한다. 박목월이 고향의 토속적 삶에 관심을 기울이자 이와 같이 다채로운 성취를 보이게 되었다.

한계

모든 것은
제 나름의 한계에 이르면
싸늘하게 체념한다.
그 나름의 둘레에
동그라미를 그리고
안으로 눈을 돌린다.
참으로 체념을 모르는 자는
미련하다.
지금
숙연한 나의 손.
그리고
알라스카로 우회하는
에어라인의 그 방향으로
백만 광년의 저편에서
현현玄玄한
대웅좌大雄座의 성운星雲.

『무순』

여기서부터 『무순』의 시편이다. 이제 박목월의 상상력은 자연에서 인생을 거쳐 우주로 확대된다. 시인이 자신의 시세계의 변화에 대해 젊어서는 이상의 하늘을 보다가 중년이 지나서 현실의 지평선을 보고 나이가 들어서는 영원의 하늘을 본다고 말했다는 기록이 있다.[1] 그는 이 시에서 백만 광년 저편 천공에 아득히 떠 있는 대웅 성좌에 관심을 갖는다.

박목월은 이 시에서 이미지로 생활을 표현하고 실존적 의식도 이미지로 표현하는 모더니즘 시학을 실험하고 있다. 모더니즘 시학의 지평에 사투리는 더 이상 쓸모가 없다. 토속적 정취 대신에 세련된 현대적 감각에 의한 과학적 용어가 채용된다. 그는 시대에 뒤지지 않는 현대적 감각의 시를 기획한 것이다. 한국시사에서 잠시도 쉬지 않고 시적 변신을 꾀한 드문 시인의 자리에 박목월이 놓임을 알 수 있다.

현대적 감각은 현대적 잠언을 탄생시킨다. "모든 것은/제 나름의 한계에 이르면/싸늘하게 체념한다."가 그가 만들어 낸 현대의 잠언이다. 그가 마주한 도시 문명, 기계 문명의 속성은 싸늘한 체념이다. 그것은 한계에 도달한 자가 보여주는 냉담한 수용의 자세다. 인생의 희로애락에 반응하고 감정의 다양한 분사를 표현하는 것은 일정한 영역이 지나면 한계에 도달한다. 감정 표현의 한계에 도달했을 때 냉정하게 체념하고 자신의 내면을 관조하는 존재론적 묵상이 등장한다.

안으로 눈을 돌리는 것이 이승과 저승의 연결을 상상한다거나 인연의

---

1) 한광구, 「고개 한 번 끄덕이는 일생이라시더니」, 목월문학포럼 엮음, 『박목월』, 국학자료원, 2008, 260쪽.

덧없음을 한탄하는 것보다 훨씬 현대적인 자세가 된다. 시인은 "둘레에 동그라미를 그리고" 안으로 눈을 돌린다고 했다. 이것은 현재 존재하는 실존의 위상에 충실하겠다는 뜻이다. 우리의 호명이 바람에 날려 저승에 도달하기를 바라는 것이 전근대적인 상상이라면 실존의 영역을 분명히 파악하고 그 한계를 인식하는 것은 과학적인 상상이다. 시인은 이러한 냉정한 과학의 자세로 생을 파악하려 한다. 이것은 전근대적 운명론의 한계를 넘어서겠다는 뜻이다. 운명론의 영역에 갇혀 있는 것은 미련한 일이고 거기서 벗어나 체념을 깨닫는 것은 숙연한 일이라고 했다. 이것은 새로운 현대적 미학의 선언이다. 그의 '사력질' 연작과 '무순' 연작은 이러한 현대적 미학의 토대에서 창조된 작업이다.

숙연한 창조의 손을 제시한 다음에 매우 독특한 천체 미학을 배치한 것은 그의 미학의 성격을 분명히 드러내려는 전략이다. 비행기가 아메리카로 항해할 때 알래스카로 우회하는 항로를 택할 수 있다. 이러한 지식 자체가 현대 과학의 산물이고 이것은 경상도 방언으로 착색된 토속적 정서와는 사뭇 다른 것이다. 그는 "뭐락카노"와 "아베요 아베요", "엄첩구나 내 새끼야"(「천수답」)의 세계에서 떠나 알래스카로 우회하는 에어라인의 궤도, 그 현대적 과학의 영역에 진입한 것이다. 그래서 언어도 모더니즘의 외래어가 채용된 것이다.

그러한 서구적 심상의 회로에는 저승으로 가는 바람 대신에 무어라 말할 수 없이 오묘하고 심오한 대응성좌의 성운이 무리지어 있다. 그 성운은 백만 광년 저편에 있다. 빛의 속도로 백만 년을 가야 하는 거리란 우리의 머리로 헤아릴 수 없는 거리다. 전근대적 정서로는 재구해 내기 어려운 오묘하고 신비로운 우주로 그의 시선이 확대된 것이다. 이승과 저승의 단절을 넘어서는 과학적 공간성의 확보다. 그는 새로운 모더니즘 시학으로 발을 내디딘 것이다. 이때 그의 나이 50대 후반, 저승의 흰 옷자락을 엿

본 시인이 새로운 시도를 하기에는 늦은 나이지만, 창조의 시인 박목월은 '사력질'과 '무순'의 세계로 발을 옮겼다.

빈 컵

빈 것은
빈 것으로 정결한 컵.
세계는 고드름 막대기로
꽂혀 있는 겨울 아침에
세계는 마른 가지로
타오르는 겨울 아침에.
하지만 세상에서
빈 것이 있을 수 없다.
당신이
서늘한 체념으로
채우지 않으면
신앙의 샘물로 채운다.
그리고
오늘 아침에는
나의 창조의 손이
장미를 꽂는다.
로오즈 리스트에서
가장 매혹적인 죠세피느 불르느스를.
투명한 유리컵의
중심에.

『무순』

　시인은 겨울의 빈 컵을 두고 명상한다. 과학적이고 현대적인 명상이다. 빈 컵은 빈 그대로 정결하다. 아무것도 꽂지 않은 그 모습이 컵의 본질처럼 느껴진다. 겨울 아침은 무척 춥다. 온 세계가 꽁꽁 얼어붙어 있는 듯하다. 세계가 고드름 막대기처럼 얼어붙어 빈 컵에 꽂혀 있다는 생각이 든다. 빈 컵을 두고 명상했기에 그러한 상상이 가능했다. 세계가 고드름 막대기처럼 얼어붙은 것 같지만, 보는 각도에 따라 세계는 타오른다고 볼 수도 있다. 온갖 뜨거운 이슈가 충돌하여 잠시도 느슨해지지 않는 것이 세상 아닌가? 그러니 고드름 막대기로 얼어붙은 것이 아니라 마른 가지처럼 타오른다고 볼 수도 있으리라. 빈 컵에 마른 가지처럼 타오르는 세계의 모습이 어른거리는 것 같기도 하다.

　비어 있는 컵을 그대로 두는 것은 허전하다. 거기 무엇인가를 채워야 한다. 인간은 빈 곳에 무언가를 채우고 싶은 호기심과 욕망이 있다. 한 겨울의 빈 컵에 무엇을 채워야 할까? 모든 것이 얼어붙은 겨울이니 욕망을 절제한 서늘한 체념으로 채우는 방법이 있을 수 있다. 아니면 경건한 신앙의 샘물로 채우는 방법도 있다. 그런 추상적인 관념으로 채우는 것보다는 빈 컵에 어울리는 사물을 담아 두는 것이 좋으리라. 시인은 장미를 생각했다. 투명하고 정결한 빈 컵에 꽂을 것이라면 세상에서 가장 아름다운 장미를 꽂는 것이 좋을 것이다. 시인은 많은 노력을 기울여 가장 고귀한 장미의 이름을 찾아냈다. 그 장미의 이름은 "조세피느 불르느스".

　그러나 아무리 검색을 해 보아도 이러한 장미의 이름은 찾을 수 없다. 가장 유사한 것에 '조세핀 부르스'라는 흑장미가 있다. 장미를 극도로 좋아했던 나폴레옹의 황후 조세핀이 장미 공원을 만들고 전문 기술자들에게 육종을 맡겨 만들어낸 품종이라고 한다. 박목월은 정결한 빈 컵에 꽂을 매혹적인 장미 이름을 찾으려 많은 노력을 기울였던 것 같다. 아니면 누군가가 '조세핀 부르스'라는 진귀한 흑장미가 있다고 알려 주었을 수도 있다. 이 외래어를 감당하기 위해서는 그에 맞는 영어가 먼저 배치되어야 한다. 그것이 "로오즈 리스트"다. 장미 목록이라고 해도 좋을 것을 시인은 일부러 영어 단어를 써서 그 다음에 "조세피느 불르느스"가 놓일 전진 배치를 한 것이다. 시어를 안배하는 박목월의 주도면밀한 구성력과 여전히 섬세하게 작동하는 음성적 감응력을 알려주는 대목이다. 외국어가 배치된 이 두 행은 마치 음악의 소절이 연주되듯 부드럽게 읽힌다. 물이 흐르듯 혀가 구르는 느낌을 받는다. 그는 정결한 빈 컵에 이렇게 신비롭고 아름다운 그 무엇을 꽂고자 한 것이다.

그러면 이 장미는 정작 무엇을 나타내는 것일까? 우리는 그 앞에 있는 "나의 창조의 손"이라는 구절에 세심한 주의를 기울여야 한다. 시인은 빈 컵에 장미를 꽂는 것을 하나의 창조 행위로 생각했다. 요컨대 장미를 꽂는다고 말했지만 실은 자신이 창조한 시로 빈 공간을 채우고 싶었던 것이다. 이왕 창조를 한다면 최상의 창조, 로즈 리스트 중에 최상급으로 꼽히는 조세핀 부르스 같은 최고의 작품을 써서 허전한 마음을 채우고 싶었던 것이다. 그러한 마음의 움직임을 직접 드러내지 않고 장미를 꽂는 것으로 에둘러 표현한 50대 후반의 박목월. 그는 여전히 최상급의 감수성과 시적 예지를 지키고 있는 시인이었다.

나의 자시^{子時}

쇠붙이에도 녹이 슨다.
서늘한 그늘이 깔리는
뒷골목.
세계는 차갑게 응결되고
인간의 성의는
안으로 불씨를 묻고
계단을 내려간다.
팔짱을 끼고
이미 숨을 자는 숨고
떨어질 것은 떨어져 버렸다.
청산이 끝난 정결한 세계여.
입을 벌리면
말보다 입김이 허옇게 서리는
진실 속에서
우리들의
손이 닿을 수 없는 뒷등의
황량한 들판에
나의 자시의 북극성.

『무순』

　늘 밤에 글을 쓰는 시인은 자정 무렵의 깊은 밤에 또 하나의 사색과 명상을 펼쳤다. "쇠붙이에도 녹이 슨다"는 것은 세상 만물이 노쇠의 과정을 거친다는 뜻이다. 아무리 단단한 쇠붙이도 녹이 슬어 삭기 마련이다. 박목월은 나이 오십이 넘으면서 유달리 늙음에 신경을 많이 썼다. 고혈압으로 인한 육체의 질병 때문에 건강에 자신이 없어서 생긴 현상일 것이다. 계절은 겨울이라 세계는 차갑게 응결되었다고 했다. "서늘한 그늘이 깔리는 뒷골목"의 음산한 기운을 시인은 느낀다. 상승하는 기류보다 쓸쓸하게 하강하는 적막한 분위기에 더 관심이 쏠리는 시인의 눈길을 감지할 수 있다. 인간이 지닌 정성스러운 마음도 안으로 불씨를 머금기는 했지만 "계단을 내려간다"고 했다. 전체적으로 하강과 침잠의 느낌이 주도하는 심야의 고적한 명상이다.

　"안으로 불씨를 묻고"라는 시행에서 긍정의 여운을 느낄 수는 있지만 다음에 펼쳐지는 명상은 더욱 우울하다. "팔짱을 끼고"라는 말은 방관의 의미를 나타낸다. 세상에 직접 관여하지 않고 거리를 두고 지켜본다는 뜻이다. "숨을 자는 숨고" 역시 세상에 당당히 나서지 못하고 어딘가로 잠적해 버린 비겁한 태도를 나타낸다. "떨어질 것은 떨어져 버렸다"는 것은 세상의 압력에 굴복하거나 희생된 상황을 의미한다. 전반적으로 현실에 대한 부정적 상황이 나열되었는데, 이것은 당시 시인이 살았던 70년대 초의 우울한 정치 상황을 암유한 것으로 보인다. 이러한 상황에 대한 시인의 최종적 단언은 오히려 간결하다. "청산이 끝난 정결한 세계여"이다. 이것은 정치적 상황에 대한 복잡한 번민을 피하고 모든 것을 체념하는 소극적인 자세인데, 당시의 상황을 수용할 수밖에 없는 시인으로서는 어쩔 수 없는 선택이라 하겠다.

그럼에도 불구하고 앙금처럼 남는 아쉬운 감정은 암시적인 시행 하나로 처리했다. "말보다 입김이 허옇게 서리는 진실"이 그것이다. 말로는 표현을 못하지만 자신의 속마음을 토로할 때 품어져 나오는 입김은 속일 수 없다는 뜻이다. 진실을 겉으로 발설하지는 못해도 말하고자 하는 내면의 지향에 의해 입김은 허옇게 서려 남는다는 뜻이다. '하얗게'가 아니라 '허옇게'라고 써서 우울한 내면에 서리는 진실의 음영을 표현했다.

사람은 자신이 하고 싶은 일을 다 하지 못하고 시들어 갈 수밖에 없다. 우리의 몸도 우리 뜻대로 되는 것이 아니어서 우리 뒷등에 손 한 번 대지 못하고 평생을 보내게 된다. 우리의 손이 닿지 못하는 뒷등 저편에 정말로 우리 손을 뻗칠 수 없는 황량한 벌판이 있다. 그 미지의 세계 위쪽으로 자정의 북극성이 떠 있다. 그것을 시간의 흐름을 초월하여 영원히 빛날 터인데, 시인은 뜻밖에도 그 북극성을 "나의 자시의 북극성"이라고 했다. 어째서 '나의'란 말을 넣은 것일까? 얼어붙을 것은 얼어붙고 사라질 것은 사라지는 냉엄한 세상의 진행 속에서 그래도 자신의 창작의 영혼은 북극성처럼 영원하리라고 생각한 것이 아닐까? 세상의 덧없음을 명상하는 자정의 시간에도 영혼의 북극성은 영원하리라는 상상을 펼친 것이다.

하나

시멘트바닥에
그것은 바싹 깨어졌다.
중심일수록 가루가 된 접시.
정결한 옥쇄玉碎(터지는 매화포)
받드는 것은
한 번은 가루가 된다.
외곽일수록 원형을 의지意志하는
그 싸늘한 질서.
파편은 저만치
하나.
냉엄한 절규.
모가 날카롭게 빛난다.

『무순』

　이것은 「사력질」 연작의 첫 번째 작품이다. '사력질^{砂礫質}'이란 말은 거친 모래와 자갈밭 같은 상태라는 뜻이다. 시인이 살아온 세상이, 그리고 앞으로 걸어갈 죽음까지의 길이 자갈밭 같은 모습이라고 생각하고 이러한 제목을 설정한 것 같다. 흔히 사용하는 말이 아니라는 점에서 시인이 고심해서 정한 제목임을 짐작할 수 있다. 생에 대한 사색의 시편을 '사력질'이라는 난해한 단어로 내세운 것에서부터 새로운 시를 써보겠다는 기획 의도를 엿볼 수 있다. 그 첫 결실이 견고한 이미지로 구성된 위의 작품이다.

　이 시에는 박목월 시에 그토록 빈번하게 모습을 드러내던 화자 '나'가 감추어져 있다. 중립적 화자의 위치에서 대상의 외곽만을, 그 이미지만을 제시할 뿐이다. 목월의 시는 한자어를 적재적소에 배치하여 의미의 함축을 꾀하는 경우가 많은데 위의 시에서도 한자어는 그 자체의 형상성과 함께 다양한 의미를 포괄하는 압축적 이미지의 구실을 충분히 감당하고 있다. 예를 들어 앞의 「비유의 물」 같은 시에서도 순리, 진로, 잠적, 현신 등의 한자어를 적절히 구사하여 하나의 시어 속에 다층적 의미를 엮어 넣었는데 위의 시도 옥쇄, 외곽, 원형, 절규 등의 시어가 단어 자체의 뜻을 넘어서는 시적 의미를 실현하고 있다. 그것은 초기 시에서 추구하던 음악성의 대치물이자 시각적 이미지의 단순성을 넘어선 어떤 관념적 이미지의 집적물이라고 볼 수 있다.

　이 시는 사물의 사물다움을 추구하기 위해 대상의 일상적 디테일을 제거하고자 했던 인상파 화가의 묘사법을 연상시킨다. 깨어진 접시의 일상적 의미를 제거해 버리고 그것을 하나의 사물로 볼 때 비로소 "정결한 옥쇄”라는 말을 얻을 수 있다. '옥쇄'는 원래 옥이 부서진다는 뜻인데 일반적 맥락으로는 절의를 지키고 공명을 세우기 위해 생명을 버린다는 뜻으로 사용된다. 이 시에서는 절의나 공명과는 관련이 없고 다만 질서 있고 깨끗한 모습으로 존재를 마감하였다는 뜻으로 사용되었다. 중심 부분은 가루가 되고 가장자리 부분은 원래 모습을 어느 정도 유지하면서 깨어지는 모습이 질서가 있고 정결하다는 뜻이다. 중심과 외곽이 뒤바뀌거나 무질서하게 깨어진다면 그것은 시인의 관심 대상이 못 되었을 것이다. 여기에는 사람의 마지막 모습도 이렇게 정결하고 질서가 있어야 할 것이라는 의식이 깔려 있다. 말하자면 탈인간적으로 보이는 이미지 창조의 배면에 인간적인 정감이 감추어져 있는 것이다.

그러나 이러한 표현의 배면에 인간적 정감이 내포되어 있다 하더라도 그것이 구강산 옥 같은 물에 발을 씻던 암사슴의 이미지나 청노루 맑은 눈에 도는 구름의 이미지와 커다란 거리를 지니는 것은 사실이다. 여기에는 누구든지 공유할 수 있는 환상으로서의 아름다움이 제거되어 있다. 그 대신에 “정결한 옥쇄”와 “싸늘한 질서”로 표상되는 기하학적 미의식이 작용한다. 현실과 단절된 상태에서 맑고 깨끗한 상태를 추구한다는 것은 동일하지만, 환상임을 드러내어 현실로 돌아올 문을 열어놓았던 자연미의 세계와는 달리, 깨어진 접시가 갖는 기하학적 미의 세계는 싸늘하고 정결한 대상만이 있을 뿐 현실로 통하는 문은 닫혀져 있다. 이것은 감정을 배제하고 현실을 절연한 이미지의 구도다. 모가 날카롭게 빛나는 파편 하나가 실존의 냉엄함을 표상하고 있을 뿐 인간적 정감은 찾아보기 힘들다. 이것이 「무한낙하」, 「빈 컵」, 「사력질」 계열의 시가 갖는 특징이다.

맨발

경주에는
발이 가벼워야 한다.
골짜기로 달리는 물의 맨발.
어디서 어디로 달릴까.
그것은 나도 모른다.
그 맹목적 경주에서
환하게 눈을 뜨고
콸콸콸 가슴을 울리는
돌개울의 물소리
무엇 때문에 달릴까.
그것은 나는 모른다.
까닭 없이 열중하는 경주에
속잎 뿜어오르는 가로수로
달리는
희고 신선한 맨발.
시간의 물보라.

『무순』

「사력질」 연작의 한 편인 이 작품은 흐르는 개울물을 두고 사색을 펼쳤다. 물은 발이 없고 발이 있다 해도 아무것도 걸치지 않고 달린다. 맨발로 달리는 것, 이것이 물의 속성이다. 육십이 가까운 박목월이 왜 맨발로 달리는 것을 상상했을까? 자신의 노쇠 때문이다. 이제는 경주를 위해 달리는 것이 힘에 벅찬 상태에 이른 것이다. 그는 그늘에 앉아 끊임없이 흐르는 개울물을 보았을지 모른다. 물의 부단한 흐름은 부럽고 경이롭다. 거기서 얻은 시상이 "경주에는/발이 가벼워야 한다"이다.

발이 가벼운 물의 맨발, 그것이 시인은 부러운 것이다. 신을 신고도 제대로 달리지 못하는데 개울물은 맨발로 잘도 달린다. "골짜기로 달리는 물의 맨발"을 보며 시인은 자신이 어디서 어디로 달리는 것이고 어디에서 달려 왔는지 돌이켜본다. 자신도 알 수가 없다. 지금까지 달려온 경주의 행방과 그 의미를. 도대체 어디를 향해 무엇을 위해 왜 달린 것일까? 시인은 모른다고 대답한다. 우리 모두 모를 것이다. 이 세상에 태어난 이유를 모르는데, 지금까지 살아온 이유를 어찌 알겠는가? 사람이 세상을 산다는 것은 "맹목적 경주"에 참가한 것인가? 시인은 맹목의 상태에서 벗어나 가슴을 울리는 "돌개울의 물소리"를 들으며 눈을 떠 보려 한다. 자신의 실체와 생의 의미를 점검해 보려 한다.

생의 의미는 무엇인가? 우리는 무엇 때문에 달리는 것인가? 저 개울은 무엇 때문에 달리는 것인가? 개울물의 흐름이 의미가 없듯 우리의 경주도 의미가 없다. 그 의미를 알 수가 없다. 개울 옆에 가로수가 있었는지 시인은 "속잎 뿜어오르는 가로수"를 제시했다. 한창 물이 올라 속잎을 피워내는 가로수를 본 것이다. 가로수가 속잎을 피워내는 의미가 있는가? 가로

수는 그냥 속잎을 피우고 개울물은 그냥 흐를 뿐이다. 그러면 우리 인간도 그냥 존재하는 것인가? 호모사피엔스인 우리가 그럴 수는 없다. 그러나 지금 당장 생의 의미를 알아낼 도리도 없다.

가로수 옆에는 "희고 신선한 맨발"을 뽐내며 개울물이 흐른다. 그것은 시간의 흐름을 연상시킨다. 시간의 흐름은 목적이 있고 의미가 있는가? 시간이야말로 그냥 흐르는 것이 아닌가? 그냥 흐르는 시간의 연속 속에 우리 인간은 사유하고 행동한다. 인간은 정말 묘한 존재다. 시간이 일으키는 물보라를 바라보며 우리도 저렇게 빛을 내고 흐른다고 흐뭇해하는 것이 아니라 우리가 흐르는 이유는 무엇이냐고 질문한다. 그런 난처한 존재가 인간이고 그런 난처한 질문을 던지는 존재가 시인이다.

무제無題

앉는 자리가 나의 자리다.*
자갈밭이건 모래톱이건

저 바위에는
갈매기가 앉는다. 혹은
날고 끼룩거리고

어제는
밀려드는 파도를 바라보며
사람을 그리워 하고

오늘은
돌아가는 것을 생각한다.
바다에 뜬 구름을 바라보며

세상의 모든 것은
앉는 자리가 그의 자리다.

* 이 시가 처음 발표된 『현대시학』(1971. 5)과 『박목월 자선집』에는 '~다'로 끝나는 종결부에 예외 없이 마침표가 찍혀 있는데, 『무순』에는 불규칙하게 처리되었다. 박목월 시의 경우 일반적으로 마침표가 사용되므로 『박목월 자선집』의 형식을 살려 마침표를 표시했다.

벼랑 틈서리에서
풀씨가 움트고

낭떠러지에서도
나무가 뿌리를 편다.

세상의 모든 자리는
떠버리면 흔적 없다.
풀꽃도 자취 없이 사라지고

저쪽에서는
파도가 바위를 덮쳐
갈매기는 하늘에 끼룩거리고

이편에서는
털고 일어서는 나의 흔적을
바람이 쓰담아 지워버린다.

『무순』

　앞의 시와 연결하여 읽어볼 수 있다. 시간의 물은 끊임없이 흐르고 때로는 물보라를 일으키며 광채를 띠기도 한다. 그러나 인간은 시간의 흐름에 따라 조금씩 시들어간다. 그것이 개울물의 흐름과 인간의 삶이 다른 점이다. 나는 지금 어디에 앉아 있는가? 오십 대 후반의 박목월 시인은 앉아 있는 어딘가가 그의 자리라고 생각한다. 저 바위에 갈매기가 앉으면 갈매기의 자리는 바위 위다. 날고 끼룩거리고 돌아다니는 갈매기나 사람이나 다를 바 없다. 갈매기는 갈매기의 자리가 있고 사람은 사람의 자리가 있을 뿐이다.

　밀려드는 파도를 보며 누군가를 그리워하다가 오늘은 바다에 뜬 구름을 바라보며 어디로 나아갈 것인지 생각한다. 날고 끼룩거리는 갈매기나 우리나 다를 것이 없다. 세상 모든 것은 자신이 정착하는 자리에 머무는 것이다. 풀씨가 벼랑 틈서리에 떨어지면 거기가 그의 자리가 되어 움이 튼다. 나무의 씨앗이 낭떠러지에 떨어지면 그곳에 나무가 뿌리를 내린다. 사람도 마찬가지다. 벼랑 틈서리건 낭떠러지건 앉는 자리가 그의 자리가 되어 거기서 생활의 근거를 형성한다.

　궁벽한 처지에서 고생을 한다고 생각하지만 한 생을 살고 세상을 떠나면 벼랑 틈서리건 낭떠러지건 차이가 없는 것이 인생이다. 고대광실에 살건 산간초옥에 살건 세상을 뜨면 자신이 처했던 자취는 사라진다. 생은 그렇게 공허하고 무상한 것이다. 생의 시간이 끝나면 벼랑 틈서리에 돋아났던 풀꽃도 자취를 감추고 낭떠러지에 돋아났던 나무도 허리를 꺾는다. 떠나면 머물던 자리가 모두 무無로 돌아간다. 갈매기 머물던 바위를 파도가 쓸고 가면 아무 자취도 남지 않는 것과 마찬가지다. 사람의 자리도 바림이 쓸어 가면 아무것도 남지 않는다. 생은 그렇게 허망하고 덧없는 것이다. 기독교 신앙인으로서는 어울리지 않는 허망의 무상감을 노래했다.

왼손

시를 빚는, 새로운 질서와
창조의 세계 옆에
숙연한 나의 왼손.
그것은
결코 연필을 잡는 일이 없다.
연필의 연한 감촉과
마찰에서 빚어지는 언어의
그물코를 뜨지 않는다.
하물며 상상의 그물에 걸려든
황금의 고기를 잡지 않는다.
그것과는 대조적 극極에서
나의 왼손은
존재의 숙연한 진실을 증명한다.
다섯 손가락은
하나하나 엄연한 사실이
진실을 웅변하는
입술을 다물고,
상상의 그물 사이로 열리는
새로운 여명을 응시한다.
다만 그것은
현실의 바다에서 낚아 올리는
피둥피둥 살아 있는 고기를
황급하게 잡을 뿐이다.
그리고 지금
시를 빚는 창조의 세계 옆에서

현실의 준엄성과
존재의 확실성을 증명한다.
그 왼손에 서렸는
거창한 침묵과 정적.
사람들은 누구나
오른손을 내밀고 악수를 청하는
그 왼편에 있는
숙연한 존재를 깨닫지 못한다.

『무순』

　박목월 시인은 오른손잡이였을 것이다. 평소 아무 일도 하지 않고 뒤편에 있는 왼손을 소재로 시를 썼다. 일상의 국면에서 소외된 소재를 잡아내어 시의 화제로 삼은 시인의 상상력이 돋보인다. 글씨도 오른손으로 쓰니 시를 쓸 때도 왼손은 할 일이 없다. 결코 연필을 잡는 일이 없는 왼손을 숙연하다고 했으나 사실은 그냥 잉여의 존재로 무의미하게 존재한다고 해야 옳을지 모른다. 연필을 잡는 일 없이 창조의 작업에 동참하지 않는 왼손. 왼손이 갖는 의미는 무엇인가? 시를 빚는 창조의 노동에 전념하는 오른손에 비해 숙연하게 침묵을 지키고 있으니 왼손을 경건한 묵상가라고 할 수 있을까?

　시인은 시 창조의 과정을 독특하게 표현했다. "새로운 질서"를 빚어내는 것이라고 했고 연필의 연한 감촉과 마찰 사이에서 언어의 그물코를 뜨는 작업이라고 했다. 이 구절에서 우리는 시인의 독특한 시 의식을 만날 수 있다. 박목월은 시를 언어의 새로운 질서, 사유의 새로운 질서를 창조하는 작업이라고 생각한 것이다. 일상의 언어와 사유에서 벗어나 자신만의 새로운 언어와 사유를 만들어내는 과정이라고 본 것이다. 이것은 예술 창조의 가장 엄격한 궤도에 시 창작을 진입시킨 것이다. 시 쓰는 것을 마음에서 우러나는 대로 즉흥적으로 감정을 표현하는 일이 아니라 언어와 사유를 새로운 질서 속에 편입시키는 작업이라고 생각한 것은 시 창작을 높은 예술적 위치로 상승시킨 매우 중요한 사례다. 그는 예술 창조라는 정상의 자리를 향해 가장 진지한 자세로 창작에 임해 온 것이다.

　박목월은 언제나 연필을 깎고 심을 갈아 시를 썼다고 한다. 그것은 새로운 질서를 창조하기 위한 경건한 준비 활동이다. 새로운 질서를 창조하려면 집필 도구인 연필에도 새로운 질서를 부여해야 한다. 연필을 형성하고 있는 목질의 향을 맡으며 연필을 깎고 글씨를 쓸 심의 끝을 예리하게 만들어야 종이 위에 새로운 창조가 시작되는 것이다. 딱딱한 듯하지만 종이를 만나면 연하게 미끄러지는 연필의 심, 그리고 종이와 심의 마찰에 의해 백지 위에 남겨지는 글씨, 그것에 의해 시가 기록된다. 유연한 물질과 딱딱한 물질이 만나 마찰을 일으킬 때 언어의 그물코가 뜨여진다. 새로운 질서의 창조는 부드러움이나 딱딱함만으로는 안 되고 그 둘의 접촉과 마찰에 의해 이루어진다는 것을 말하고 있다. 이것 역시 예술 창조의 중요한 원리를 제시한 것이다. 새로운 질서의 구축과 극단을 지양한 균형, 이것이 예술 창조의 중요한 원칙이다. 박목월은 이 원칙에 의해 시를 써 온, 몇 안 되는 귀중한 시인의 하나다.

좋은 시를 쓴다는 것은 언어를 질서 있고 균형 있게 다루면서 상상의 그물을 펼쳐 황금의 고기를 잡는 작업이다. 그 일을 수행하는 것은 시인의 머리와 가슴이지만 그것을 기록으로 옮기는 것은 오른손이다. 오른손의 끊임없는 노동과 대조되는 자리에 왼손이 자리 잡고 있다. 그것은 아무 일도 하지 않는 것 같지만 시인은 왼손을 "존재의 숙연한 진실을 증명"하는 존재로 본다. 오른손이 노동에 전념할 때 왼손은 "상상의 그물 사이로 열리는/새로운 여명을 응시한다."고 했다. 이것은 새롭고 놀라운 발견이다. 시를 쓰는 것은 시인의 온몸이 벌이는 작업이다. 머리나 가슴이나 오른손이 하는 일이 아니라 시인의 온몸이 통째로 전념하는 작업이다. 오른손이 창조의 결과를 연필로 받아 적을 때 시인의 온몸은 또 하나의 창조 행위를 향해 이미 나아가고 있다. 창조는 조금도 그침이 없다. 그러니 가만히 침묵을 지키고 있는 것 같은 왼손이 새로운 여명을 응시한다는 말은 진실이다.

비유로 말하면 노동에 전념하는 오른손은 현실의 바다에서 살아 있는 고기를 낚아 올리는 일을 한다. 그 작업은 가시적이어서 우리는 그것을 눈으로 바라볼 수 있다. 그러한 가시적 활동이 이루어지는 것과 동일한 시간에 시인의 온몸은 또 다른 황금의 고기를 낚을 상상의 그물을 준비한다. 그것은 보이지 않지만 시인의 내면에서 진행된다. 그것을 상징적으로 보여주는 것이 왼손이다. 왼손은 침묵의 정적을 지키고 있지만 그것을 통해 내면에서 진행되는 존재의 부단한 움직임을, 존재의 확실성을 증명한다. 왼손의 침묵이 없다면 오른손의 노동도 불가능하다. 이것이 박목월이 포착한 존재의 실상이다.

사람들은 누구나 가시적 활동을 중시한다. 그런 사람들의 시선에 오른손이 바삐 움직이는 것이 보인다. 우리들은 모두 오른손의 가시적 활동성을 중시한다. 오른손이 현실적 활동을 벌일 때 왼손은 침묵 속에서 보이지 않는 창조 작업을 하고 있다. 우리들은 일반적으로 왼손의 존재를 잊고 산다. 가시적 세계를 넘어선 보이지 않는 세계에 우리의 존재성이 닿아 있다는 것을 지각하지 못한다. 그 양자를 균형 있게 수용할 때 인간의 존재는 완전해질 것이다. 감추어진 존재의 이면을 왼손을 통해 형상화한 이 작품 역시 박목월 시의 독창적 상상력이 뚜렷이 드러난 매우 희귀한 창조물이다.

밸런스

수평으로 양팔을 벌리고
혼신의 집중으로 밸런스를 잡는다.
수평대 위에서.
라는 것은
그것으로 나는 수직적
자세를 가다듬는다.
너와의 관계를 유지하면서.
그것은
결코 독선도 자아도취도 하물며
중용적인 체조 연습이 아니다.
사회는 시궁창의 범람하는
수렁이 아니며, 우리는
고독의 불모지에 팽개쳐진
말뼈다귀가 아니다.
어린 날의 수평대에서
그 연한 모발을 태운 빛나는
태양을 상기한다.
라는 것은
인력引力의, 친화력의, 지상에서
모든 인간은 양팔을 벌리고
수평대에서
밸런스를 잡는다.
라는 것은 그것으로
인간은 인간으로서의
수직적인 자세를 바로잡는다.

하얀 타원형으로 빠져나간
사랑은, 그렇다하여
장대 끝에 맴도는 접시의
곡예가 아니다.
너와의 관계를 유지하면서
때로는 달리는 말 엉덩이에서
양팔을 벌리고
수평을 취하지만 혹은
아세치린* 불빛에 얼룩진
천막의 허공에서 흔들리는
그넷줄 위에서 수평을 취하지만
그것은 곡예가 아니다.
어느 곡예사도 혼신의 집중으로
조화를 도모하려는 그런 뜻에서
본질적으로 곡예일 수 없다.
물론 누구나 마지막에는
두 손으로 허공을 잡으며
떨어지게 된다. 수평대 위에서
하늘의 추가 한편으로 기울면.
하지만 그것은
넘어지는 것이 아니다.
영원으로 출렁거리는
파도를 타려는 또 하나의
수평 자세이다. 양팔을 벌리고

---

* '아세틸렌'이 표준 표기에 맞는 말인데, 외래어는 시집 표기대로 적는다는 원칙에 의해 원본대로 표
기한다. 카바이드를 물에 넣으면 아세틸렌이라는 유독한 가스가 발생하는데 이것으로 불을 켜서 간
이 램프로 이용했다.

라는 것은 눕는 것이
가장 편안한 수평 자세이기 때문이다.
어린 날의 두 다리를 뻗고
잠드는 감미로운 망각과
휴식의 손에 쥐어진
무심한 꽃.

『무순』

앞의 시 「왼손」에서 보았던 오른손과 왼손의 균형감각에 대한 사유가 이 시에서 더욱 확대되어 인간의 삶과 죽음에 대한 독특한 명상이 펼쳐졌다. 시의 길이가 길고 시행도 독특한 방식으로 배치되어 박목월의 야심작이 틀림없는데, 많이 거론되지 않아서 여기서 자세히 음미하며 시의 의미를 충분히 드러내려 한다.

몇 번 반복되는 "라는 것은"이라는 말은 다음에 검토할 「자수정 환상─돌의 시 4」에서 "라고 말하지 않는다"로 변주되어 사용된다. 이것은 무어라 단정하기 어려운 사유의 흐름을 표현하기 위한 시인의 고심 어린 고안이다. 어린 시절 체육시간에 평균대 위에 올라 양팔을 벌리고 평형을 유지하는 활동을 한 일이 있다. 시인도 그것을 떠올리며 수평의 밸런스를 이야기한다. 세상을 사는 것이 평균대 위에서 수평을 유지하며 위태롭게 버티는 것과 같다고 생각한 것이다. 그러한 상태를 표현한 후 생각을 전환하여 수평의 균형을 잡는 것은 곧 너와의 관계를 유지하기 위한 수직적 자세를 가다듬는 일이라고 말을 바꾼다. 이 전환의 어법은 매우 독특하고 현대적이다. 두 생각의 엇갈림을 이러한 화법으로 표현하는 것이 적절한가에 대해 시인의 고민이 있었을 것이다.

수평으로 균형을 잡듯 수직의 자세를 제대로 취하고 너와의 관계를 유지하는 것이 세상을 사는 일반적인 방법임을 시인은 조금 난해한 어구로 이야기했다. 이 대목이 복잡해진 것은 시인의 사유가 그만큼 복잡하게 전개되었기 때문이다. 수직으로 똑바로 자세를 유지하는 것은 나만 잘났다는 독선도 아니고 자아도취도 아니며 어느 쪽에도 기울지 않는 중용의 동작을 연습하겠다는 뜻도 아니라고 했다. 다만 사회생활을 하면서 "시궁창의 범람하는 수렁"에 빠지지 않고 "고독의 불모지에 팽개쳐진 말뼈다귀"
신세가 안 되려면 그러한 수직의 자세를 유지하며 자신의 자리를 지킬 필
요가 있다는 것이다. 타락한 사회 현실에 휩쓸리지 않으려면, 남에게서
버림받는 무의미한 존재가 되지 않으려면, 균형을 취하며 자기 자리를 지
키는 그런 삶의 방식이 필요한 것이다.

그러면 그것은 자신의 고결한 자리를 지키겠다는 뜻인가? 여기서 시
인은 문득 어린 시절 평형대 위에 서서 멋지게 균형을 취했을 때 머리털
을 간질이던 빛나는 태양을 떠올린다. 그것은 행복한 추억이다. 그러나
나이가 들어 힘이 빠진 지금 그런 멋진 평형의 자세를 취할 가능성은 없
다. 사회에 적응하면서 인연의 끈에 이끌리고 친화력에 수용되면서 그래
도 수직의 자기 자리를 지키려는 노력을 할 뿐이다. 이 대목을 표현할 때
시인은 다시 시행의 엇갈리는 구문을 활용했다. 양팔을 벌리고 평균대 위
에서 평형을 취하는 것은 곧 인간으로서 자기에게 맞는 수직적인 자세를
취하는 것과 마찬가지라는 식의 말을 한다. 사람에게는 때로 수직의 자세
에서 벗어나 균형을 잃고 정상 범위에서 이탈하는 행동을 보이는 경우도
있다. 충동적인 사랑의 행위가 그러할 것이다. 그것은 정상의 궤도에서
벗어나 "하얀 타원형"의 곡선을 그으며 이탈하는 행동이다.

그러면 우리가 수직의 자세를 취하여 균형을 유지하는 것은 일종의 곡
예인가? 장대 끝에 아슬아슬하게 접시를 돌리거나 달리는 말 위에서 균형
을 취하는 그런 곡예에 속하는 것인가? 우리가 사는 것이 위험한 아세틸
렌으로 불을 밝히고 천막 위의 허공에서 그네를 타는 곡예처럼 보이지만,
그것은 결코 서커스의 잔재주가 아니라고 시인은 말한다. 서커스의 곡예
사조차 혼신의 노력을 기울여 자신의 묘기를 보이기 때문에 그것은 곡예
가 아니라 근엄한 삶의 과정이라고 결론짓는다. 우리가 최선을 다해 평
형대 위에서 균형을 유지하듯 수직의 자세를 취하고 혼신의 노력으로 조

화를 추구하는 것이 삶의 정당한 방식이다. 이것이 박목월의 삶의 자세고 생활 철학이다.

다음에 시인은 인간의 죽음을 이야기한다. 죽음이란 허공에서 균형을 잃고 바닥으로 떨어지는 것처럼 보인다. 그러나 죽음에 대한 시인의 명상은 뜻밖에도 긍정적이다. 그것은 균형을 잃고 나락으로 떨어지는 것이 아니라 "영원으로 출렁거리는/파도를 타려는 또 하나의/수평 자세"라고 시인은 말한다. 죽음에 대해 막막한 감정을 노래한 이전의 시편에 비하면 달관의 긍정적 사유로 변화한 모습에 놀라게 된다. 죽음이 영원의 파도를 타려는 수평 자세라니. 이러한 달관의 예지를 어디서 얻은 것일까? 그는 어린 시절 양팔을 벌리고 두 다리를 뻗고 편안하게 누웠던 기억을 떠올린다. 그렇게 편안하게 잠이 들면 모든 것을 잊고 휴식을 취할 수 있었다. "감미로운 망각과/휴식의 손에 쥐어진/무심한 꽃"이 죽음이라고 이야기하고 있다. 이것은 죽음에 대한 표현 중 가장 아름답게 정제된 시구다. 그는 왼손과 오른손의 균형에 대한 명상을 통해 죽음과 삶도 균형 있게 받아들이는 매우 희귀한 자리에 이르렀다.

겨울 선자扇子

오전에는
제자의 주례를 보아주고
오후에는
벼루에 먹을 간다.
이제
난을 칠 것인가, 산수를 그릴 것인가.
흰 종이에
번지는 먹물은 적막하고.
가슴에 붉은 꽃을 다는 것과
흰 꽃을 꽂는 것이
잠깐 사이다.
겨울 부채에
나의 시,
나의 노래,
진실은 적막하고
번지는 먹물에 겨울 해가 기운다.

『무순』

아무 것도 아닌 것 같은 첫 네 시행이 애잔하고 의미 있게 다가온다. 이 구절의 애잔한 의미를 제대로 파악하기 위해서는 이 구절을 세심하게 읽어야 한다. 오전에 제자의 주례를 보고 오후에 먹을 간다는 평범한 말이 왜 애잔한 울림을 일으키는가? 『월간문학』(1971. 3)에 이 시를 발표했을 때 시인의 나이 쉰여섯이고, 건강이 그리 좋지 않았다. 그래서 세상일에 가능한 한 손을 놓고 마음의 여유를 찾으려 했다. 그런 상태에서 추운 겨울에 주례를 서는 것은 부담스러운 일이다. 정장을 하고 사람 많은 곳에 서야 하고 긴장을 하고 주례사를 말해야 하고 바른 자세로 사진을 찍어야 한다. 거절해도 좋을 상황인데 시인은 제자의 부탁을 수락했다. 그리고 그것을 아무렇지도 않은 일과의 하나로 제시했다. 마치 자신이 일상으로 행하는 일인 것처럼 지나가듯이 언급했다. 그 무심한 어조가 이 당시 박목월의 마음의 흐름을 읽게 한다.

그런 마음이니 벼루에 먹을 갈아 난을 치는 것이 어울릴 것이다. 겨울 부채의 빈 공간에 그림을 그리기로 했다. 먹을 갈고 나서, 난을 그릴까 산수화를 그릴까 망설였다고 했다. 먹을 가는 동안은 생각을 하지 않고 먹 가는 일에만 열중했다는 뜻이다. 이 망설임이 앞의 네 시행의 무심함과 잘 어울린다. 무심한 마음이 없으면 나올 수 없는 시구들이다. 오전에 제자의 주례를 보아주고 오후에 벼루에 먹을 가는, 참으로 부러운 무심의 시간을 시인은 누렸다.

빈 화폭을 보는 시인의 눈길은 적막하다. 빈 종이도 적막하고 거기 번지는 먹물도 적막하다. 그것이 이루는 분위기도 고요하다. 이것은 무심의 마음과 잘 통한다. 먹물을 번지게 하여 그림을 그리는 수묵화는 무심의 마음을 잘 드러내는 표현 방법이다. 우리는 "적막하고" 다음에 있는 마침표에 유의해야 한다. 시인은 시행을 다음 행으로 연결하지 않고 적막하고 다음에 일단 숨을 멈추었다. 시상의 전환을 꾀한 것이다.

시간이 멈춘 듯한 적막의 순간에 시간의 연쇄와 삶과 죽음의 교차를 생각한다. 가슴에 붉은 꽃을 다는 것은 부모님이 살아 계실 때의 장식이요, 흰꽃을 다는 것은 돌아가신 다음의 표장이다. 사람의 삶과 죽음의 교차가 잠깐 사이에 일어난다는 말은 자신의 죽음도 그렇게 순식간에 스쳐갈 것이라는 말과 같다. 제자의 주례를 선 날 무심한 마음의 흐름 속에서 삶이 죽음으로 교차되는 것도 결국은 잠깐 사이에 이루어진다는 생각을 한 것이다. 이것은 자신의 건강 상태에 대한 육체의 본능적 예감을 반영한다. 건강한 사람이라면 이러한 말을 쉽게 하지 않는다. 번지는 먹물은 생의 시간을 나타내는 것 같지만 그것이 마르는 모습은 죽음의 윤곽을 표시하는 것 같다. 시인은 수묵이 번지는 화선지에서 그러한 생과 사의 교차를 연상했을 것이다.

비어 있는 겨울 부채에 자신이 그리고 싶은 무엇을 그리는 시간. 그 시간에 시인은 삶과 죽음의 교차를 명상했다. 겨울에는 쓸모없는 사물이 되어 그림의 공간으로나 제공되는 겨울 부채에서 어쩌면 삶의 여백으로 이어질 자신의 죽음을 연상했는지 모른다. 그러기에 시인은 자신의 시와 노래를 떠올렸을 것이다. 육신이 세상을 떠난 후에도 그의 시와 노래는 남을 것이다. 인간이 이룬 일 중에 영원한 것은 없지만 그래도 사람이 남긴 글이 오래 지속된다고 한다. 시인은 자신이 남길 시를 생각하며 그 시의 진실이 사후에 어떠한 모양으로 이어질지 생각해 본다. 자신은 진실을 담았다고 생각하지만 그 진실이 후세에 제대로 전해질까? 그러나 사후에는 모든 것이 정지될 터이니 진실이 적막으로 귀결된들 그래서 또 어쩔 것인가? 시도 진실도 결국은 침묵으로 남을 것이다. 적막의 시간 너머로 번지는 먹물과 함께 짧은 겨울 해가 저문다. 그렇게 시인의 하루가 간다.

자수정 환상 ― 돌의 시 4

돌 안에 바다가 있다.
라고 말하지 않는다.
혹은
자줏빛 치마자락이
나부낀다.
라고 말하지 않는다.
눈을 감은 자는 감고
뜬 자는 뜨고 있다.
돌 안에 구름이 핀다.
라고 말하지 않는다.
혹은
원시의 불길이 타고 있다.
라고 말하지 않는다.
치렁치렁한
성좌 아래서
따끝으로 사라져가는 새떼
해면海面에 흩어지는 울음소리
눈을 감은 자는 감고
뜨는 자는 뜨면
돌조차 투명해지는
돌 안에 바다가 넘실거린다.
라고 말하지 않는다.
원시의 불길이
활활 타오른다.
라고 말하지 않는다.

사운거리는 자줏빛 치마자락이
영원에서 살아난다.

　자수정의 형태와 색상을 통해 다채로운 상상을 펼쳤다. 이미지의 표현이지만 그것이 진부한 상태에 머물러서는 안 되겠기에 앞의 시「밸런스」에서도 시도했던 앞의 말을 부정하는 어법을 활용해서 현대적으로 표현했다. 자수정의 검푸른 색상은 바다를 연상시킨다. 그러나 그것이 자수정의 전모가 아니기에 그것을 부정하고 자줏빛 치맛자락을 제시한다. 자수정은 고정되어 있지만 바다의 출렁임을 치맛자락으로 전이시켜 자줏빛 치맛자락이 너울대는 모양으로 비유한 것이다. 그러나 그것도 자수정의 전모가 아니기에 다시 부정한다.

　다음에 배치된 두 행은 이질적이다. "눈을 감은 자는 감고/뜬 자는 뜨고 있다"는 무슨 의미일까? 눈을 뜨고 자수정을 보는 사람과 눈을 감고 자수정에 대해 명상하는 사람은 각기 다른 형상으로 자수정을 파악한다는 뜻일까? 눈을 감은 자나 눈을 뜬 자가 자수정을 어떻게 파악하건 그것은 자수정의 본질과는 무관하다는 뜻일까? 어떤 의미로 해석하든 자수정이라는 객체의 본질과 그것을 인식하는 주체의 시선 사이에 본질적인 연관성이 없다는 공통된 의식은 감지할 수 있다. 대상에 대한 우리의 의식은 다변적으로 분산될 뿐 대상의 본질은 포착하지 못한다.

　어떤 이는 자수정 안쪽에 구름이 피어나듯 신비로운 느낌을 받는다고 말하고 어떤 사람은 원시의 불길이 타오르듯 강렬한 인상을 받는다고 말한다. 그러나 그것은 어느 것도 자수정의 본질을 드러낸 것은 아니다. 그러한 인상적·논평적 발언과 자수정이라는 사물의 속성은 언제나 분리되어 있다. 상상의 진폭을 넓히면 별들이 치렁치렁 늘어선 하늘 아래 땅 끝으로 사라지는 새떼도 상상할 수 있고 새떼들이 남긴 울음소리가 바다 저편으로 흩어지는 정경도 떠올릴 수 있다. 다양하게 전개되는 인간의 상상은 자수정이라는 사물에서 파생된 것이지만 사물 자체를 드러내지는 못한다. 모든 인식과 상상이 주관에 속한다는 것을 "눈을 감은 자는 감고/뜨는 자는 뜨면"이라는 말로 다시 암시했다.

그러한 인식의 주관성을 승인한다면 자수정에 대한 우리의 상상은 오히려 자유로울 수 있다. 돌 안에 바다가 넘실거린다고 말할 수도 있고, 원시의 불길이 활활 타오른다고 상상할 수도 있고, 자줏빛 치맛자락이 사운거리며 살아난다고 생각할 수도 있다. 표면적으로는 "말하지 않는다"고 부정하지만 부정의 부정은 긍정이므로 굳게 닫힌 사물의 문을 열 수 있는 길이 열린다. "돌조차 투명해지는"이라는 말은 명확한 인식의 부정을 언급하면서도 그 모든 지각과 상상이 돌의 일부임을 암묵적으로 드러낸다. 돌도 투명해져 자신의 모습을 은밀히 드러내는 것이다. 그리고 그 투명한 드러냄을 통해 주체의 상상이 영원히 지속될 수 있음을 암시한다. 마지막 행의 "영원에서 살아난다"라는 말은 그러한 의식의 단면을 암시한 것이다. 박목월은 '돌의 시' 연작을 통해 사물 인식의 철학적 차원을 현대적으로 표현하려는 시도를 벌였다.

무한낙하無限落下

저편으로
혹은 이편으로
그것은 낙하한다.
어디서 어디까지라거나
무엇 때문이라거나
그런 제한과 물음을 벗어버린
그것의 무한낙하.
별이어
타오르는 돌,
그
중심에서
바람의 날카로운 휘파람의
동혈洞穴의 중심에서
속도의 가속도의 하늘의 선반旋盤에
갈리며 깎이며 말려드는
나선상 합금의
듀랄루민의 갈증.
왜라거나
무엇 때문이라거나
그런 물음을 벗어버린
그것의 무한낙하
오늘의
브라운관 속에서.

『무순』

이미 이순의 연륜을 넘긴 상태에도 박목월은 시 창작에 대한 자신의 현대적 탐구를 멈추지 않았다. 그것을 증명하는 실체적 존재가 바로 이 작품 「무한낙하」다. 이 시는 『한국문학』(1976. 5)에 「선반旋盤」이라는 제목으로 발표되었던 것인데 일부 어구가 수정되고 제목이 바뀌어 시집에 수록되었다. '선반'이건 '무한낙하'건 추상적이긴 마찬가지고, 그 말이 다른 무엇을 암시한다는 점도 동일하다. 이 제목은 둘 다 시에 나오는 말을 표제로 내세운 것이다. 이 시는 시집 『무순』의 제6부 '이순의 아침나절'에 실린 작품으로 시인 자신도 상당히 만족스럽게 여긴 작품의 하나다. [1]

시에 나오는 '선반'은 물건을 얹어두기 위해 벽에 달아 놓은 받침대가 아니라 금속 가공에 사용하는 공작 기계를 의미한다. 박목월은 물질문명이 이룩한 기계 구조의 어떤 특징을 표현하기 위해 이런 소재를 취한 것이다. 여기에는 물질문명의 급속한 발전에 대한 부정적 의식이 담겨 있다. 그러나 그것을 직접 드러내지 않고 시어나 형상을 통해 우회적으로 암시했다. "브라운관 속에서"라는 말은 첫 발표작에 "스크린에서"라고 되어 있어서 영상 화면으로 무한낙하 장면을 시청한 것임을 알 수 있다. '스크린'이 '브라운관'으로 바뀌었으니 텔레비전을 통해 어떤 장면을 본 것이다. "듀랄루민"에 대해서는 "알루미늄을 주성분으로 한 경합금. 비행기, 자동차 등의 제작재료로 쓰임."이라는 주가 본문에 달려 있다. 이것으로 비행 물체를 대상으로 쓴 작품임을 알 수 있다.

1960년대 중반부터 미국과 소련은 우주 개발에 경쟁적으로 몰두했다.

---

1) 조정권, 「내가 만난 목월 선생님」, 목월문학포럼 엮음, 『박목월』, 국학자료원, 2008, 87쪽.

1969년 아폴로 11호가 달에 착륙하여 비행사가 인류 최초로 달 표면에 발을 디딘 이후 1972년에는 달 표면에서 지질 탐사 작업을 벌였다. 1975년에는 미국과 소련의 우주선이 우주에서 도킹을 하고 지구로 귀환하는 일이 있었다. 그 외에도 금성과 화성을 탐사하는 우주선이 여러 차례 발사되었다. 이런 과정은 그때마다 전 세계에 뉴스로 보도되었다. 박목월도 그러한 장면을 텔레비전을 통해 시청했을 것이다. 과학의 발달로 신화적 상상력은 퇴조하고 우주를 물질 구조로 파악하는 시대로 진입한 것이다. 이것을 바라보는 시인의 마음은 착잡했을 것이다. 저러한 우주 탐사를 통해 얻는 것이 무엇인가? 그것은 과학의 발전을 증명하는 경이로운 일이기는 하지만 그것을 통해 인간이 궁극적으로 얻는 것은 무엇인가?

우주선의 비행 장면을 보며 이런 의문이 들었을 것이고 거기서 "어디서 어디까지라거나/무엇 때문이라거나/그런 제한과 물음을 벗어버린"이라는 구절이 도출되었을 것이다. 무한히 낙하하는 듯한 우주선의 움직임은 무엇을 위한 것이며 어디까지 진행되는 것인가? 우주 개발은 인류의 탐구심을 시험하는 사업인 듯 지금까지 지속되고 있고 앞으로도 계속 진행될 것이니 무한히 낙하한다는 시인의 진단이 정확한 것임을 알 수 있다. 막대한 자금이 투여되는 그 사업의 목적이나 의미에 대해 지금도 후련한 대답이 나오지 않는 것을 보면 '무엇 때문이냐는 물음을 벗어버린 무한낙하'라는 시인의 진단 역시 타당한 것임을 알게 된다. 무인 우주선이건 유인 우주선이건 무중력 상태의 우주를 비행하는 우주선이 무한히 낙하하는 모습은 인간 욕망의 덧없음을 그대로 표상하는 듯하다.

시인의 상상력 속에서 별은 "타오르는 돌"이다. 그것은 죽은 고체가 아니라 살아 있는 불길이고 생명의 응결체고 신화적 상상력의 집적물이다. 그러나 우주를 탐사하는 입장에서는 이러저러한 물질이 합성된 분석의 대상일 뿐이다. 이제 "타오르는 돌"로서의 신비감이 사라진 우주는 과학적 물질 분석의 실험적 대상일 뿐이다. 무의미한 물질로 가득 찬 우주 한 가운데로 낙하하는 우주선의 모습은 날카로운 바람 소리를 내며 거대한 구렁텅이로 빠져드는 나선형의 물체일 뿐이다. 그 물체는 가볍고 단단한 합성물질인 두랄루민으로 만들었다고 한다. 인류 과학 문명의 개가라고 방송에서 떠들어댄다. 그러나 그것을 통해 얻는 것은 무엇인가? 인간에게 진정 소중한 것은 무엇인가? 시인은 그 두랄루민 비행선이 우주의 구렁으로 낙하할 때 하늘의 거대한 선반에 갈리고 깎이는 고통의 과정을 거칠 것이라고 상상한다. 그리하여 그 두랄루민 물체도 시인 자신처럼 갈증을 느낄 것이라고 상상한 것이다.

이러한 자신의 의구심과는 아무 관련 없이 텔레비전 브라운관 화면 속에서 우주선은 어디론가 무한히 낙하하는 모습을 보인다. 그 무의미한 무한낙하의 장면은 인간의 무한낙하를 보는 듯하다. 우리 인간들도 결국은 "어디서 어디까지라거나", "왜 라거나/무엇 때문이라거나/그런 물음을 벗어버린" 무의미한 하강의 움직임에 동승하고 있는 것은 아닌지 시인은 묻고 있다. 그리고 그 물음은 시인이 세상을 떠난 지 40년이 흐른 지금도 유효하다.

이순

달포가량
앓고
처음 잡아보는 만년필의
펜촉의 촉감이
너무나
미끄럽고 익숙하다.
이제 살아났군
펜촉이 속삭인다.
그래.
그렇군.
흘러내리는 잉크를 따라
샘솟는 생명감.
그래.
그렇군.
만 육십의 고비를 넘기고
나의 수국색水菊色 시간.
새로운 창조와
계시를 미끄러운 펜촉의
촉감이 다짐해 준다.
진실만을 엮어가려는
펜촉의 촉감에
내가 태어난다.
그래,
그것이 바로 〈나〉다.

Ⅱ

원고지에
잉크가 스며든다.
오늘의 물거품 안에서
순하게 빨려드는
잉크의 숙연한
수납受納.
무엇 때문에
쓰는 것이 아니다.
오늘의 물거품 안에서
나의 문맥은
가는귀가 먹은
밤으로 뻗치고
쓰는
그것의 진실을 위하여
쓰게 되는
이순의
원고지에
순하게 스며드는
그것은 두렵다.
오늘의 물거품 안에서
느리게 자리를 옮기는
별자리

『무순』

　예순의 나이에 접어든 노년의 일상과 심경을 표현했다. 고혈압으로 고생하는 시인이 한 달 조금 넘게 앓았다고 했다. 예순의 나이에 한 달을 앓았다면 소홀히 넘길 수 없는 상태다. 한 달 만에 만년필을 잡아 보는데 촉감이 익숙하다. 평생 글을 썼으니 펜을 잡는 것이 전혀 낯설지 않은 일 일 것이다. 다시 펜을 잡으니 이제 살아났다는 생각이 든다. 시인이 그렇게 생각했다고 쓰지 않고 "펜촉이 속삭인다"고 썼다. 펜과 동지의식을 느끼는 것은 평생 글을 써 온 사람이 갖는 안온한 숙명감이다. 흘러내리는 잉크를 따라 "샘솟는 생명감"을 느낀다. 참으로 아름다운 장면이다.

　시인은 예순의 나이를 살아가는 상태를 "수국색 시간"이리고 했다. 수국의 꽃빛깔은 연한 보라색이다. 보라색은 시인이 평생 좋아하던 빛깔이다. 은은한 연보랏빛의 시간을 살아가는 시인의 심정은 평안하다. 운행하는 펜촉의 촉감도 부드럽다. 펜과 잉크로 자아내는 새로운 창조와 계시의 기쁨이 잔잔히 밀려든다. 펜으로 글을 쓸 때 진정한 내가 탄생한다. 진실만을 드러내겠다는 마음에 의해 진정한 내가 태어나는 것이다.

　오랜만에 펜을 잡고 진실의 얼굴을 드러내니 잉크도 원고지에 쉽게 스며드는 것 같다. 종이도 진실을 수납하는 방법을 아는 것이다. 그러면서도 잉크가 젖어드는 과정은 숙연하게 느껴진다. 진실을 쓰는 것이기에 그것은 그러하다. 세상은 물거품처럼 공허한데 자신이 펜으로 써 내는 진실이 종이가 잉크를 수납하듯이 그렇게 순조롭게 세상에 수용될지 알 수 없다. 세상은 가는귀가 먹은 게 아닐까? 그러나 실리적 목적을 갖고 쓰는 것이 아니기에 그의 펜은 멈추지 않는다. 이순의 나이이니 자신이 생각하는 진실을 언어로 표현하면 되는 것이다.

세상이 알건 말건 혼자 좋아서 하는 일이라도 글이라는 것은 세상에 알려지기 마련이다. 그런 점에서 펜으로 쓰는 모든 것을 그대로 수납하는 원고지의 본성이 두렵게 느껴지기도 한다. 글에는 책임이 따르는 법. 세상이 물거품처럼 덧없고 가는귀먹은 상태라 하더라도 하늘에는 "타오르는 돌"인 별이 있다. 하늘의 별자리가 자리를 옮기며 나의 글 쓰는 일을 지켜보고 있다. 진실의 진정한 감시자는 천공의 성좌, 하늘의 절대자. 그것이 있기에 시인의 이순의 작업은 숙연할 수밖에 없다. 이러한 작업을 생의 끝까지 지속한 시인이기에 그의 시편에 대해 "서정시에 대한 간구가 사라지지 않는 한 한국어로 된 최상의 사례의 하나로 오랫동안 기억될 것"[1]이라는 평가가 나올 수 있었을 것이다.

---

1) 유종호, 「서정적 변모의 궤적-다시 읽는 박목월」, 『시인수첩』, 2015. 여름호, 251쪽.

크고 부드러운 손

크고도 부드러운 손이
내게로 뻗쳐온다.
다섯 손가락을
활짝 펴고
그득한 바다가
내게로 밀려온다.
인생의 종말이
이처럼 충만한 것임을
나는 미처 몰랐다.
허무의 저편에서
살아나는 팔.
치렁치렁한
성좌가 빛난다.
멀끔한
목 언저리쯤
가슴 언저리쯤
손가락 마디마디마다
그것은 비취
그것은
눈짓의 신호
그것은 부활의 조짐
하얗게 삭은
뼈들이 살아나서
바람과 빛 속에서
풀빛처럼 수런거린다.

다섯 손가락마다
하얗게 떼를 지어서
맴도는 새.
날개와 울음
치렁치렁한 성좌의
둘레 안에서.

『무순』

천공의 성좌, 하늘의 절대자는 조물주 하나님이다. 기독교 신앙인인 박목월은 많은 기도의 시, 묵상의 시를 썼다. 그 시를 지면에 발표하지 않고 노트에 적어두기만 했다. 그의 사후 신앙시편만을 묶은 『크고 부드러운 손』(1979)이 간행되었다. 위의 작품은 그가 지면에 발표하고 시집에 수록한 신앙시다. 시인이 신병으로 장기 입원을 한 후 평온한 마음에서 기도와 그 응답의 과정을 시로 표현한 작품으로 보인다.

시인은 하늘 저편에서 자신에게 다가오는 크고 부드러운 손을 본다. 그 손을 느끼고 볼 수 있는 사람은 참으로 복되다. 그 손은 그냥 평범하게 다가오는 것이 아니라 다섯 손가락을 활짝 펴고 그득한 바다가 밀려들듯 전심을 다해 다가온다. 이순이 지난 나이에 이렇게 충만한 생명의 은총을 받게 되니 시인의 마음은 그지없이 행복하다. 인생의 종말이 이렇게 충만한 것에 스스로 경탄하며 허무의 저편에서 살아나는 팔과 치렁치렁하게 빛나는 성좌를 본다. 하나님의 성스러운 은총이다.

손과 팔로만 보이던 그것은 자신의 기도가 간절해지자 점차 육신의 형상을 갖춘다. 성령이 성신으로 변화하는 기적의 순간이다. 목과 가슴이 드러나고 손가락 마디마디가 모습을 드러내는데 그것을 형용할 말이 사실은 부족하다. 시인은 '비취', '눈짓의 신호', '부활의 조짐'이란 말로 표현했는데 그것은 머리에서 생각나는 세속의 표현일 뿐이다. 죽은 육신이 생명을 얻어 다시 부활하는 기적을 어떻게 표현할 수 있을까? "하얗게 삭은/뼈들이 살아나서/바람과 빛 속에서/풀빛처럼 수런거린다"라고 표현했다. 인간의 언어로는 그렇게 표현할 수밖에 없으리라.

다시 크고 부드러운 손에 대해 시인은 명상한다. 먼 곳에서 뻗쳐오는 그 손가락 마디마다 새들이 하얗게 떼를 지어 맴돌며 소리를 낸다. 신비로운 하늘의 소리를 들었을 것이다. 찬란한 성좌의 둘레 안에 새들의 고결한 날개와 청아한 울음소리가 퍼졌을 터이니 그것을 받아들인 시인의 영혼은 복되도다. 이것으로 그는 자신의 죽음을 예비하였고 영혼의 구원을 약속받은 것이다.

간밤의 페가사스

가을비에
비석碑石. 젖는
돌의 묵묵한 그것은
우리들 본연의 모습이다.
제자신의
내면으로 침잠하여
안으로 물드는 단풍.
인간의 심성은
섬유질이다.
가늘게 올이 뻗쳐
죽음을 자각하는 자만이
참된 삶을 깨닫는다.
아침에 일어나
자신의 잠자리를 살피고
순간마다
새롭게 창조되는
빛을 본다.
어둠 속에서 살아나는
아름다운 세계여.
숨을 죽이고
오늘의 연보라빛 국화송이.
그리고
숟가락에 어리는
간밤의 페가사스
찬란한 성좌.

『무순』

신앙의 공간에서 인간의 공간으로, 다시 생활의 영역으로 하강했다. 늙은 인간의 눈에 가을비에 젖는 비석의 모습이 들어온다. 그것은 처량하고 쓸쓸하다. 우리들도 언젠가는 저런 모습으로 비에 젖어 세상의 빈 터에 주저앉게 될 것이다. 그것은 우리들 실존의 고독한 표상이다. 비석은 말이 없고 단풍의 빛은 붉다. 저렇게 자신의 빛을 아름답게 보이며 생을 마감하는 단풍처럼 인간도 내면으로 침잠하는 종말의 모습을 보이면 좋을 것 같다. 그것은 하나의 소망이다. 비 맞는 비석보다는 붉게 침잠하는 단풍으로 종말을 맞고 싶다.

고독한 가을의 명상에서 탄생한 독창적 시행이 "인간의 심성은/섬유질이다"라는 구절이다. 섬유질은 가늘게 얽혀 있는데 무엇을 흡수하는 성질이 있다. 인간의 마음이 섬유질처럼 가늘게 올이 뻗쳐 죽음의 미세한 부분들을 모두 흡수하여 참다운 삶을 자각할 수 있다면 얼마나 좋을까? 가을의 정기를 내면화하여 아름다운 빛을 자아내는 단풍처럼. 그러니 "인간의 심성은/섬유질이다"라는 시행은 깨달음의 명제가 아니라 자신의 소망을 말한 것이다. 단풍과 같은 섬세한 섬유질의 심성을 지니고 싶은 것이다.

기독교 신앙인인 시인은 아침저녁으로 신에게 기도를 올린다. 아침의 기도 속에 새롭게 창조되는 빛을 보고 어둠 속에 다시 살아나는 아름다운 세계를 본다. 모두가 기도의 은총이고 신의 은혜로운 섭리다. 그렇게 경건한 구도의 자세로 하루하루를 살아가기에 그의 마음은 섬유질 바탕에 점점 다가간다. 아침이면 연보랏빛 국화송이 같은 시간이 펼쳐지고 아침 식탁의 숟가락에 간밤에 천공에 떠 있던 찬란한 페가수스 성좌의 모습이 어린다. 이것은 일상의 세세한 국면 모든 것에 신의 은총이 닿아 있음을 의미한다.

페가수스 별자리는 가을에 남동쪽에 보이는 상당히 큰 별자리다. 박목월은 그 성좌의 모양도 고려했지만 '페가사스'라는 말의 울림도 생각하고 이 시어를 채택했을 것이다. 아침 식탁의 숟가락에 지난밤에 보았던 별자리가 비친다면 그것처럼 은혜로운 일이 어디 있겠는가? 그의 하루하루가 그런 신비와 경이 속에 경건하게 섬유질의 질감으로 지속되기를 시인은 소망했던 것이다. 그리고 그러한 소망은 어느 정도 실현되었을 것이라고 나는 믿는다.

병실에서

지난 한 달을,
병원에서 보냈다.
십칠 층 병실에서,
새벽마다 불이 꺼져가는,
구릉丘陵의 가로등을
눈여겨 보곤 했다.
병은 중했다.
밤새 작은 심장에,
조심스럽게 파닥거리는,
나비.
잠이 오지 않았다.
그런 날 새벽일수록.
불이 꺼져가는 건너편 가로등을
더욱 눈여겨 지켜보곤 했다.
누가 불을 끄는 것일까.
알 수 없었다.
하지만 일정한 시간이 되면
불은 차례로 꺼져갔다.
참으로 누가 끄는 것일까
알 수 없었다.
알 수 없지만.
불은 꺼져갔다.
불이 꺼지면.
지금까지 켜져 있었다는 사실이.
거짓말 같았다.

미수록작—『심상』(1977. 7)

　고혈압으로 입원했던 1977년 무렵의 체험을 시로 표현했다. 앞의 「이
순」에서도 한 달 이상 입원했음을 밝혔는데 그러한 투병기에 가졌던 쓸쓸
한 명상을 나타낸 것이다. 십칠 층 병실에 입원했다고 했으니 당시 상황
에서 상당히 높은 건물에 입원한 것을 알 수 있다. 병실의 높이를 처음에
제시한 것은 높은 고도감에 압도되었음을 나타내기 위한 것이다. 그 높은
위치는 죽음과 삶이 오가는 경계 지대의 아슬아슬한 높이를 나타낸다. 시
인은 위태로워 보이는 매우 높은 지점에서 죽음의 위기를 넘기고 지상으
로 귀환했다.

　높은 병실이니 아래쪽 정경이 다 내려다보였을 것이다. 시인은 가로
등이 켜지고 꺼지는 모습을 눈여겨보았다. 그것이 마치 생명의 탄생과 소
멸을 시각적 영상으로 전달하는 것 같았다. 생의 고비에서 죽음과 어깨를
겨루고 있는 형국이니 가로등의 켜짐보다는 꺼짐이 더 민감하게 다가왔
을 것이다. 시인은 죽음의 그림자를 느끼며 안타깝게도 작은 심장으로 파
닥거리는 나비를 상상했다. 그만큼 생명의 위기의식을 절감한 것이다. 잠
이 오지 않는 새벽일수록 불안감이 깊어지고 그런 날에는 가로등에 불이
꺼지는 모습을 더욱 유심히 지켜보았다. 생명의 소멸과 관련하여 여러 가
지 착잡한 생각이 들었을 것이다.

　가로등을 끄는 사람이 누구인지는 알 수 없지만 인간의 생명을 거두어
가는 것은 절대적 존재인 신이다. 그러나 신의 존재를 인간이 명확히 확
정할 수는 없다. 시인은 가로등 끄는 일을 상징의 차원으로 끌어올려 누
가 끄는 것인지 알 수 없다는 말을 반복했다. 죽음에 임박하여 더욱 예민
하게 다가오는 절대적 존재의 손길을 하나의 실체로 확인하고 싶어 하는

마음의 표현이다. 이러한 명상 끝에 그는 참으로 시적인 구절을 마지막 시행에 배치했다. 세 개의 마침표로 단절된 마지막 시행은 매우 상징적이고 함축적이다. "불이 꺼지면./지금까지 켜져 있었다는 사실이./거짓말 같았다."라는 시행은 삶과 죽음의 연속성과 단절감을 동시에 환기한다. 불이 켜진 상태와 불이 꺼진 상태는 확연히 다른데, 불이 꺼지고 나면 조금 전까지 불이 켜져 있었다는 사실이 거짓말처럼 여겨졌다는 것이다.

사람의 삶과 죽음도 이와 같으리라. 사람이 죽고 나면 그가 죽었다는 사실이 믿기지 않고 또 한편으로는 조금 전까지 살아 있었다는 사실이 거짓말처럼 느껴진다. 바로 전까지 숨 쉬며 심장을 나비처럼 파닥이던 사람이 가로등이 꺼지듯 숨이 끊어진다는 사실을 어떻게 받아들일 수 있는가? 숨이 끊어진 다음에는 그가 조금 전까지 숨 쉬고 생각하는 존재였다는 사실이 믿기지 않는 것이다. 삶과 죽음은 이어진 것 같지만 사실은 엄청난 장벽으로 단절되어 있다. 시인은 조용한 명상의 어법으로 죽음의 단절감을 조심스럽게 읊었다. 그의 중기 시 「하관」을 연상케 하는 작품이다.

행간 行間

이처럼 깊이 눈이 내린다.
이런 일도 있었구나
전혀 이승의 그것 같지 않는 부드러운 것이
어깨에 쌓인다.
그렇다. 이제는 깊이 조용할 세계에 들어섰다.
모든 소리는 내면으로 울리고
가는귀가 먹은 오늘의 눈
시도 죽음도 눈처럼 가벼워지고
아무리 걸어도 발에 땀이 배지 않는 오늘의 눈
적막한 행간이
전혀 이승의 그것 같지 않은* 부드러운 것이 온다.

미수록작―『심상』(1978. 1)

---

* 원문의 '않는'을 문맥에 맞게 '않은'으로 고쳤다.

　시인이 세상을 떠나는 그해 정월 그가 간행한 『심상』에 발표한 작품이다. 눈이 내리는 장면도 예사로이 보지 않고 '깊이' 내린다고 생각했다. 생의 깊이를 조용히 명상하는 것은 죽음의 음영이 비치기 때문이다. 눈이 깊이 내린 장면을 보고 삶의 가벼움과 죽음의 무거움을 명상한 시인은 "이런 일도 있었구나" 하고 감탄한다. 전에 지각하지 못했던 새로운 느낌을 가진 것이다. 이 깊은 눈은 이승과 저승을 이어주는 매개자 같다. 그래서 시인은 "전혀 이승의 그것 같지 않는 부드러운 것"이라고 했다. 이승에서 볼 수 없었던 부드러운 눈, 지금껏 보지 못했던 깊이 내린 눈은 저승에서 이승에 메시지를 전하러 온 하느님의 사도 같다.

　어깨에 쌓이는 눈의 감촉에서 저승에서 이승으로 이어지는 전언의 신비감을 느낀 시인은 "이제는 깊이 조용할 세계에 들어섰다"고 말한다. 저승으로 갈 마음의 준비를 마친 것이다. 이제 소리와 동작이 끊기고 오랜 침묵이 이어질 그 세계에 들어설 준비가 된 것이다. 준비가 되었으므로 '들어섰다'고 잘라 말했다. 머뭇거릴 이유가 없는 것이다.

　이미 영원히 고요로 이어질 세계에 들어섰으니 지상의 모든 소리는 내면으로 집중된다. 내면으로 소리가 집중되는 고비를 넘기면 소리가 사라지는 정적의 공간에 이른다. 깊이 내리는 눈은 죽음으로 안내하는 역할을 맡았으니 어떤 소리도 들을 필요가 없다. 눈은 침묵으로 일관한다. 모든 소리는 시인의 내면으로 수렴되고 눈 내리는 안팎은 전적으로 고요하다. 바람에 날리는 가벼운 눈발처럼 자신이 쓰는 시도 자신이 맞이할 죽음도 가볍기를 바란다. 이제 텅 빈 무욕의 공간에 이를 준비가 다 된 것이다.

　눈은 가벼우니 아무리 걸어도 자취가 없고 발에 땀이 배지 않는다. 자신의 시도, 죽음도 그러할 것이다. 숨 쉬고 살아 있는 오늘의 눈과 내일 맞이할 침묵의 눈 사이에 줄과 줄의 간격 같은 구분이 있는 것 같다. 그것을 시인은 '행간'이라고 했다. 삶과 죽음의 사이가 원고지의 행간처럼 작은 간격 정도로 벌어져 있는 것이다. 그 행간 사이에 부드럽고 깊고 고요한 눈이 내린다. 눈을 따라 행간을 넘어 죽음의 자리로 갈 준비가 다 된 것이다. 시인의 죽음에 대한 명상은 이렇게 차분하고 그윽하다. 시인이 세상을 떠나기 석 달 전의 일이다.

부록

박목월 연보

1915년 1월 6일 경상북도 경주군 서면 모량리 571번지에서 부 박필준과 모 박인
　재의 장남으로 출생. 본명은 박영종朴泳鍾.

1923년(8세) 경주군 건천보통학교 입학.

1929년(14세) 건천보통학교 졸업.

1930년(15세) 4월 대구 계성학교 입학.

1934년(19세) 6월 동요 「통·딱딱 통·짝짝」과 「이슬비」가 윤석중이 주관하는
　『어린이』지에 '창동影童'이라는 필명으로 실림. 창동은 '영동影童'의 오식. 같은
　달에 「제비맞이」가 『신가정지』에 실림.

1935년(20세) 1월 『학등』에 「달은 마술사」 발표. 3월 5일 계성학교 졸업. 5월에
　경주군 동부금융조합 입사. 김동리와 교유하며 문학 창작 활동을 함.

1938년(23세) 5월 20일 유익순 여사와 결혼.

1939년(24세) 장남 동규 출생. 『문장』 신인 응모에 투고하여 정지용에 의해 「길
　처럼」, 「그것은 연륜이다」가 『문장』 9월호에 1회 추천되고 12월호에 「산그
　늘」로 2회 추천됨.

1940년(25세) 『문장』 9월호에 「가을 어스름」, 「연륜」이 3회 추천되어 정식으로
　등단함. 12월 『문장』에 「보리누름 때」 발표. 그러나 이듬해 4월에 『문장』이
　폐간됨으로써 작품 발표의 기회를 잃음.

1942년(27세) 3월 조지훈이 경주를 방문하여 「완화삼」을 짓고 목월은 「나그네」
　로 화답함.

1945년(30세) 해방 직후 금융조합의 부이사로 승진했으나 사임하고 대구로 이사
　하여 모교인 계성학교에서 교편을 잡음. 장녀 동명 출생.

1946년(31세) 김동리, 서정주 등과 함께 조선청년문학가협회를 결성하고 조선문
　　　　필가협회 상임위원직을 맡음. 6월 박목월, 조지훈, 박두진 3인의 합동 시집 『청
　　　　록집』(을유문화사) 발간. 동시집 『박영종동시집』(조선아동문화협회) 간행.

1947년(32세) 차남 남규 출생.

1948년(33세) 8월 서울로 이사함.

1949년(34세) 이화여고 교사로 취임. 출판사 산아방山雅房을 열고 11월에 학생잡지
　　　　『여학생』을 창간함. 12월 한국문학가협회 결성에 참여하여 사무국장을 맡음.

1950년(35세) 1월에 『시문학』 1호를 창간함. 5월 산아방에서 윤석중의 동시집
　　　　『아침까치』를 간행함. 6월에 『시문학』 2호를 발간함. 한국전쟁이 발발하자
　　　　대구로 피난. 한국문학가협회의 별동대가 조직되자 사무국장을 맡음

1951년(36세) 1·4후퇴로 다시 대구로 피난하여 공군종군문인단 편수관 역임. 삼
　　　　남 문규 출생.

1953년(38세) 사남 신규 출생. 환도 후 서라벌예대와 홍익대 강사로 출강.

1955년(40세) 12월 첫 개인 시집 『산도화』(영웅출판사) 출간.

1956년(41세) 『산도화』로 제3회 아시아 자유문학상 수상. 3월 2일에 시상식 개
　　　　최. 9월부터 홍익대학 전임강사로 강의함.

1958년(43세) 9월 자작시 해설서 『보라빛 소묘』(신흥출판사) 출간. 12월 아우
　　　　박영호 사망.

1959년(44세) 4월 한양대학교 조교수로 취임. 9월 한국문인협회 시분과위원장
　　　　취임. 12월 시집 『난·기타』(신구문화사) 간행.

1961년(46세) 12월 동시집 『산새알 물새알』(문원사) 출간.

1964년(49세) 12월 시집 『청담』(일조각) 발간.

1967년(52세) 10월 연작시집 『어머니』(삼중당) 발간

1968년(53세) 5월 『청담』으로 문교부 문예상 본상 수상. 9월 한국시인협회 회장
　　　　취임. 11월 시집 『경상도의 가랑잎』(민중서관) 출간.

1969년(54세) 4월 서울시 문화상 수상. 5월부터 어느 독지가의 후원을 받아 '오늘
　　의 한국시인집'을 간행하기 시작하여 1971년까지 30여 권의 시집을 출간함.

1972년(57세) 11월 국민훈장 모란장 수상.

1973년(58세) 1월 『박목월 자선집』(삼중당) 10권 간행. 10월 월간 시지 『심상』
　　창간.

1976년(61세) 1월 한양대학교 문리과대학 학장 취임. 11월 시집 『무순』(삼중당)
　　발간.

1978년(63세) 3월 24일 아침 산책에서 돌아와 영면. 용인 모란공원 묘원에 안장.

1979년 1월 미망인 유익순 여사에 의해 신앙시 모음집 『크고 부드러운 손』 간행.

참고문헌

강신주, 『장자와 노자-도에 딴지걸기』, 김영사, 2006.

고형진, 「조지훈의 '완화삼'과 박목월의 '나그네'의 상호텍스트성 연구」, 『한국문 예비평연구』 42, 2013. 12.

곽효환, 「『청록집』의 일제 식민지말 현실인식 연구」, 『현대문학의 연구』 60, 2016. 10.

권명옥, 「박목월 시의 연구」, 한양대학교 박사논문, 1990. 12..

권정우, 「박재삼 시에 나타난 슬픔 연구」, 『한국시학연구』 37, 2013. 8.

권정우, 「박목월 초기시의 창작방법」, 『한국근대문학연구』 32, 2015. 10.

권혁웅, 『시론』, 문학동네, 2010.

권혁웅, 「한국 현대시의 리듬 연구」, 『우리어문연구』 46, 2013. 5.

권혁웅, 「박목월 초기시에 나타난 여백의 의미와 기능」, 『어문논집』 78, 2016. 12.

금동철, 「박목월 시에 나타난 기독교적 자연관 연구」, 『우리말글』 32, 2004. 12.

금동철, 「박목월 시에 나타난 고향 이미지 연구」, 『한국시학연구』 24, 2009. 4.

김상욱, 『시의 길을 여는 새벽별 하나』, 친구, 1990.

김영철, 「현대시에 나타난 지방어의 시적 기능 연구」, 『우리말글』 25, 2002. 8.

김용직, 『한국현대시사』, 한국문연, 1996.

김응교, 「박목월 시와 모성회귀 판타지」, 『국제어문』 66, 2015. 9.

김인섭, 「박목월의 성경인용 시에 나타난 신앙적 성찰과 시적 형상화」, 『한민족 어문학』 77, 2017. 9.

김종길, 「『난·기타』 - 박목월 씨와의 대화」, 박현수 편, 『박목월』, 새미, 2002.

김진희, 「청록집에 나타난 '자연'과 정전화 과정 연구」, 『한국근대문학연구』 18, 2008. 12.

김현자, 「한국 자연시에 나타난 은유 연구-박목월·박용래 시를 중심으로」, 『한국 시학연구』 20, 2007. 12.

김혜니, 『박목월 시 공간의 기호론과 실제』, 푸른사상, 2004.

남진우, 「상상된 자연, 무갈등의 평온과 소외의식의 거리」, 『한국근대문학연구』 19, 2009. 4.

라이너 마리아 릴케, 김재혁 옮김, 『릴케 전집 2』, 책세상, 2000.

문홍술, 「박목월의 생애와 문학」, 『박목월』, 새미, 2002.

박목월, 『보라빛 소묘』, 신흥출판사, 1958.

박목월, 『청담』, 일조각, 1964.

박목월 외, 『청록집 이후』, 현암사, 1968.

박목월, 『박목월 자선집』, 삼중당, 1973.

박목월, 『박목월 시 전집』, 서문당, 1984.

박목월, 이남호 편, 『박목월 시 전집』, 민음사, 2003.

박선영, 「『경상도의 가랑잎』의 사물화 양상」, 『우리말글』 48, 2010. 4.

박선영, 「박목월 중기시의 은유 양상」, 『어문논총』 52, 2010. 6.

박선영, 「박목월의 『경상도의 가랑잎』의 공간 은유 분석」, 『한국문학논총』 57, 2011. 4.

박현수, 「초기시의 기묘한 풍경과 이미지의 존재론」, 『박목월』, 새미, 2002,

손진은, 「박목월 시의 향토성과 세계성」, 『우리말글』 28, 2003. 8.

송기한, 「박목월 시에서 자연의 의미 변이 과정」, 『한국시학연구』 45, 2016. 2.

송철수, 「박목월 시 연구 - 『무순』을 중심으로」, 『문창어문논집』 49, 2012. 12.

안명철, 「등가구조와 은유적 해석 - '불국사'」, 『우리말글』 44, 2008. 12

양연희, 「목월 시에 나타난 방언 연구」, 한국교원대학교 석사논문, 2009. 2.

엄경희, 『미당과 목월의 시적 상상력』, 보고사, 2003.

엄경희, 「박목월의 생활시편에 담긴 '긍지'와 '소심'으로서 정념(passions) 연구」, 『국어국문학』 168, 2014. 9.

오세영, 「박목월론」, 『현대시와 실천비평』, 이우출판사, 1983.

오세영, 『한국 현대시 분석적 읽기』, 고려대학교출판부, 1998.

유성호, 「지상적 사랑과 궁극적 근원을 향한 의지」, 『박목월』, 새미, 2002.

유성호, 「순수서정의 지속과 심화 - 『시문학』(1950-1951) 해제」, 『근대서지』 4, 2011. 12.

유성호, 「박목월 문학과 문학장」, 『한국근대문학연구』 32, 2015. 10.

유종호, 『시란 무엇인가』, 민음사, 1995.

유종호, 「서정적 변모의 궤적-다시 읽는 박목월」, 『시인수첩』, 2015. 여름호.

유혜숙, 「박목월 시와 '나선'의 시학」, 『현대문학이론연구』 51, 2012. 12.

이강수, 『노자와 장자』, 도서출판 길, 2009.

이건청, 「박목월 초기 시의 전원지향에 관한 고찰」, 『한양어문연구』 8, 1990. 10.

이건청, 「시에 준엄하고 인간에 다감했던 시인」, 『유심』, 2015. 3.

이길연, 「박목월 시에 나타난 경상도 방언의 효과」, 『한국문예비평연구』 38, 2012. 8.

이남호, 「한 서정적 인간의 일상과 내면」, 『박목월 시 전집』, 민음사, 2003

이상호, 「청록파 연구」, 『한국언어문화』 28, 2005. 12.

이상호, 「기존 발표 작품의 재수록에 관한 시론」, 『한국시학연구』 29, 2010. 12.

이상호, 「박목월 시의 이본과 결정판의 확정에 관한 연구」, 『돈암어문학』 23, 2010. 12.

이상호, 「박목월 초기시에 내포된 장자적 상상력 연구」, 『동아시아문화연구』 53, 2013. 5.

이수정, 「박목월 시의 공간의식 연구 - 집의 상상력을 중심으로」, 서울대 석사논문, 2002. 2.

이승훈, 「잊을 수 없는 문인 - 박목월」, 『문학사상』, 2006. 1.

이형기, 『박목월』, 문학세계사, 1993.

이희중, 「박목월 시의 변모과정」, 『박목월』, 새미, 2002.

장석원, 「박목월 시의 리듬」, 『한국시학연구』 43, 2015. 8.

장정희, 「발굴 『어린이』 지와 정지용·박목월의 동시」, 『근대서지』 12, 2015. 12.

장정희, 「청록파 동시의 심상과 원형적 공간 탐구」, 『한국문학연구』 53, 2017. 4

정민, 「목월시의 의경과 한시적 미감」, 『한국언어문화』 36, 2008. 8.

정수자, 「박목월 시의 산에 나타난 미학적 특성」, 『한국시학연구』 16, 2006. 8.

조성문, 「박목월 육성 녹음 시의 음향음성학적 분석」, 『동아시아문화연구』 58, 2014. 8.

조정권, 「내가 만난 목월 선생님」, 『박목월』, 국학자료원, 2008쪽.

최승호, 「1960년대 박목월 서정시에 나타난 구원의 시학」, 『어문학』 76, 2002. 6.

최승호, 「근원에의 향수와 반근대의식」, 『박목월』, 새미, 2002.

최승호, 「박목월 서정시의 미메시스적 읽기」, 『국어국문학』 139, 2005. 5.

한광구, 「박목월 시에 나타난 시간과 공간 연구」, 한양대 박사논문, 1991.

한광구, 「고개 한 번 끄덕이는 일생이라시더니」, 『박목월』, 국학자료원, 2008.